Dominique Sylvain est née en 1957 en Lorraine. Elle débute en tant que journaliste, puis part vivre au Japon, où elle écrit son premier polar *Baka !*, qui met en scène l'enquêtrice Louise Morvan. Elle a obtenu, en 2005, le Grand Prix des lectrices de *Elle*, catégorie polar, pour son huitième roman *Passage du Désir*, qui signe l'acte de naissance d'un formidable et improbable duo d'enquêtrices, l'ex-commissaire Lola Jost, armée de sa gouaille et de ses kilos, et sa comparse Ingrid Diesel, l'Américaine amoureuse de Paris. Dominique Sylvain est également l'auteur de *Vox*, prix Sang d'encre 2000, et de *Strad*, prix polar Michel-Lebrun 2001.

Dominique Sylvain

SŒURS DE SANG

ROMAN

Viviane Hamy

ÉDITION REVUE PAR L'AUTEUR EN 2010.

ISBN 978-2-7578-1192-4
(ISBN 2-87858-085-0, 1re publication)

Chapitre I

Axel Langeais était penché sur Klaus Baumann et le regardait dormir. Plus que le charme patricien de son visage, c'était le corps musclé et meurtri qui l'émouvait. Il avait maigri. Sur ses jambes solides affleuraient de petits réseaux veineux, fragiles deltas dont les pulsations secrètes remontaient jusqu'au torse et aux bras arrimés à l'oreiller. Le cou était fort, marqué d'une cicatrice mourant sous l'oreille droite et dont Klaus n'avait jamais voulu révéler l'origine. Le début de calvitie dessinait une tonsure de moine dans la chevelure rase, encore blonde. Enfin, le regard du jeune homme revint aux fesses de son compagnon, restées fermes malgré l'âge mais souillés de vergetures, et qui résumaient à elles seules toute cette beauté en perdition.

Un jour, nous nous perdrons, et plus vite que le temps ne l'aurait voulu, mais qui se lassera de l'autre le premier ?

Il suivit le tracé de la cicatrice d'un doigt léger, effleura la bouche de son ami puis se leva. Une douche rapide dans la salle de bains de marbre blanc, et il s'offrit une fois de plus le plaisir d'ouvrir le dressing en acajou, choisit un costume gris de demi-saison, une chemise blanche. Malgré leur différence d'âge, les deux hommes faisaient la même taille, et Axel était autorisé à emprunter ce qui avait l'heur de lui plaire.

Il revint dans la chambre, vide à l'exception du lit et d'un tableau de Julian Schnabel, fouilla son jean à la recherche de ses papiers, sa carte de transport, ses clés et s'en alla.

Les passants avaient la mine morose, seul un adolescent lui offrit le regard ample de qui savoure la lumière d'un petit matin d'été parisien. Axel fredonna une valse de Strauss jusqu'à la station Monceau.

L'odeur sale et chaude du métro invita Orphée dans ses pensées. Il se vit descendant les marches de l'Enfer pour retrouver Eurydice. À un détail près : il se retournerait pas au mauvais moment. Perséphone avait le visage fripé d'une mendiante en robe à fleurs. Il trouva un billet de vingt euros dans sa poche et le donna à la vieille qui lui offrit un sourire, grâce d'ancienne jeune fille. Il crut l'entendre marmonner un remerciement mais cela sonnait comme « le métropolitain ne se lave jamais les dents ». On entendait le cliquetis d'une rame en phase d'approche. Axel se mit à courir.

À Boulogne, il longea le trottoir surplombant la berge. La Seine travaillée par la brise donnait le pendant au flot déjà nerveux des voitures sur la Voie express. Malgré la fête de la veille sur sa péniche, et bien qu'il ait abusé du champagne, il se sentait léger. Klaus avait forcé la dose, lui aussi. Hier, vers deux heures du matin, lorsqu'il avait demandé à Axel de venir finir la nuit chez lui, l'amant allemand planait très haut. Il parlait comme un livre. Un livre plein de foutre et de prises de gueule. Il alternait ce français précieux, qui était sa marque, avec un allemand élégant, à l'accent de Hambourg. Maintenant, il devait avoir la gueule de bois. Axel décida qu'il l'appellerait dans la matinée. Pour le moment, il se sentait plein d'énergie et d'idées. Je m'assois devant mon ordinateur, se disait-il, et je bâtis un nouveau scénario. Une histoire fiévreuse, alimentée des délires de Klaus mais bien resserrés, pour leur donner du nerf.

C'était une télévision à la définition excellente. Malgré cela, une aïeule à cheveux bleus offrait du yaourt à un enfant rouge. Régine avait réglé la palette à son goût, outré les couleurs.

La télécommande calée dans la paume, Régine zappait. Elle accorda trente-cinq secondes aux aventures de Wallace et Gromit, un Anglais et son chien en pâte à modeler. Elle reprit son voyage, appuyant sur les touches, de plus en plus vite. Cinq secondes pour chaque nouveau monde. Elle coupa le son, accéléra encore le rythme de zappage. Les marionnettes censurées s'agitèrent sans faiblir.

Télécommande toujours en main, elle traversa l'espace central de la péniche pour aller à la cambuse boire un soda. Elle avait mis plusieurs heures à tout ranger. Les coussins en batik étaient alignés sur le canapé. Les magazines formaient une pile parfaite. L'ordinateur trônait sur un bureau d'écolier des années cinquante, dûment astiqué. Régine passa devant la porte de la chambre, restée ouverte, et n'accorda pas un regard au cadavre.

Il n'y avait plus de soda dans le réfrigérateur. Il lui fallut entamer un carton de six bouteilles. Dans le congélateur, elle trouva un bac de glaçons en forme de fraises, déversa son butin dans un récipient en inox et chercha le pic à glace qu'elle finit par trouver dans le mauvais tiroir. Hier, un invité avait dû le ranger sans savoir. Ce sont les fruits du pôle Nord, pensa-t-elle en pilant les glaçons avec une ardeur disproportionnée.

Elle approcha le verre de son oreille, apprécia le craquement délicat de la glace au contact du soda tiède. La glace souffre, au début. Elle doit se tuer pour posséder le soda. Se dissoudre pour gagner. Elle imagina la banquise, la vraie, se demanda si les icebergs grinçaient vraiment.

Sur un plateau, elle déposa le verre et la télécommande puis s'en retourna vers son fauteuil favori. Gromit actionnait une pompe à porridge lorsque le pas d'Axel se fit entendre dans l'escalier. Le visage horrifié de Wallace disparut sous le gruau et Régine zappa.

Axel vit son joli profil immobile, captivé par les images dansant sans bruit. Elle portait le même vêtement que la veille, lors de la fête : une robe orange sans manches mettant en valeur son corps mince. Ses pieds étaient nus et plutôt froids. Il eut envie de lui masser pour les réchauffer, se pencha pour déposer un baiser sur sa tempe. Une odeur de tabac se dégageait de ses cheveux, se mêlait à celle de son parfum.

Il la complimenta à propos de l'ordre qui régnait dans la pièce. Régine ne le regarda pas, n'esquissa pas le sourire auquel il s'attendait. Sa main gauche reposait sur la peau de cuir fauve de l'accoudoir, aussi inerte qu'un coquillage à marée basse. Elle fit un léger mouvement, révéla quelques centimètres d'accoudoir souillé. Le cœur d'Axel chavira. Il s'agenouilla, saisit la main ensanglantée de sa sœur. Elle se laissait faire, toute sa volonté concentrée dans l'autre main, aux phalanges blanchies par la tension, qui emprisonnait la télécommande.

Il n'y avait aucune blessure apparente. Axel lui caressa les cheveux. Elle cala sa tête dans l'abri de sa main.

Victoria dort dans la chambre, se dit-il. Il s'y précipita, le cerveau vide.

La décharge d'adrénaline lui brûla les tripes.

Victoria, allongée sur le dos, son corps brillant comme un astre. Ses membres en croix désignaient les quatre coins du lit. Un trou noir au milieu du front. Le drap imbibé de sang sous la tête. Un micro de karaoké enfoncé dans la bouche.

Il se retint de vomir.

Il vit les photos. Des polaroïds disposés en cercle, autour du corps, comme les chiffres d'une montre. Des portraits de Victoria.

Il ne put s'empêcher de penser à l'homme de Vitruve de Léonard de Vinci, inscrit dans un cercle parfait. Un corps aux proportions divines, les membres tendus vers les quatre points cardinaux.

– Victoria, murmura-t-il. Victoria.

Il la revit, la veille, sur la péniche.

Elle offre un tour de chant surprise à son public de copains défoncés. La peau couverte de paillettes dorées. Un slip en strass. Les aréoles des seins masquées par deux soleils noirs en plastique. Micro en main, elle se juche sur le bar. L'appareil de karaoké balance de la techno. Un boucan à réveiller les morts. Victoria Yee interprète trois chansons de son groupe, Noir Vertige. Eurasienne vite en transe, brailleuse bourrée de coke et d'arrogance. Les musiciens de Noir Vertige sont là. Ils l'ont mauvaise. Victoria semble leur lancer qu'elle est la star, qu'ils sont les accompagnateurs. Remplaçables. Ils n'existent pas et ils le savent.

Victoria. Petite Victoria. On a eu de chaudes nuits tous les deux. On s'est tellement amusés.

Il voulut la toucher.

Sa peau froide, rigide. Il retira vite sa main.

Il fit le tour du lit, regarda sous les meubles. Aucune arme. Il chercha à comprendre ce qu'il ressentait. Regret. Compassion. Douleur. Hier, il l'avait quittée sur une note sombre. Elle savait qu'il partirait avec Klaus et les laisserait seules, Régine et elle, à bord de la *Méduse*. Elle avait ravalé sa colère. Sa pauvre réplique avait consisté à faire l'amour avec Josuah dans la salle de bains. Le producteur d'Axel, Pascal Aubin, les avait surpris et s'était empressé de le lui dire.

Il réfléchissait, se découvrant une lucidité inédite. Victoria était désespérée de voir qu'entre eux ça ne marcherait jamais. Elle buvait trop, se défonçait sans retenue, mais de là à se suicider… Elle n'avait pas pu se tirer une balle dans la tête et retomber dans une position aussi soignée. Du moins avait-elle pris les photos ? Improbable. Elle transportait tout le temps son polaroïd mais l'appareil n'était pas équipé d'un déclencheur à distance. Quelqu'un l'avait prise en photo. Quelqu'un l'avait abattue. Quelqu'un avait monté un scénario d'esthète taré. Ce *spectacle* était du registre de la folie. Du danger.

Axel retourna près de sa sœur, et réalisa qu'il éprouvait un soulagement. Régine aurait pu y passer, elle aussi. Il lui ordonna de se laver les mains et de faire sa valise.

Jocelyne Menthe accrochait sa lessive sur deux cordes tendues sur toute la longueur de la *Marie-Brunière*. Une pince à linge coincée entre les dents, elle salua Axel qui sortait de la *Méduse* et poussait Régine devant lui. Ils portaient chacun un sac de voyage. Jocelyne Menthe les vit remonter l'escalier vers la Voie express.

Sur le trottoir, Régine marchait sans regarder le fleuve. Elle aurait eu du mal à quitter la mer mais pas un fleuve. Elle se mit à compter les pas entre les lampadaires. Douze pas, la première fois. Onze, la seconde. Désagréable. À moins que le rythme soit douze, onze, douze, onze. La prochaine fois, il faut qu'il y en ait douze. Oui, c'est ça. Il y en a douze. Elle sourit en relevant la tête. Elle prit le bras qu'Axel lui tendait et se laissa guider dans la bouche de métro.

Axel sut se faufiler dans la cage d'escalier et éviter la concierge. Il utilisa sa clé pour entrer chez Klaus Baumann, se dirigea vers la salle de bains, écouta à la porte. Klaus prenait sa douche. Il revint dans le salon, prit une cigarette dans le paquet de son amant, se servit une tasse de café et alla s'asseoir sur le rebord de la baie vitrée.

Il écarta une lame du store pour scruter la rue. Au carrefour, quelques clients étaient installés à la terrasse du *Café des Tonnelles*.

Klaus arriva, visage reposé malgré les excès de la veille. Il marqua un temps d'arrêt en découvrant Régine. Cigarette en bouche, bras croisés derrière la tête, il s'étira longuement. Il observa Axel.

– Tu trembles. Qu'est-ce qui t'arrive ?

– Victoria est morte. Chez moi.

– Overdose ?

– Non.

– Raconte.

– Il y a tout un décorum dans ma chambre. Son maquillage date d'hier, mais le corps est disposé en X, entouré de photos d'elle. Un micro enfoncé dans la bouche. Quelque chose de bien monstrueux.

– *And what costume shall the poor girl wear to all tomorrow's parties.*

– Quoi ?

– Une chanson de Lou Reed. Continue, Axel.

– On lui a tiré une balle dans la tête.

– De près, de loin ?

– Comment veux-tu que je le sache ?

– Il y avait des traces de poudre près de la blessure ?

– Je n'en sais rien. En tout cas, je n'ai pas vu d'arme.

– C'est toi qui as trouvé Victoria ?

– Oui, je revenais de chez toi.

– Régine était là ?

– Elle regardait la télé.

Klaus s'approcha de Régine, tint sa cigarette éloignée pour ne pas l'incommoder, lui effleura le genou. Tête baissée, elle jouait avec la boucle de sa chaussure.

– Ma douceur, tu ne dis jamais rien de saugrenu ni de mesquin puisque tu as décidé de ne plus parler. Fort bien. Pourtant, si tu daignais regarder le monde autrement qu'à travers la lucarne télévisuelle, tu nous éclairerais. Nous autres, pauvres consciences qui nous débattons, qui cherchons du sens partout. Lorsque tu parleras, tu seras surprise de nous voir boire avidement ta parole de pythie.

– Laisse-la tranquille, Klaus.

– Régine ne sait pas quel fiel dépose le soupçon dans le cœur des hommes. Elle croit qu'un flic va avaler qu'elle a cohabité une partie de la nuit avec un cadavre comme si c'était son teddy-bear et s'est tapé, en guise de veillée funèbre, les inepties de Canal Pus et d'Antenne Tranxène, sans broncher. Allons donc ! Si un flic gobe ça, je me laisse pousser la robe de chambre.

Klaus revint vers Axel et lui pressa l'épaule. Axel se dégagea.

– Tu prétends que Régine a tué Victoria ?

– Que ce soit elle, toi ou quelqu'un d'autre, je m'en moque, Axel. Je vous emmène. On part à Berlin. J'ai des amis qui vont arranger tout ça.

– Je ne veux pas partir.

– Tu ne serais pas ici si tu n'y pensais pas. Si c'est Régine, elle ne s'en sortira jamais.

– Ça ne peut pas être Régine.

– Pourquoi ?

– Elle ne sait pas se servir d'une arme.

– Je ne l'imagine pas restant là, sans rien faire, avec un corps à bord de la *Méduse*. Ta sœur a oublié le langage articulé, mais pour le visuel, elle est championne. Et elle aime les polaroïds, non ?

– Je pense qu'elle a touché le corps. Elle avait du sang sur une main.

– Nous y voilà. Des empreintes ?

– Comment ça ?

– Tu m'as expliqué que Victoria était allongée sur le lit. Régine a pu s'essuyer avec le drap.

– Je n'ai vu aucune trace. Régine avait sali le bras du fauteuil. J'ai nettoyé.

– Crois-moi, on ne nettoie jamais assez pour des flics bardés d'outils technologiques. À part ça, quelqu'un vous a vus ?

– La voisine.

– Délit de fuite. Tu as déjà fait ton choix. On s'évacue, et vite.

– Je commence à être connu. *Meurtres à Babylone* marche bien.

– Tu as signé ton jeu informatique sous un nom d'emprunt. Alors, ici ou ailleurs. Tu te laisses gagner par la torpeur à Paris. Réveille-toi, baby. Remue ton cul splendide. Viens avec moi.

– Et toi, tu peux laisser tout ça ? Ta vie, cet appartement ?

– Des appartements comme celui-là, j'en ai d'autres. Les vrais créateurs sont des nomades. Et nous, nous avons les moyens d'être des nomades de luxe.

– Je ne comprends pas.

– J'ai une envie frénétique de partir comme on a envie de pisser quand on a la prostate qui se déchiquette.

– Quel rapport ?

– Je veux emmener mon vieux corps en promenade. C'est faire preuve de trop de sensiblerie que de l'avouer mais tu es pour moi le seul compagnon de route. Tu es ultime, vois-tu. Détends-toi. Prends un autre café, un whisky, ce que tu veux. Donne-moi vingt minutes pour faire mes bagages.

Klaus leur proposa de l'attendre sous un abribus pendant qu'il récupérait sa voiture au garage. Régine prit place à l'arrière. Ils traversèrent Paris et s'engagèrent sur l'autoroute du Nord. Régine, dans un effet poétique parfaitement gratuit, s'endormit au péage de Dormans sur Gerry Mulligan et se réveilla en entendant Miossec.

Moi la nuit quand je m'endors
Je t'imagine très bien
Perdue sous d'autres corps
Me réclamant en vain

Ils passèrent la frontière à Mondorf, une bourgade luxembourgeoise lovée dans sa torpeur. Il était 13 h 45. Axel se tourna vers sa sœur. Il essaya de lire en elle jusqu'à ce que son visage perde ses contours. Il la revit sur la *Méduse* avec ce même regard dissous. Il avança la main pour toucher sa joue. Elle retroussa les lèvres, montrant de petites dents d'enfant dans un sourire vide.

Chapitre II

Louise Morvan venait de s'offrir un jambon-beurre et un diabolo orgeat dans un bistrot à quelques encablures de l'hôtel Crillon. Maintenant, elle attendait sous la statue équestre de Jeanne d'Arc qu'une cliente potentielle, portée sur les lieux de rendez-vous singuliers, veuille bien se montrer. La Pucelle étincelait de tout son or. Je l'aimais mieux quand elle était verte, songeait Louise. En tout cas, on ne risque pas de se louper sous cette cavalière rutilante.

Une vraie fausse blonde d'une quarantaine d'années pénétra l'espace vital de Jeanne et de Louise. Elle correspondait en tous points à l'autoportrait improvisé lors de leur conversation téléphonique.

Ana Chomsky était certes abondante. Certains la qualifieraient de généreuse, d'autres de pneumatique, les observateurs un peu hâtifs de grosse. Louise la trouva remarquable parce qu'on ne pouvait pas ne pas la remarquer. Elle reconnut le parfum capiteux qui s'échappait d'un carré de soie noué sur une robe rose. Le rouge à lèvres était assorti, faisant ressortir la fraîcheur du teint. Les cils, généreusement enduits de mascara, dessinaient un écrin noir pour des yeux bleu pâle.

– Entrons dans le musée des Arts décoratifs, mademoiselle Morvan. Rien de tel que la foule pour protéger une conversation délicate.

Louise suivit sa cliente potentielle sous les arcades de la rue de Rivoli. Chomsky sourit avec grâce au bousilleur de billet, le gâtant d'un « je vous remercie infiniment » et monta l'escalier avec élégance, faisant se mouvoir dans l'espace nécessaire un arrière-train fellinien. Louise, docile, passa, dans le sillage parfumé, un sas à peine éclairé, découvrit un mannequin doté du bonnet de nuit de Groucho Marx enlaçant son polochon, dans un lit futuriste doté d'une cafetière intégrée et d'un générateur d'ions négatifs.

– En plus, c'est passionnant, vous verrez. C'est ma deuxième visite et je me régale par anticipation. L'expo s'intitule *Rêves d'alcôve*. La chambre à coucher à travers les siècles. Bien trouvé, n'est-ce pas ?

– Oui, c'est plus sympa que *Fantasmes de paddock*, soupira Louise.

Elles arpentèrent la galerie en silence. Chomsky s'absorba dans la lecture de chaque panneau informatif.

– Madame Chomsky, la culture est la source à laquelle je m'abreuve quotidiennement, cependant les rigueurs de mon agenda sont incontournables…

– J'y viens, ma chère, j'y viens, roucoula Chomsky en dépassant un fourbi Empire plein de pattes de lion puis un décor où une marquise se faisait délacer le corset par sa soubrette.

Chomsky venait de s'arrêter et restait, recueillie, les mains croisées, devant un énorme lit qui méritait un hôtel particulier cossu particulièrement haut de plafond. Le satin bleu dégoulinait en volutes lascives.

– Ce n'est pas un lit mais une scène de théâtre baroque, mademoiselle Morvan. C'est la couche de la Lionne, une courtisane splendide qui, dit-on, inspira Émile Zola pour la création du personnage de Nana.

– Diantre, lâcha Louise qui venait de décider de laisser la bride sur le cou à Ana Chomsky.

Mais la plantureuse esthète avait fini de caracoler. Après son galop de santé, elle était prête à lâcher sa petite histoire. Elle lorgna avec envie la seule chaise qui aurait pu être disponible si elle n'avait été pourvue d'une gardienne de musée pelotonnée dans une couverture à carreaux, puis se tourna vers Louise.

– Je suis lente, n'est-ce pas ? C'est la première fois que je fais appel à un détective privé. Je ne sais pas par quel bout commencer.

– Une source d'ennuis ?

– Une source de préoccupations. C'est un homme. Cela vire à l'obsession. Je crois qu'il vaut mieux crever l'abcès.

– Vous voulez une filature ?

– Je ne sais pas. Je ne crois pas à la psychanalyse.

– Allons bon.

– Oui, et pourtant, il faut parfois trouver un remède.

– Un remède à…

– Aux préoccupations.

– Une cure psychanalytique, tenta Louise, on sait quand ça commence mais pas quand ça se termine.

Sur ce, elle annonça son tarif journalier sur lequel devaient bien sûr se greffer les frais.

– Oui, vous avez raison. Revenons à des choses concrètes.

– Vous le connaissez depuis longtemps ?

– Notre histoire a duré quatre mois. C'était il y a dix ans. J'avais trente ans, il en avait quinze. Un équilibre bizarre s'était installé. Il n'était pas un adolescent exalté. Ce qui est rare à cet âge-là. D'ailleurs pour moi, il n'avait pas d'âge. Patrick aurait pu tout aussi bien avoir cinquante ans. C'était un homme et je l'aimais. Ce n'était pas platonique. C'était très fort. Vous voyez ?

– Sans problème.

– Je l'ai perdu. Petit à petit… Notre connivence s'effritait sans que je fasse rien. La catastrophe qui va arriver. Et qui arrive. Il est parti. Et…

– Et ?

– Dimanche dernier, je suis allée déjeuner chez ma sœur à Enghien. Elle a épousé un type impossible mais je suis très famille, alors je me force. J'y vais pour ainsi dire un dimanche sur deux. Cyril était là. Mon neveu. Un gamin que les déjeuners dominicaux barbent à mourir et qui, la dernière bouchée avalée, se réfugie dans sa chambre pour retrouver son ordinateur. Quand ma sœur s'est levée pour mettre la vaisselle dans la machine, je me suis réfugiée auprès de Cyril. Le passé m'a sauté au visage. Sans prévenir, évidemment. Il était là.

– Qui ?

– Patrick, mon adolescent, une décade et des poussières plus tard.

– Une relation de Cyril ?

– Il était dans l'ordinateur.

– Vous pouvez préciser ?

– Cyril possède un jeu informatique. C'est un film interprété par des acteurs. Patrick jouait dedans. Enfin, je crois… C'était fugitif. Non, en fait, je suis quasiment sûre que c'est lui.

– Et vous voulez en être tout à fait sûre ?

Chomsky se mordilla la lèvre supérieure. Puis lâcha d'un air timide :

– Probablement. Puisque je suis là.

– Vous n'avez pas appelé la société qui a produit le jeu ?

– Non… En voyant Patrick, je me suis sentie bloquée. Dans le fond, je n'ai rien compris. On a vécu quelques mois intenses et je n'ai jamais su qui il était. Sa famille, ses amis, l'endroit qui l'a vu naître. Une partie de moi veut savoir.

– Et que veut le reste du moi ?

Chomsky eut un petit rire. Guère gai.

– Vous voyez, vous parlez comme une psychanalyste. Je me sens déjà mieux, docteur.

Cela m'étonnerait, pensa Louise en se forçant à sourire.

– L'autre partie veut la paix. Je suis divorcée, j'ai une grande fille qui étudie à l'université. Je suis professeur de lettres modernes, et j'écris aussi. Je suis une femme sans histoires. Ma vie me plaît. Enfin… pas tant que ça.

Elle se mordilla les lèvres un instant, les yeux dans le vide.

– Plus je vous parle et plus je pense que c'est la rêveuse qui est en moi qui a raison. La rêveuse veut que vous retrouviez Patrick. Que vous découvriez son mystère ou sa banalité. Et si la rêveuse a assez de courage, elle ira vers lui et…

– Et ?

– Je ne suis pas sûre de mon envie de le revoir. En chair et en os, je veux dire. En fait, je veux savoir qui il est. Non. Plutôt, qui il a été. Ensuite, je n'y penserai plus jamais. Vous savez, il est dans tous mes livres. Mais en ce moment, je tourne en rond. Alors, si je veux continuer à écrire, il faut que je sache. Je repartirai sur de nouvelles bases.

Louise étudia le visage un rien exalté d'Ana Chomsky, pensa à la demi-douzaine de factures qui avaient pris pension dans le tiroir gauche de son bureau et n'hésita pas longtemps.

– Je prends votre affaire en main. Mais si elle se révèle plus compliquée que prévu, le forfait sera à renégocier.

– Je marche.

– Le nom du jeu électronique ?

– *Meurtres à Babylone*. Je vous ai apporté un exemplaire. Patrick joue le rôle de l'ouvreur de cinéma. Ça dure dix secondes.

– Où l'avez-vous connu ?

– À la cafétéria de ce musée. Patrick était venu voir les toiles de Jean Dubuffet. Moi aussi. Un si jeune homme s'intéressant à la peinture, ça m'a intriguée. Nous avons engagé la conversation. Il avait déjà un goût très sûr et de l'intuition.

– Quel lycée fréquentait-il ?

– Aucune idée. Je ne voulais rien savoir à l'époque. Je croyais que ça risquait de casser l'ambiance de notre relation. D'en faire un machin convenu. Quelle gourde j'étais !

– Patrick comment ?

– Patrick Gylin.

– Entendu, je m'en occupe.

– Encore une chose. Merci de m'envoyer les informations à cette adresse de poste restante. Un e-mail est trop rapide. On n'a pas le temps de savourer son attente. Vous comprenez ?

– C'est vous la cliente. Et la cliente est reine.

Louise rejoignit le siège de *Morvan Investigations*, son bureau-appartement, quai de la Gironde. Elle s'assit à son bureau, jeta un coup d'œil au dragon de la Cité des sciences qui déployait sa masse métallique de l'autre côté du canal puis lut le résumé de *Meurtres à Babylone* :

« Février 2006, Bruxelles, États-Unis d'Europe. Martial Capriati est un privé zen au sang-froid remarquable, au passé mystérieux dont ne subsistent que dix années de pratique martiale et philosophique au cœur du monastère chinois de Shaolin. Il est l'homme intègre, une espèce en voie de disparition dans une capitale féroce où la démocratie n'est plus qu'un ramassis d'idées obsolètes pour les puissants. Parmi ceux-ci : James Perez de Savor, membre d'*Europa*, le directoire gouvernant les États-Unis d'Europe.

James Perez de Savor a un fils unique, Aliocha, qui, parce qu'il est impliqué dans le meurtre d'un fonctionnaire du directoire, Luther Vanbrij, risque la peine de mort. Au péril de sa vie, Martial Capriati va mener l'enquête dans les labyrinthes d'une nouvelle Babylone, dangereuse, corrompue et belle comme un mauvais rêve, où sexe et mort, étroitement liés, mènent la danse. Douze suspects sont en lice et Capriati n'a que quarante-huit heures pour trouver le meurtrier et sauver Aliocha Perez de Savor des griffes du tribunal de la Blanche Inquisition.

Vous êtes l'associé de Martial Capriati. Aidez-le à résoudre une intrigue qui tient toutes les promesses d'un voyage initiatique. »

Louise glissa le DVD dans le lecteur de son ordinateur. Après quelques manipulations, douze personnages apparurent sur l'écran. Parmi ceux-ci, six visages masculins sur lesquels elle cliqua successivement, écoutant la voix du détective Martial Capriati débiter leur biographie. Pas d'ouvreur de cinéma au programme. Elle dénicha le bon chapitre, misa sur « Cinéma en 3D : Martial Capriati interroge le projectionniste ».

Capriati avançait dans une salle décorée comme un théâtre rococo. Le lieu laissa deviner ses ors et son pourpre avant de plonger dans la pénombre. « Je suis venu voir le projectionniste », annonça le détective qui n'était plus qu'une silhouette. Il alluma une cigarette et la lueur de son briquet-laser éclaira un beau visage, l'espace de quelques secondes. Cheveux sombres et bouclés, yeux noirs, nez droit, bouche parfaite. Chemise soyeuse et rouge sur pantalon noir. Le nouveau venu ressemblait vaguement à Charlie Chaplin.

« Suivez-moi », dit-il avant de tourner les talons. L'image se désagrégea.

Capriati était maintenant dans la salle du projectionniste, un barbu à lunettes qui n'avait rien de ravageur. Louise quitta le programme, rangea le jeu dans son boîtier et se connecta sur l'annuaire à la recherche de la maison de production de *Meurtres à Babylone*.

Le numéro de *CyberProd* était accompagné d'une publicité savante où il était question de « voler dans le cyberspace jusqu'au cœur de la matrice ». Un bon début pour une enquête tordue mais peut-être divertissante, pensait Louise pendant que la sonnerie s'échinait.

– *CyberProd*. Renée Dunant. J'écoute.

– Louise Morvan, agent artistique. J'ai été très impressionnée par *Meurtres à Babylone*. Un des artistes tout particulièrement…

– Désolée, mademoiselle, nous ne communiquons pas de coordonnées par téléphone. Et Pascal Aubin, notre directeur, est absent. Passez donc à nos bureaux avant ce soir. Je me tiendrai à votre entière disposition.

– Oserai-je insister ? Il s'agit de l'ouvreur de cinéma. Il est épatant. Dix secondes et on ne voit que lui.

– L'ouvreur ? Oui, en effet, c'est une brève prestation. Nous sommes ravis que vous vous intéressiez à notre travail, mademoiselle. Mais nous ne pouvons vous satisfaire par téléphone.

– Je comprends parfaitement. Puis-je venir maintenant ?

– Sans problème.

– À tout de suite, madame Dunant.

– Je vous attends, mademoiselle Mordan.

– Morvan.

– Pardon. À bientôt.

Louise ausculta une dernière fois la jaquette du DVD : le créateur de *Meurtres à Babylone* s'appelait Peter Panpan. Pour un initié du vol en cyberspace, ce n'était pas mal trouvé. Mais un nom pareil n'avait aucune raison de figurer dans l'annuaire électronique. Idem pour Patrick Gylin, bien que son patronyme soit nettement plus banal. Une fois ces faits vérifiés, Louise prit son sac et quitta son bureau.

Le siège de *CyberProd* était installé au deuxième étage d'un immeuble haussmannien de la rue de Berri. Renée Dunant portait une robe courte, vert pomme et noire avec incrustations de plastique et des bottes vernies. Cette tenue de Barbarella contrastait avec un visage sérieux entouré de boucles auburn, gâté par une paire de lunettes discrètes comme des hublots de paquebot.

– Vous êtes agent artistique, mademoiselle Morvan ?

– Je débute. Des amis m'ont confié le casting d'un jeu en projet. Il s'agit d'adapter *Le Grand Sommeil.* Nous voulons recréer l'ambiance du Los Angeles de 1939. C'est ambitieux. L'acteur qui interprète l'ouvreur a un physique chandlérien. Vous ne trouvez pas ?

– Je suis une bureaucrate, mademoiselle Morvan, et Pascal Aubin, mon patron, ne m'a pas engagée pour mes options artistiques, répondit la secrétaire comme à regret.

– Pourtant, vous avez une sensibilité. Votre manière de vous habiller…

Renée Dunant digéra le compliment en rosissant.

– Un physique chandlérien, dit-elle, avec un léger sourire. Il ne ressemble pourtant pas à Humphrey Bogart. D'ailleurs, il ne ressemble à personne.

La lueur dans son regard avait été fugace mais pas suffisamment pour échapper à Louise.

– Je pensais plutôt aux qualités de l'héroïne chandlérienne. La beauté fatale, la candeur mystérieuse, la fragilité et la force mêlées.

– Je vous suis mieux, admit Renée Dunant. L'ouvreur a toutes ces qualités.

– Le connaissez-vous personnellement ?

– Un peu, avoua la secrétaire. Maintenant, mademoiselle, je vais prendre vos coordonnées en détail et soumettre votre requête à Pascal Aubin. Je glisserai votre dossier au-dessus de la pile. Mon patron est très pris mais vous répondra rapidement, soyez-en sûre. Simplement, le cas de l'acteur qui vous intéresse est un peu particulier.

– C'est-à-dire ?

– Monsieur Aubin vous expliquera tout ça mieux que moi.

– Je vois. Puis-je vous appeler demain matin ?

– Je vous contacterai. Je ne voudrais pas vous faire perdre votre temps.

– Merci de votre aide.

La secrétaire raccompagna Louise et lui offrit un nouveau sourire léger avant de refermer la porte. Sa douceur avait l'opacité de la ouate. J'ai fait chou blanc, admit Louise. Qu'est-ce qui m'a pris de raconter toutes ces âneries sur l'œuvre chandlérienne ?

Elle prit le métro et regagna le quai de la Gironde. L'appartement était plongé dans une lumière orangée. Elle se servit un whisky et s'installa à son bureau, fit pivoter son fauteuil pour pouvoir regarder le dragon, laissa ses pensées vagabonder. Bientôt, elle vit un petit homme aux oreilles pointues, habillé de vert, enchaîner les loopings, agacer le monstre chinois qui tentait de lui griller les fesses. Peter Panpan, Peter Panpan. Un nom d'enquiquineur.

Un whisky sur estomac creux et c'est Disneyland sous un crâne, pensa-t-elle. Il était grand temps d'aller manger un morceau au *Clairon des copains*, l'aimable estaminet faisant office de succursale de *Morvan Investigations*. C'est là qu'elle rencontrait indicateurs et enquêteurs occasionnels, et mettait à jour la paperasserie, au moyen de son portable, lorsque le silence de son bureau lui pesait. Pour l'instant le silence était parasité par une ritournelle agaçante. Peter Panpan, Peter Panpan, Peter Panpan.

– Et qu'est-ce qu'elle prend ce soir ? demanda Robert le barman.

– Une andouillette accompagnée de frites et de nostalgie. Si cette requête se révélait impossible, je pourrais en concevoir une profonde tristesse.

– Elle l'aura, son andouillette, elle l'aura !

Robert avait déjà tourné les talons et filait vers la cuisine de son pas élastique.

– Manu ! Une andouillette. À la Bocuse ! hurla-t-il par le passe-plat.

– À la Bocuse ! Et pourquoi pas à la Curnonsky ? Moi, je les fais griller, les andouillettes, point ! rétorqua Manu dans une débauche similaire de décibels.

– C'est pour Louise, quoi ! Tu t'appliques. Bocuse, c'était une image. J'en ai une autre. Ce que veut Louise c'est une ambiance de feu de cheminée dans un manoir campagnard avec les yeux qui piquent un peu mais le cœur au chaud et la pluie qui fait flic-floc sur le carreau. Les canards couinent dans l'arrière-cour, et l'oncle Paul en veste de tweed va raconter une bonne histoire en tirant sur sa pipe de bruyère.

– Ouille maman, mais qu'est-ce que tu racontes là, oh, mon Robert ? Tu les fumes, toi, les andouillettes, ma parole !

– Je fume rien. J'explique, Manu.

– Robert vous a servi une allégorie, monsieur Manu, lança Blaise Seguin qui venait de faire son entrée et serrait la main de pépé Maurice, le maître des lieux.

– L'andouillette allégorique. C'est une trouvaille, ça, monsieur Seguin. Je pourrais l'inscrire à la craie sur mon tableau noir des menus. Ça ferait chic et soigné, précisa le vieux bistrotier.

Seguin abandonna pépé Maurice à ses méditations esthétiques et fila vers le fond du café-restaurant et la table habituelle de Louise. En cette fin de journée, le thermomètre badinait avec les 25 °C, mais Seguin portait son costume bleu marine, le seul qu'on lui ait jamais vu, de janvier à décembre.

– C'est l'été, Louise. Vous avez remarqué ?

– L'humeur est joviale, c'est ça ? Un rien survoltée.

– Vous êtes merveilleuse. Vous me saisissez au quart de tour. Je crois que c'est cela que je préfère en vous. Hormis votre physique renversant, bien sûr.

– Blaise, je suis désolée. Je suis en retard dans nos comptes. Je ne vous ai pas donné votre avance pour la filature Chondurat. Mais j'ai une affaire. Ça redémarre.

– Ne vous tracassez pas. L'affaire Chondurat fut un grand moment. D'ailleurs, je suis venu vous narrer le dernier chapitre.

– Alors, Chondurat est cocu ?

– Bien sûr. Mais, et c'est là que nous frôlons les limites du sublime, Mme Chondurat faute avec un talent remarquable. Remarquable au vu de son physique de crémière permanentée. Mais pas seulement. Apprenez que Mme Chondurat a deux amants. Et ils sont presque identiques dans leur banalité grise. Deux bonshommes maigres qu'on croirait plus passionnés par le PMU que par les caprices d'Éros. C'est magnifique.

– Elle fait de grosses journées.

– Du tout. Elle fait un groupage. Les amants viennent ensemble.

– C'est peut-être pour une belote ?

– Les photos sont criantes de vérité.

– Bien. Il va falloir annoncer ça à M. Chondurat.

– Permettez-moi de vous laisser ce soin. Votre position de directrice et seule employée de l'agence *Morvan Investigations* vous y oblige. Courage. Un conseil : pincez-vous le lobe de l'oreille très fort au moment de vérité. Cela vous évitera d'exploser de rire au visage d'un sieur Chondurat doublement bafoué.

– Aucun risque. Les histoires d'adultère ne me font pas rire.

– L'habitude, sans doute ? C'est quand même le gros de la clientèle.

– Au contraire, je ne m'y habitue pas. Les serments sont sacrés, vous ne croyez pas ?

– Je ne vous voyais pas en romantique ou en moraliste, répliqua Seguin, intrigué.

Il resta silencieux un instant, regardant l'assiette vide de Louise.

– Votre oncle adorait la cuisine terrienne. Tripes, escargots, choucroute, andouillette. Il était citadin jusqu'à la pointe de ses chaussures anglaises mais savait se révéler un *gentleman-farmer* de première classe. Il aimait aussi la marche, vous l'ai-je déjà dit ?

Elle souriait. Seguin était un obsessionnel méthodique. Chacun de leurs tête-à-tête était l'occasion d'une plongée dans le passé, celui de Julian Eden, le gentilhomme détective. « Un Jack Kerouac en costume prince-de-galles », compagnon élégant, ironique, doué pour la vie que la mémoire de Seguin avait définitivement associé à une flamboyante traversée des années soixante-dix. Au fil de « leurs bordées canailles », narrées avec profusion, Louise tentait de comprendre tout ce qu'adolescente elle n'avait pu saisir. Son oncle avait disparu au moment où elle devenait une femme. Julian laissait derrière lui une image de séduction qui perdurait au-delà de la mort. Elle craignait qu'un jour le puits à histoires ne tarisse. Son meilleur collaborateur devait être ménagé malgré son verbiage, son hygiène douteuse et son penchant pour l'amour tarifé du côté des boulevards des maréchaux. Seguin était le réceptacle à secrets. Les histoires n'étaient peut-être qu'à moitié vraies. Qu'importe, l'esprit de l'oncle y survivait.

– Tenez, voilà votre andouillette, Louise. Robert, la même chose, je vous prie.

– C'est déjà fait, monsieur Blaise, je savais que vous alliez craquer, répliqua le serveur d'un air goguenard.

Il glissa rapidement une assiette fumante devant Seguin qui entreprit d'engloutir son repas avec la vélocité habituelle. Louise l'observa attendant qu'il veuille bien conclure un épisode de la saga Eden, ses yeux froids plantés dans les siens, son sourire de carnassier repu aux lèvres. L'oncle mythique se mit bientôt à revivre en

Alsace sur les traces d'un fugueur. Une fois l'adolescent retrouvé, le détective avait passé deux jours avec lui, à marcher dans la forêt vosgienne. Un voyage presque sans paroles, sinon l'essentiel, et du baume au cœur offert à un môme écrasé par le poids de sa jeunesse.

Louise poussa un soupir et commanda un café.

– Vous avez entendu parler d'une certaine Ana Chomsky ?

– Pourquoi, je devrais ?

– Non, mais c'est la première fois que je rencontre une cliente dans son genre.

– Un adultère ?

– Même pas.

– Quoi alors ?

– Une femme qui cherche un homme qu'elle n'est pas sûre de vouloir retrouver.

– Bah, laissez tomber. Terrain vaseux égale source d'ennuis.

– J'ai des factures.

– Il y a sûrement autre chose. Vous avez votre air.

– Mon air de quoi ?

– Intrigué. Un peu perdu.

– Et alors ?

– Votre oncle avait le même.

– Ah bon.

– Oui, chaque fois qu'il y avait une jolie femme à la clé.

Elle se contenta d'offrir à Seguin un sourire énigmatique et demanda l'addition.

L'ordinateur fixait Louise de son œil de cyclope. Elle eut une idée subite et n'y résista pas. Elle ouvrit d'abord *Meurtres à Babylone*. Lorsque le visage de l'ouvreur emplit l'écran, elle mit l'image sur arrêt puis en fit une copie. Elle composa ensuite un texte.

« Peter Panpan a changé ma vie. Je ne peux plus fermer l'œil depuis que j'ai vu l'ouvreur de cinéma. Il a ouvert la boîte de Pandore sur l'immensité de mon désir. Aidez-moi à le retrouver ou aidez-moi à l'oublier.

La reine Louise (ou Louise dans l'arène) »

Elle relut son message et le trouva suffisamment chichiteux pour attirer l'attention. Elle surfa à la recherche de sites et de forums dédiés aux fans de *Meurtres à Babylone*, en trouva une douzaine et les arrosa avec son message et la photo de Peter Panpan. Elle revint ensuite au jeu et s'enfonça dans ses arcanes pendant un temps infini comme si elle cherchait autre chose qu'un coupable de pacotille.

Ses yeux commençaient à brûler. Elle venait de traverser la Cité des Reclus sans trop d'encombre, et s'aventurait sur une allée bordant un parc dans la pénombre, lorsqu'un jogger traversa l'écran comme un personnage secondaire dans une bande dessinée. D'instinct, elle cliqua sur le coureur qui avait une capuche de lutin pointue, terminée par un pompon. Le jogger enleva sa capuche et s'avança sous le rond jaune d'un réverbère.

C'était l'ouvreur. Le visage grave. Il fit un signe de la main et reprit sa course. Le parc avala sa silhouette. Louise cliqua sur l'ombre des fourrés et pénétra à son tour dans le parc. Une tache brillante sous la lune. Elle cliqua encore. La tache brillante était un lac. On entendait le chant d'oiseaux exotiques et de grenouilles.

L'ouvreur était assis sur la berge. Il tourna la tête, sourit enfin.

– Je voulais vous voir, dit-il.

L'image se brouilla. Gros plan sur un torse velu. Abdominaux du tonnerre, crâne rasé, dents de cristal, un homme du gang des Imploseurs venait de faire irruption dans le paysage et la menaçait avec un désintégrateur. Louise entama un dialogue qui en valait bien d'autres et se lassa rapidement. Dans le fond, elle n'avait jamais aimé les jeux électroniques.

On entendit un plouf et le bestiaire cessa de chanter. Louise sut que Peter l'Ouvreur venait de plonger dans le lac. Le prince était redevenu une grenouille. Elle décida d'aller se coucher.

Chapitre III

Louise se leva à six heures, alla acheter *Libération* et revint prendre un petit déjeuner rapide, dont le point d'orgue fut un café corsé dont elle s'estima assez fière. Elle alluma son ordinateur.

Deux messages l'attendaient. Un certain Fritzo proposait de créer un nouveau club des fanatiques de *Meurtres à Babylone* et précisait qu'il était prêt à assumer la charge de président. Claude la Lutteuse, secrétaire de *Gay Planète*, avait signé un texte sibyllin :

« Pisteuse de l'ouvreur, tu cherches pour trouver ou pour te perdre ? Attention, sables mouvants. Le savoir n'est pas aussi gai qu'on le prétend et s'il est gay, va-t-en savoir ? »

Louise répondit :

« Lutteuse, Peter m'intéresse autant que la fée clochette. Tu la connais ? »

Elle laissa son ordinateur branché et partit prendre une douche. Quand elle revint s'asseoir à son bureau, la Lutteuse avait repris la conversation.

« Reine Louise. Entre dans l'arène. Agite ta cape rouge. Essaie de planter une banderille. Olé. »

Louise rassembla ses idées. Elle se vit dialoguant pendant des heures, glissant sur la pente savonneuse de la métaphore.

« Frissons, la Lutteuse. C'est moi qui suis éperonnée. Mets ton habit de lumière et éclaire-moi. »

Décidant que presque tous les moyens étaient bons pour soutirer des informations, Louise avait revêtu un tailleur moulant sur un chemisier décolleté et portait des escarpins à hauts talons. Elle avait emprisonné son épaisse chevelure dans un chignon strict. Rien de tel qu'un mélange de sensualité et de sévérité pour enflammer les esprits et délier les conversations.

Les bureaux de *Gay Planète*, comité de défense homosexuel, occupaient un petit loft en rez-de-chaussée, cité Griset dans le 11e arrondissement. Elle avait rendez-vous à dix heures avec la secrétaire générale du comité, alias la Lutteuse. Elle prit le métro et descendit à la station Parmentier.

Il ne fallait pas confondre séduction et mensonge. Elle avait donc révélé son métier d'entrée de jeu. La Lutteuse était accrochée mais parfaitement calme. Des cheveux courts, une tenue dépouillée composée d'un pull marin et d'un large pantalon grège, un maintien strict lui conféraient un impeccable style professoral. Toute sa nervosité avait afflué dans son stylo en argent ciselé, une coquetterie baroque manipulée avec vélocité et qui rythmait chaque fin de réplique de son petit signal incisif. Le martèlement fringant devait de surcroît raffermir le discours pour lui donner plus de poids. Rien ne plaisantait chez la secrétaire générale. Et le tutoiement était relégué aux oubliettes.

– La plupart du temps, je ne rencontre pas mes interlocuteurs. Vous avez su me tenir en haleine, c'est la raison de votre présence ici. Bien que j'éprouve une réticence à communiquer avec la police, publique ou privée, sachez que je ne regrette pas votre venue. Pourquoi cherchez-vous l'ouvreur ?

– Pour une cliente imaginative. Elle croit qu'il est un amour perdu.

– Et vous, vous n'y croyez pas ?

– *Meurtres à Babylone* utilise des comédiens et non pas des personnages d'animation. Je le vois comme un opéra d'un nouveau genre. Personne ne s'y avance sans être grimé. Je sais à quel point un maquillage peut transformer une personne et que dire du traitement informatique ? L'ouvreur est sublimé. Comme les autres.

– L'ouvreur est différent.

La Lutteuse marqua un temps, sondant Louise de ses yeux sombres et dépourvus de la gaieté de sa prose informatique.

– Différent ?

– Il est là en invité. Mais aurait pu tenir l'un des principaux rôles. Peter Panpan n'a pas souhaité le mettre en lumière. Bien vu. Il a réussi à attiser la curiosité du spectateur.

– Ma cliente pense qu'il s'agit de Patrick Gylin, un homme qu'elle n'a jamais oublié. Dix ans de fidélité, qui plus est, virtuelle, c'est assez fascinant. Vous ne trouvez pas ?

– Et vous, ça vous fascine aussi ? Vous êtes un peu voyeuse ?

– Peut-être bien. Le détective est l'œil.

– Celui qui se contente d'observer à distance.

– Il y a toujours un moment où il faut franchir le cercle de craie. Ce n'est jamais sans risque.

Le stylo de la Lutteuse dessinait des volutes compliquées. Au bout d'un long silence, Louise reprit :

– S’il vous plaît, aidez-moi. Donnez-moi un indice, un nom.

– Pourquoi le ferais-je ?

– Parce que mon visage est celui que vous imaginiez.

– Touchée, répliqua la Lutteuse avec un sourire oblique et fugitif. L’ouvreur, c’est Peter Panpan.

– Le créateur du jeu ?

– Lui-même.

– Vous connaissez son nom ?

– Son prénom. Axel. Je ne connais pas son nom de famille. Et c’est parfait, car je pense vous en avoir trop dit. Vous avez de quoi franchir le premier arcane du jeu. À vous de continuer.

– Vous savez bien qu’avec un seul prénom, j’en ai pour des mois.

– Essayez les gens de *CyberProd.*

– La secrétaire fait dans la résistance passive. C’est une sorte de Gandhi avec une toile cirée en guise de pagne.

– Je crois qu’Axel vit sur une péniche.

– Merci.

– Ce fut un plaisir. Vous êtes si proche de ma vision imaginaire que j’en éprouve un léger pincement, au creux de l’estomac. C’est délectable. Vous voulez me faire une faveur ?

– Pourquoi pas.

– Dénouez vos cheveux. Ensuite, partez sans rien dire.

Pour le préposé de la Brigade fluviale l’heure du déjeuner approchait dangereusement. Effrayé de voir sa pause souffrir le moindre délai, il se refusait à admettre l’existence d’un quelconque recensement informatisé des pénichards. Il quitta son bureau à 11 h 58, après avoir accordé un coup d'œil furtif à la carte professionnelle de Louise et l'avoir menée, tambour battant, devant une étagère gavée de dossiers où elle fut abandonnée à la seule surveillance d'un stagiaire que la grandeur des tâches administratives laissait de bois. L'œil morne du jeune homme signalait qu'il ne serait d'aucune utilité. Il disparut d'ailleurs rapidement dans les toilettes.

Louise s'attaqua à la paperasse sans faiblir. Le mystère de l'ouvreur s'entrouvrit sur la lettre L. Axel s'appelait Langeais et son bateau, la *Méduse*, était immatriculé à Boulogne, dernière étape d'un parcours fluvial compliqué. Le stagiaire sortit des toilettes au moment précis où son chef revenait de déjeuner. Il cacha son lecteur MP3 dans sa poche et glissa un livre écorné entre deux dossiers. Louise ne résista pas à l'envie d'espionner. Le stagiaire lisait *Don Quichotte*.

Elle consulta l'annuaire électronique dans un cybercafé. Le téléphone d'Axel Langeais était sur liste rouge, mais un certain Matthieu Langeais résidait à Courbevoie, rue de Strasbourg. Louise nota son numéro en cas de besoin et décida de repasser par *Le Clairon des copains* pour s'offrir une douzaine d'escargots. Elle envisageait de poursuivre par des cuisses de grenouille et d'arroser le tout d'un « petit blanc du patron », histoire de tenir en respect le puissant arôme de l'ail pour lequel Manu avait la main lourde. Et puis je commanderai un sorbet à la noix de coco, ça me dessaoulera avant de voir la tête de la *Méduse*, conclut-elle.

Serge Clémenti avait réquisitionné trois gars de la Fluviale. Les plongeurs pataugeaient depuis deux bonnes heures, travaillant au toucher, farfouillant la vase avec une patience de tortue marine. Le lieutenant Argenson ne les enviait pas et commençait à s'impatienter. Dans la bouillasse de la Seine, et avec une visibilité de quinze centimètres à tout casser, leurs yeux étaient aussi inutiles que ceux de la poiscaille peuplant les abysses. Résultat : retrouver quoi que ce soit d'intéressant dans cette fange prenait des siècles. Il alluma une cigarette et marmonna un juron. Quelques minutes plus tard, il vit émerger la tête noire d'un homme-grenouille, un type nommé Daumier. Le brave garçon affichait un sourire épanoui. Ses deux collègues émergèrent à leur tour. Argenson poussa un soupir de soulagement.

– Bonne pêche, les gars ! brailla Daumier.

– Qu'est-ce que t'es si fier d'exhiber, la grenouille ? demanda un SDF nommé Mickey et équipé d'un caddie. T'as réussi à faire le tri avec toutes les saloperies que les gens jettent à la baille ? Ça donne pas envie de prendre un bain.

L'escadron des plongeurs se tourna comme un seul homme vers Mickey et son caddie bourré de sacs en plastique. Clémenti arrêta Daumier et sa réplique éventuelle dans leur élan.

– Qu'est-ce que vous avez trouvé ?

– Un DVD. En bon état, je crois.

Le commissaire s'accroupit au-dessus de la prise pendant que les plongeurs faisaient cercle. Personne ne parla pendant une longue minute.

– On dirait que ça vous met en transe, les mecs.

La voix éraillée de Mickey semblait sortir de nulle part.

– N'Diop, Argenson, interrogez donc ce monsieur, ordonna Clémenti.

– C'est déjà fait, patron, répondit N'Diop, un jeune lieutenant d'origine sénégalaise arborant un large sourire malgré le ton sec de son supérieur. Michel Colbert, alias Mickey, sans domicile fixe, un habitué du quai et du café *Les Mariniers*. C'est clair.

– La clarté est un concept relatif. Tu m'interroges monsieur Mickey une seconde fois. Merci.

Le sourire de N'Diop fut rangé au rayon des accessoires tandis que le visage de Philippe Argenson n'exprimait aucune émotion particulière. Il se contenta de fouiller dans sa poche à la recherche d'une cigarette et jeta un coup d'œil au SDF qui ricanait, accoudé à son caddie.

– Ouais, monsieur Mickey se sent en verve, les gars. On va causer. T'as une clope pour moi, beau blond ?

Des voitures banalisées et un attroupement sur le quai où était amarrée la *Méduse*. Louise ralentit le pas. Des hommes-grenouilles discutaient avec des flics en civil. Elle avait reconnu Argenson, se souvenait de l'avoir croisé sur une affaire deux ans auparavant. Le Buster Keaton de la maison Poulaga, avec les gags en moins. Une femme était en conversation avec un grand Noir qui prenait des notes. Louise pouvait les entendre à présent :

– Un gars bien. Quand on a eu nos problèmes avec les fonctionnaires des Voies navigables de France, Axel n'était pas le dernier à se démener. Vos collègues de la Fluviale nous avaient dans le nez. Il y a eu une mini-bataille navale sous le Pont-Neuf. Axel en était. Ils voulaient nous déloger parce que soi-disant on était amarrés à des arbres sous un barrage dans lequel, en cas de crue, on aurait pu s'échouer. Des blagues. On a quand même eu deux de nos pénichards en garde-à-vue et on a dû quitter Suresnes pour Boulogne. En attendant la prochaine manche. Avec ce qui vient d'arriver, la Fluviale va remettre ça.

– Madame Menthe, avez-vous entendu quelque chose, hier soir ? Une discussion animée, une rixe ?

– Il y a eu une fête. Ça arrivait quelquefois. Des tas de gens ont défilé. Il y a eu pas mal de bruit. Mais bon, faut bien que jeunesse se tasse.

– Des bruits inhabituels ?

– Non. Si ce n'est la voix de la pauvre petite sur une musique endiablée. Mon fils m'a dit que c'était le groupe Noir Vertige qui donnait un concert.

– Un coup de feu ?

– Impossible de savoir avec le boucan. À la rigueur, il y a eu la bagarre.

– Ah, bon ? Il y a eu une rixe, alors.

– Des risques ? Je vois pas de quoi vous parlez.

– Bon, la bagarre…

– Deux jeunes pas contents. Oh, ils avaient dû boire un peu. Ils beuglaient comme des veaux, aux petites heures du matin, mais ça n'a pas duré.

– Vous avez entendu ce qu'ils disaient ?

– J'ai rien compris. C'était du parler de jeunes. Celui qui avait une tronche assez bizarre, genre laid mais avec du chien quand même, a traité l'autre d'« enculé de vampire ». Ça, j'ai compris. Forcément.

– C'est tout ?

– C'est tout pour la nuit, mais le matin j'ai vu les Langeais quitter la *Méduse*. Il ne devait pas être plus de sept heures parce que Fred, mon fils, n'était pas encore parti au lycée. Ils avaient des sacs. Ils remontaient la berge en direction de l'escalier qui donne sur la Voie express.

– Vous n'avez rien noté d'anormal ?

– Rien. Axel m'a souri avec chaleur comme d'habitude.

– Et sa sœur ?

– Oh, Régine, elle est comme elle est.

– C'est-à-dire ?

– Un peu innocente.

N'Diop avait repéré Louise. Il cala son crayon derrière son oreille droite et rangea son calepin dans la poche intérieure de sa veste.

– Tourisme ? lâcha-t-il avec un sourire grande largeur.

– Pas plus que vous, répliqua Louise.

– Tu ne connais pas Louise Morvan, N'Diop ? (Argenson remontait une mèche de cheveux pâles et considérait Louise d'un air morne ; sa cigarette se balançait au bord des lèvres.) Flic privé.

– Détective privé. Pas de vilain mot, s'il vous plaît.

– On badine, messieurs ?

Derrière Louise, la voix était douce. Elle se retourna et se retrouva nez à nez avec un homme de taille moyenne, vêtu d'une veste claire et d'un jean noir. Ses yeux étaient parfaitement gris et en amande. Des traits réguliers, un nez long et mince et des joues creuses, une bouche ironique. Sa chevelure châtain clair, coupée ras, était parsemée de blanc. Il approchait de la cinquantaine et celle-ci n'avait pas l'air de lui faire peur.

– Serge Clémenti, Brigade criminelle, dit-il en esquissant une flexion du buste. Qui cherchez-vous ?

– Axel Langeais.

– Tu n'es pas la seule, répliqua Argenson en soupirant.

Clémenti lui lança un regard frigorifique qu'Argenson traduisit immédiatement en s'éloignant vers la péniche où s'affairait un groupe d'hommes. N'Diop prit du champ, lui aussi, décidant de poursuivre l'interrogatoire de Jocelyne Menthe à distance respectable.

– Parlez, jeune fille. Nous sommes seuls au centre d'un cercle de feu qui nous isole du vulgaire.

– Le vulgaire, c'est Blondin et Cirage ? Ils seraient contents d'entendre ça.

– Quelqu'un cherche Axel Langeais ?

– Apparemment. C'est quoi le branle-bas de combat ?

– Rien que de très banal. Une chanteuse en vogue vient de se faire descendre. Accessoirement, la scène s'est déroulée sur la *Méduse*, la péniche d'Axel Langeais. Il s'est volatilisé avant que cette brave dame ne découvre le corps aujourd'hui, dans le creux de l'après-midi. Vous m'avez dit que votre client s'appelait…

– Je n'ai rien dit du tout.

– J'ai tout mon temps, répliqua la voix douce tandis que le regard gris devenait plus dense. Vous connaissiez Victoria Yee ?

– La victime ?

Clémenti hocha la tête et offrit un sourire furtif.

– Pas personnellement, répondit Louise. Mais je connaissais sa musique comme tout le monde.

– Vingt-deux ans. Abattue vers trois heures du matin. Chanteuse du groupe Noir Vertige, d'après les initiés. Et petite amie du propriétaire de la péniche, Axel Langeais, alias Peter Panpan, créateur de *Meurtres à Babylone*, un jeu interactif. Une enquête policière menée au XXIe siècle par un privé zen. Vous m'avez l'air assez zen, mademoiselle Morvan.

– Oui. Assez. Vous aussi.

Elle fouilla dans son sac, en extirpa un paquet de Lucky Strike et offrit une cigarette au commissaire.

– Je ne fume plus depuis six mois, sauf le cigare. Mais j'accepterais volontiers que vous en glissiez une entre mes lèvres.

– On commence comme ça et, un jour ou l'autre, on en rallume une. Vous êtes cuit, à plus ou moins longue échéance, répliqua-t-elle en fichant une blonde dans la bouche souriante.

– Cassandre, murmura-t-il en serrant les dents ; la cigarette tint bon. Vous savez qu'elle avait une mentalité de pute ?

– Qui ça ?

– Cassandre. Apollon lui avait promis de lui apprendre à deviner l'avenir si elle se donnait à lui. Elle feignit d'accepter mais, une fois instruite, elle se déroba. Alors, Apollon lui cracha dans la bouche.

– Mal élevé, le bellâtre. Je peux monter à bord de la *Méduse* ?

– Si vous acceptez mon escorte.

– J'ai les moyens de refuser ?

La cigarette gigota au rythme d'un rire joyeux. À quelques mètres de distance, N'Diop et Argenson regardaient leur patron d'un air navré.

Louise remontait la Voie express d'un pas rapide, à la recherche d'un coin tranquille pour appeler sa cliente. Elle se sentait nauséeuse. La cuisine de Manu n'y était pour rien. Le corps constellé d'étoiles de la chanteuse ne passait pas. C'était encore plus théâtral que les morceaux de bravoure de *Meurtres à Babylone* et Louise n'aimait pas ça. Il était 21 h 30, une heure décente pour appeler une « femme sans histoires ». Mais, si les événements continuaient sur ce terrain, Ana Chomsky allait pouvoir dire au revoir à sa petite vie pépère.

L'amoureuse avait une drôle de voix. Pas celle d'une honnête femme qu'on tire du sommeil du juste mais bien plutôt celle, avinée, d'une amazone en train de faire une foire à tout casser. L'arrière-fond laissait deviner qu'elle ne se déridait pas seule et que tous les voisins en profitaient, contraints et forcés.

Louise fut concise, préférant révéler de vive voix les derniers rebondissements de l'affaire à sa cliente et celle-ci lui donna une adresse dans le Marais. Elle héla un taxi et se fit conduire rue Pavée. Ana Chomsky allait devoir admettre que ses souvenirs avaient pris un sérieux coup de vieux.

Chapitre IV

Louise poussa une grille de fer forgé et traversa une large cour pavée. Deux pots de céramique bleue, garni chacun d'un laurier en fleur, montaient la garde devant un porche aux poignées de cuivre. Le porche était entrebâillé et l'on entendait Jacques Brel appeler Mathilde à pleins poumons. Pas le genre de « ça-m'suffit » qu'on serait en droit d'attendre d'une prof de français. Un riche papa, un généreux ex-mari avaient-ils renfloué la Chomsky ? L'un ou l'autre. Ou les deux.

Une odeur de cannelle flottait dans le vestibule et un quidam flottait entre deux vins, allongé sur le côté, la tête appuyée sur un coude replié, dans une posture d'orgie romaine. Le type était en smoking et tenait une coupe de champagne vide.

– *Mathilde* pour la troisième fois. Je craque ! rugit-il en voyant Louise tanguer dans son champ de vision. Avant, c'était *Je suis venu te dire que je m'en vais*. Si elle nous colle *L'hymne à l'amour*, je me casse.

Le quidam en smoking accompagna sa réplique d'une moue dégoûtée et émit un petit rot distingué.

Louise pénétra dans une salle de réception aux murs de pierre blonde. On aurait pu y caser deux locomotives diesel et quelques pianos à queue, mais la maîtresse des lieux avait des goûts classiques. Un troupeau de canapés, une tripotée de bergères et des commodes cossues s'épanouissaient sous d'imposants lustres en cristal. Louise tenta de repérer l'opulente Chomsky parmi une cinquantaine de personnes repues si l'on se fiait au buffet ravagé où la veuve Clicquot avait subi les derniers outrages.

À peine revenue Mathilde était repartie, au grand soulagement des danseurs qui avaient soudoyé le disc-jockey et obtenu Lady Gaga en pâture. Ils ondulaient en cadence, l'air ravi pour la plupart.

Can't read mine, can't read mine/No he can't read my poker face...

Chomsky avait échoué sur un escalier de marbre et faisait des ronds de fumée, les yeux humides, à l'aide d'un fume-cigarette. Elle avait revêtu une robe fourreau vert émeraude qui lui permettait de ressembler à un énorme concombre érotique. Son mascara waterproof tenait bon.

– Je théâtralise, lança-t-elle à Louise qui venait de s'asseoir à ses côtés. Je pleure en écoutant des chansons d'amour.

– Ça doit enquiquiner vos invités. Surtout si ça fait dix ans que ça dure.

– Peut-être.

Chomsky écarta un pan de robe, révélant un haut de cuisse de marbre blanc, gâté par une piqûre de moustique. Elle entreprit de se gratter à l'aide de deux ongles rouge vif. Une cuisse ample mais ferme comme les révélations qui me restent à délivrer, diagnostiqua Louise avant de se lancer.

– On vient de retrouver un cadavre, à Boulogne. Sur la péniche d'un certain Axel Langeais, créateur de *Meurtres à Babylone*.

Chomsky adopta le faciès de qui vient d'avaler une bouée.

– Et Patrick ? bredouilla-t-elle.

– Tous les garçons s'appellent Patrick mais le vôtre s'appelle Axel Langeais justement.

Chomsky avait fini de théâtraliser. Elle réfléchissait dur. D'une pichenette, elle envoya un peu de cendre valser sur un somptueux tapis.

– Qui a été tué ? demanda-t-elle d'une voix maîtrisée.

– Victoria Yee, chanteuse et maîtresse d'Axel.

– La fille de Noir Vertige ?

– Tout juste. On l'a retrouvée dans le lit d'Axel. Une balle en plein front. Il y avait une mise en scène d'un goût douteux.

L'information n'émut pas Chomsky. Tel le marin qui vient de passer le cap Horn, le pire était déjà derrière elle. Sans doute l'assurance de savoir Patrick vivant. Et l'aide de deux ou trois litres de remontant à bulles.

Oh, oh, oh/I'll get him hot, show him what I've got...

Dans le vaste salon, la voix de contralto de Lady Gaga résonnait à en faire péter les vitres. Parmi les danseurs, Louise remarqua une femme vêtue d'un ensemble pantalon panthère : un corps de prêtresse vaudou, sous un visage de guichetière de Sécurité sociale. Pourquoi certaines personnes éprouvaient-elles le besoin de tirer une tête de trois pieds de long en se trémoussant ? Un autre mystère épais qui ne se laisserait pas dévoiler de sitôt. Chomsky ne se décidant pas à ranimer la conversation, Louise poursuivit.

– Il vivait avec sa sœur cadette, Régine. Une jeune fille perturbée si l'on en croit le voisinage. Ce matin, ils sont partis ensemble pour une destination inconnue.

La main de Chomsky avait retrouvé sa cuisse d'albâtre pour une discrète séance de masochisme.

– En résumé, votre bel ami est dans de sales draps. Le commissaire Clémenti me semble faire partie de la catégorie des acharnés tranquilles. Un conseil : laissez tomber.

Chomsky fit la moue puis regarda la piste de danse. Une bouteille de champagne tanguait au bout du bras d'un moustachu qui s'était fait la tête de Nietzsche. Chomsky confia son fume-cigarette à Louise, se leva et partit vers la bouteille comme le marin vers le phare. Par gros temps cependant si l'on se référait au rythme chaloupé de l'embarcation. Elle s'en tient une bonne, jugea Louise en abandonnant le fume-cigarette dans un cache-pot en porcelaine de Chine. Elle se dressa sur la pointe des pieds pour voir la Chomsky arracher la bouteille au moustachu et s'envoyer une rasade au goulot. Les manières décoratives du musée du même nom avaient fait place à un authentique style de déménageur. Chomsky était une femme de contrastes.

Elle revenait déjà à la charge et s'était bricolé une expression enfantine. Elle saisit le bras de Louise et la poussa dans un fauteuil.

– Aidez-moi, implora-t-elle en se juchant sur l'accoudoir.

– Vous allez au-devant de graves emmerdements.

– Vous avez peur ?

– Non, pourquoi ? Je devrais ? J'ai besoin de travailler mais pas à n'importe quel prix.

– Justement je m'apprêtais à doubler vos honoraires.

– Je ne suis ni stupide, ni mercenaire. Dites-moi d'abord qui vous êtes et ce que vous cherchez vraiment et on pourra discuter.

– Je suis une femme à la recherche de ses souvenirs. J'avais peur que vous ne me disiez que Patrick était devenu représentant, bureaucrate, animateur de MJC ou je ne sais quoi.

– Au moins vous n'êtes pas déçue, il n'est pas devenu fonctionnaire comme vous.

– Vous ne m'aimez pas beaucoup, hein ?

– Je ne crois pas à votre numéro, ne cherchez pas plus loin.

– Je suis romancière, avant tout. J'ai de l'ambition. Cela fait des années que j'essaie de cerner Patrick, de le faire entrer dans ma fiction parce que je sais qu'il a l'étoffe d'une star et qu'il y fera des étincelles. Moi aussi, par la même occasion.

– Vous voulez que je mène l'enquête pour alimenter votre scénario ?

– Il y a de ça. Mais il se trouve que j'aime aussi Patrick. Je me suis rendu compte à quel point lorsque vous m'avez appris dans quel guêpier il s'était fourré.

– C'est peut-être un meurtrier. Et de toute façon, vous n'êtes pas son genre. La morte de la péniche est un tendron eurasien de quarante-cinq kilos. À tout casser.

– Très aimable, ce que vous venez de dire.

– On ne va pas se faire des ronds de jambe et échanger les adresses de nos coiffeurs. Axel et vous, ça me semble un tableau difficile à imaginer.

– Pourquoi ? Il vous plaît et vous aimeriez vous le faire ? Vous croyez que vous avez plus de chances que moi ?

– Bon ! Madame Chomsky, j'ai été ravie de cet épisode distrayant mais je ne voudrais pas abuser. Je vous envoie ma petite note demain. Au plaisir.

– Non. Attendez !

Elle avait agrippé Louise aux épaules. Le fauteuil bascula et le paysage vira au vert bouteille. Le petit nez de Louise venait de s'encastrer entre les seins de sa cliente. Deux secondes d'éternité suffocante et un tremblement gélatineux donna le signal de la délivrance. Louise réalisa que Chomsky riait. Elle se dégagea du mieux qu'elle put, faisant rouler la blonde hennissante sur le tapis. Nietzsche arriva en glissant sur le parquet, mains en avant. On entendit un bruit de tissu qu'on déchire. Le faux philosophe avait arraché le bustier de l'écrivaine d'un coup sec. Un sein format pastèque s'échappa du fourreau vert. Le temps s'arrêta pendant un quart de seconde puis Friedrich Nietzsche retrouva l'usage de ses membres supérieurs. Il semblait d'ailleurs avoir un tas de mains à sa disposition. Elles se baladèrent sur le corps de Chomsky en un temps record puis le moustachu la remit en position verticale et l'embarqua au milieu des danseurs.

– Mince ! lâcha Louise, toujours assise sur le parquet. Il n'est même pas onze heures et on frise déjà l'orgie babylonienne.

La poitrine de Chomsky bien en main, le Nietzsche d'opérette entama une série de palpations rotatives et maintint le mouvement sur un rythme impeccable. Chomsky, bouche ouverte, bras en l'air, riait comme si elle ne subissait rien de plus farouche qu'un massage balinais. Lady Gaga avait été remplacée par un DJ en chair et en os qui répétait « Ohé ! Bella, bella ! » avec constance sur un fond de musique électronique très énervée. La guichetière de la Sécu poussa un cri de jument et enleva son tee-shirt panthère d'un coup sec. Elle portait un soutien-gorge rouge mais personne ne se précipita pour le lui arracher. La Chomsky avait gagné le concours.

Louise se releva, repéra le roteur en smoking. Il couvait un drôle d'air. Son poing alla s'écraser sur les bacchantes de Nietzsche. Celui-ci valdingua cul pardessus tête et atterrit sur une bergère de style qui se disloqua. Deux ou trois filles hurlèrent et le DJ monta le son sans interrompre pour autant le mantra Ohé ! Bella, bella ! Un gros garçon, au torse de marine américain, prit un départ d'exocet. Ses poings moulinèrent l'espace. Il se fraya un chemin efficacement et cassa du danseur à l'aveuglette. Le roteur en smoking beugla « Vas-y, grosse vache ! » et fonça tête baissée vers son destin. Le gros lui balança un direct dans le nez sur « Ohé ! » et un coup de genou dans l'estomac sur « Bella, bella ! »

Un grand blond sautait à pieds joints sur le piano. Beaucoup aidé par ses Doc Martens, il exécutait un parfait pogo, un rituel que Louise croyait enterré avec le mouvement punk.

Chomsky était de retour. Hilare comme dans une pub pour dentifrice réalisée par Russ Meyer. Louise se sentit enfin gagnée par une bonne humeur qui avait les allures d'un dangereux virus.

– Une robe de chez Dior, c'est-y pas malheureux ?

– Bah ! Vous vous en rachèterez une autre. Vous m'avez l'air en fonds.

– Mon ex est très riche. Il est dans l'immobilier.

– L'appartement lui appartient ?

– Non, c'est celui de mon petit ami. Il est cinéaste.

– C'est le type en smoking qui a des problèmes de digestion ?

– Non, mon petit ami danse sur le piano.

– Et Axel ?

– Axel, c'est le rêve, vous n'êtes pas d'accord ?

– Peut-être bien. À ce propos, je ne comprends pas pourquoi Patrick Gylin est devenu Axel Langeais. Et ne me dites pas que votre collégien jouait les Mata-Hari pour mieux vous séduire.

– Là, j'admets avoir menti. Gylin c'est l'anagramme de *lying*.

– Wouaou ! Vous êtes une grande fille toute simple. Dans quel but toutes ces chochotteries ?

– Je ne sais pas.

– Vous ne savez pas. Allons bon.

– Ça m'est venu comme ça. *Lying*, mensonge. Lui et moi, nous avons vécu dans le mensonge. C'est peut-être ça.

– À quelle occasion vous a-t-il menti ?

– Quand il m'a dit qu'il ne me quitterait jamais.

– Ce n'était pas le premier, tout de même ?

– Le premier amant ?

– Le premier à vous dire un truc comme ça.

– Si.

– Bon, récapitulons. Vous voulez que j'essaie de le retrouver avant la police et que je lui demande de me raconter sa vie. Entre-temps, j'interroge ses amis. Du moins ceux qui n'ont pas encore été assassinés. Accessoirement, et en partant du principe que ça puisse lui être d'une utilité quelconque, je vous rappelle au bon souvenir d'Axel. Vous utilisez mes rapports pour écrire une œuvre inoubliable et vous apitoyer à satiété sur vous-même. En gros, vous faites partie de ces écrivains qui prennent l'autofiction très au sérieux. J'ai tout compris ?

– C'est à peu près ça.

– À ce propos, vous êtes bien consciente qu'une pauvre fille a été assassinée, et que la réalité s'annonce sans doute bien plus moche que tout ce que vous pourrez imaginer ?

– J'en suis parfaitement consciente.

– Et ça vous amuse ?

– Non, mais sachez qu'un écrivain véritable se doit de regarder la réalité en face.

– C'est vous qui payez. Mais à la moindre entourloupe, je crache le morceau aux flics et vous vous débrouillez. Nous sommes d'accord ?

– C'est honnête.

– Bon, allez vous rhabiller fissa. Vu l'état de vos charmants invités, les flics seront là avant que j'aie eu le temps de refermer la porte de service. Si vous ne vous êtes jamais fait violer dans un commissariat, votre tenue est idéale pour assouvir ce fantasme. Au fait, où est-elle ?

– Qui ?

– La porte de service. Je n'ai pas envie de me récolter un gnon.

– Il n'y en a pas.

– De mieux en mieux. À bientôt.

– Bye, Louise.

– Ce n'est pas parce que vous m'avez montré vos seins qu'il faut m'appeler par mon petit nom.

– Vous êtes amusante, Morvan.

– C'est à mon corps défendant.

– Cette réplique me plaît. M'autorisez-vous à l'emprunter pour ma fiction ?

– Oui, ce soir la réplique est gratuite.
– Merci. Et bonne nuit.
– C'est ça. Bonne nuit.

Louise se fraya un chemin au milieu d'un ballet qui n'avait rien du *Sacre du printemps* si ce n'était pour les cerfs en rut. Le DJ avait mis tout le monde d'accord avec *Le Freak* par le groupe *Chic* en première ligne. Les invités de Chomsky s'étaient remis à danser avec une énergie de survivants. Sauf le roteur, l'exocet et leurs copines. Le premier, roulé en boule sous le piano, restait sourd aux injections d'une brunette concernée. Le second avait fini de mouliner et se reposait sur l'épaule de la guichetière. Louise soupira et quitta les lieux.

Elle remonta la rue Pavée pour rejoindre celle de Rivoli. Un car de police déboucha au bout de la place des Vosges en provenance du boulevard Beaumarchais. La cavalerie arrivait, et la fête babylonienne vivait ses derniers instants. Louise accéléra le pas.

Les motifs de Chomsky étaient clairs comme de l'eau de vaisselle. Elle n'avait prononcé qu'une parole sensée, ce soir : Axel, c'est le rêve. Un rêve dans la panade toutefois. Louise pensa à ce que Blaise Seguin lui avait raconté au *Clairon des copains*. L'histoire de son oncle, se dévouant pour un ado, au risque d'y laisser des plumes. Et plus que cela. La peau, par exemple. Pour la beauté du geste. Par respect de la grâce. Elle se dit que celle d'Axel Langeais méritait que l'on s'attarde. Elle repensa à ce film où un type se retrouve au paradis et marche sur les nuages. L'acteur était Warren Beatty. Julian Eden déambule sur un duvet de cumulo-nimbus, au paradis. Mais pas en survêtement.

En costume de bonne coupe. Tu me manques tellement, murmura Louise. Je vais faire ce que tu aurais fait. Donner un bout de ma vie à un jeune homme en perdition.

Chapitre V

Louise reçut deux clients dans la matinée. Le premier, patron d'une menuiserie, souhaitait identifier l'employé qui allégeait sa caisse avec régularité. Le second voulait savoir si son beau-frère jouait aux courses. De la petite bière que la patronne de *Morvan Investigations* décida de confier à Blaise Seguin. Du moins, pour le démarrage.

Après avoir appelé son collaborateur, elle fit quelques exercices de relaxation. Il s'agissait de se mettre en condition pour son prochain coup de fil.

– La Lutteuse ?

– Oui ?

– Louise Morvan. Le virtuel rejoint le réel. Ça devient intéressant.

– Intéressant comme à Babylone ?

– La petite amie d'Axel, Victoria Yee, a été abattue chez lui. Langeais et sa sœur Régine sont en fuite.

– Ça devrait mettre un terme à votre enquête.

– Ma cliente insiste.

– Je tiens à vous mettre en garde. Axel est un grand. Le plus brillant des cyberartistes européens. *Meurtres à Babylone* est déjà un jeu culte. En d'autres termes, Axel est devenu une icône à laquelle il ne fera pas bon toucher.

– L'icône est dans la poisse et je crains que tous les bons sentiments du monde ne puissent lui être d'un grand secours.

– Des milliers de réseaux peuvent se mobiliser à travers le monde. Il y a eu des précédents. Aux États-Unis, de jeunes gays ont réussi, via le militantisme informatisé, à faire passer une loi dans l'État du Massachusetts imposant que l'existence des gays et des lesbiennes soit mentionnée dans les cours d'éducation sexuelle. Il faut désormais compter sur la force de lobbying de ces réseaux.

– Ce n'est pas moi qu'il faut convaincre, la Lutteuse. Le génial créateur de réalité virtuelle a été rejoint par la réalité crue, celle de la vie. Axel Langeais est un homme recherché. Pour la police, le grand talent du cybercréateur ne pèse pas plus lourd qu'une cacahuète.

– Vos messages sur le réseau étaient plus excitants que vos déclarations à l'emporte-pièce. Êtes-vous sûre que nous ne perdons pas notre temps, toutes les deux ?

– Surtout moi. Je le passe à courir après un type insaisissable. C'est d'autant plus rageant que tous ceux que je rencontre me le dépeignent comme un être irrésistible. Donnez-moi encore une piste.

– Votre obstination frise le manque de savoir-vivre.

– J'ai passé le premier arcane, la Lutteuse. J'ai découvert un corps. Un vrai, celui-là. Couvert de milliers de paillettes comme celui d'une danseuse du *Lido*. Yee était couchée sur le dos, bras et jambes en croix. Elle avait un micro dans la bouche. Et une balle au milieu du front comme un troisième œil. Douze polaroïds l'entouraient. C'était à la fois repoussant et fascinant.

Il fallut un certain temps à la Lutteuse pour avaler l'information. Sur la ligne, une autre conversation se déroulait. Parasitaire. Lointaine et chuintante comme une pluie triste. La Lutteuse n'était pas plus guillerette lorsqu'elle reprit la parole.

– Ça m'évoque quelque chose. Mais c'est lointain.

– Quoi ? Une photo, un film ? Une histoire que l'on vous a racontée ?

– Laissez-moi le temps de réfléchir. Je vous appellerai.

– Et en attendant ?

– Vous êtes agaçante.

– Déformation strictement professionnelle.

– Le détective Martial Capriati. C'est Martin Majeur, un vendeur de la Fnac. Un ami d'Axel aussi, dit-elle avant de raccrocher.

Martial Capriati traversa le bureau de la démarche tranquille des hommes sûrs de leur force physique. Sa combinaison zippée laissait deviner une carrure d'athlète. Il s'assit sur le fauteuil destiné à la clientèle et croisa ses jambes sur le bureau. Dans cette position, son œil gauche, orné d'un coquard d'acquisition récente, devenait le point de tangence entre sa tête et un rayon de soleil.

– Filtrage ! ordonna-t-il d'une voix grave, et la baie vitrée ouvrant l'espace du bureau sur un paysage urbain de buildings et de panneaux publicitaires géants s'assombrit automatiquement.

– J'ai du nouveau, reprit-il en souriant (puis montrant son œil :), j'ai eu maille à partir avec le gang des Imploseurs, un des groupes de guérilleros urbains qui sévissent dans la Cité des Reclus. Après quelques joutes, histoire de mesurer nos forces respectives, nous avons convenu d'une trêve et sommes allés vider le verre de l'amitié au Phénix, un bar cuir du troisième niveau, niché au cœur d'un réseau de galeries souterraines qu'il vaut mieux ne jamais aborder sans son désintégrateur. Tu veux en savoir plus, *Partner* ?

Louise allait signifier à Martial Capriati qu'elle acceptait son invitation en cliquant sur l'œil épargné lorsqu'elle sentit une présence dans son dos. Elle se retourna pour faire face à un clone du détective de *Meurtres à Babylone*. Martin Majeur, qui, une demi-heure auparavant, la conviait à le retrouver près de son lieu de travail dans une crêperie du Forum des Halles, avait quitté sa combinaison futuriste pour un uniforme de vendeur de la Fnac.

– C'est génial, non ?

– L'ambiance du jeu est assez prenante, admit-elle en souriant.

Lunettes à monture métallique, regard bleu, air réservé, Louise pensa au timide binoclard du *Daily Planet* qui n'hésite pas à jeter son complet veston de journaliste dans la première poubelle venue pour se transformer en Superman. Axel Langeais avait su choisir son casting.

Ils s'observaient maintenant au-dessus de leurs crêpes respectives, des galettes pure farine de sarrasin – si l'on se fiait au menu grandiloquent où la crêpe Marquise de Sévigné concurrençait la Spéciale Cicciolina – qu'un serveur guère accort venait de jeter négligemment sous leur nez. Louise inspecta son assiette et songea aux serpillières que Mme Griche, la gardienne de son immeuble, collectionnait avec amour dans l'arrière-cour. Elle scruta la clientèle d'un œil précis de laborantine. Manifestement, les rares personnes attablées dans cette gargote caressaient un projet de sustentation où la jouissance gustative était facultative et n'avaient, de ce fait, aucune raison d'arborer une mine réjouie.

– Vous venez souvent ici ?
– Ça a l'air infect, désolé, s'excusa Martin Majeur.

Ils s'étaient installés sur les marches surplombant le patio du centre Pompidou. Quelques dizaines de personnes avaient eu la même idée tandis qu'un mime et un jongleur profitaient de l'aubaine pour faire leur numéro en duo sur *Giant Steps* de John Coltrane. Tous les quidams attardés dans les environs semblaient avoir du temps à perdre, et attendaient que le jeune homme, déguisé en Pierrot, éternue ou que son compère perde une quille. Jamais vu un numéro aussi idiot, pensa Louise, pourquoi pas un strip-tease des Chippendales sur les *Variations Goldberg* ?

– De pire en pire, pardonnez-moi, s'excusa une fois de plus Martin Majeur. Mais je ne prends généralement pas de pause à midi et je ne connais pas les restaurants du coin.

– Ne vous inquiétez pas, on ne peut pas passer sa vie à manger. Vous avez des nouvelles d'Axel ?

Majeur sursauta.

– Bien sûr que non ! Après ce qui s'est passé ! Un inspecteur est venu me voir chez moi, ce matin. Je ne sais pas où est Axel et je suis infiniment désolé pour lui. Je me demande s'il pourra jamais retravailler.

– Vous admirez son travail ?

Le visage jusqu'alors tendu du jeune homme s'illumina.

– Ce n'est pas trivial. Axel a tout calculé au millimètre. C'est le jeu le plus difficile que je connaisse et le plus passionnant. Et, croyez-moi, je les ai tous essayés, même les jeux américains qui n'ont pas encore été traduits.

– À part sa sœur Régine, vous lui connaissez de la famille ?

– Oui. Son père, Matthieu, qui vit à Courbevoie. Rien de particulier. Il y a bien une tante dont il parlait quelquefois. Il disait qu'elle lui avait appris à prendre sur lui. Je n'ai jamais croisé quelqu'un d'aussi endurant qu'Axel. Il peut se contenter de nuits très courtes, se balader en chemise en plein hiver et oublier de se nourrir s'il a un projet passionnant en cours.

– Il a des amis ?

– Il parle souvent de Klaus Baumann. C'est un homme plus vieux que nous. Un Allemand qui exerce une certaine influence.

– C'est-à-dire ?

– C'est son conseiller culturel, répliqua Majeur en souriant. Axel est surtout branché bande dessinée, rock et informatique. Klaus lui ouvre de nouveaux horizons.

Louise prenait des notes en observant le jeune homme qui semblait se décontracter petit à petit.

– Savez-vous où il habite ?

– Dans un appartement qui donne sur le parc Monceau. C'est vague, je sais. Un jour Axel m'a emmené dîner chez Klaus. Mais on s'était allumé la tête avec un pétard, à l'arrivée, et terminés au bourgogne, une fois sur place. La cuisine était succulente et l'appartement immense, quoique presque vide. Il y avait de grands tableaux.

– Et les convives ?

– Régine mise à part, il n'y avait que des hommes. Je ne me souviens pas de la conversation. C'était un peu ambigu.

– Baumann est homosexuel ?

– Je crois. Mais pas le genre dragueur. Heureusement.

– Et Axel ?

– Je ne sais pas. Ça n'a jamais été un sujet de discussion entre nous. Il y avait Victoria, non ?

– C'était sérieux ?

– Je crois qu'elle y tenait et que c'est pour cette raison qu'elle couchait avec Josuah. Un peu naïve, malgré ses côtés provocateurs. Stratégie ratée. Axel n'était pas jaloux. Il est au-dessus de tout ça.

– Qui est Josuah ?

– Un sculpteur. Axel et lui se connaissent depuis longtemps. Il y a une sorte de rivalité artistique entre eux bien qu'ils ne travaillent pas dans le même registre. Je ne peux guère en parler. C'est un type que je n'aime pas. Une grande gueule. Je ne sais pas où il habite.

– Et Régine Langeais ?

– Elle ressemble beaucoup à son frère, physiquement. C'est une drôle de fille. Axel ne nous avait jamais parlé d'elle et, un jour, elle a débarqué dans sa vie. Il l'emmène partout.

– Comment est-elle ?

– Il a dû lui arriver quelque chose. Elle est aux abonnés absents. Axel la protège. Il la couve même. Je ne sais pas si leur cohabitation lui est bénéfique. Vous croyez que ça va mal tourner ?

– Il est en fuite. Les flics n'aiment pas ça en général. On dirait que ça vous touche.

– Axel est un des types les plus talentueux que j'aie rencontrés. Mais il est fragile. Bien trop intelligent et sensible pour ce monde. Et il a un gros problème.

– Lequel ?

– Il suscite le désir mais pas l'amour.

Martin Majeur se tut et piqua du nez vers ses chaussures. Quand il regarda Louise, ses joues étaient légèrement roses.

– Qu'est-ce qu'une détective professionnelle comme vous pense de ma prestation dans *Meurtres à Babylone* ? Vous me trouvez plausible ?

– Non seulement plausible mais terriblement sexy, lâcha Louise d'un ton neutre.

Martin Majeur rougit jusqu'aux oreilles et bafouilla :

– Vous êtes sûre ?

– Positive. Voici mon téléphone. Si d'autres informations vous revenaient, n'hésitez pas à m'appeler.

Serge Clémenti venait de déjeuner, dans son bureau, d'une barre de céréales à la gelée royale, arrosée d'un lait de soja. Il relisait un passage de *Moby Dick* lorsque le triste visage d'Argenson s'encadra dans la porte.

– Le client commence à s'impatienter, patron.

– Cuisine-moi le sieur Aubin encore une petite demiheure. Melville m'inspire. Je me mets en condition et j'arrive.

Argenson fit marche arrière, mâchouilla un juron une fois la porte dûment refermée et rejoignit le bureau commun et surchauffé du groupe Clémenti. Pascal Aubin s'épongeait le front sous l'œil, guère plus frais, de Marcellin N'Diop.

Trente minutes plus tard, Clémenti ouvrit la porte du bureau, saisit le procès-verbal posé sur le bureau d'Argenson et, sans un regard pour ses lieutenants, convia le directeur de CyberProd à le suivre.

– Prenez place. J'aurais voulu vous recevoir moi-même mais un rendez-vous urgent m'en a empêché.

– J'ai dit tout ce que je savais, commissaire.

Clémenti sourit puis se plongea dans la lecture des feuillets d'Argenson.

– Vous voulez une bière ?

– Pardon ?

– Une bière mexicaine, conditionnée dans une longue bouteille fuselée, qui s'apprécie au mieux avec un morceau de citron vert. Je suis désolé, je n'ai pas de citron vert.

– Il faut avouer que j'ai un peu soif.

Clémenti alla chercher la bouteille dans un petit réfrigérateur.

– Je n'ai pas de verre propre. Le service est relâché, ici. Buvez-la au goulot. J'ai noté que ça se faisait de plus en plus. Le style américain.

Il sortit son paquet de cigarettes, le tendit au producteur puis se ravisa, haussa le sourcil pour signifier qu'il avait une proposition plus alléchante. Il ouvrit le premier tiroir de son bureau, en extirpa un humidificateur à cigares en cèdre verni, qu'il ouvrit précautionneusement. Aubin le regardait d'un air intrigué. Le commissaire poussa la belle boîte dans sa direction et lui signifia qu'il pouvait se servir. Aubin se saisit d'un Romeo y Julieta, format opulent, et s'apprêta à l'allumer avec son briquet.

– Pas ici, malheureux ! Pas dans un bureau de flic et pas avec un briquet en plastique. Attendez d'avoir déniché un endroit approprié et trouvé un créneau adéquat.

Aubin, un blond trentenaire et philosophe, conserva une mine placide et glissa le cigare dans la poche de sa chemise.

– Je vous suis reconnaissant pour le travail de fourmi que vous venez d'effectuer. Vous nous avez donné une description solide de 80 % des invités réunis, hier soir, sur la *Méduse*. Vous nous avez offert des détails aussi croustillants qu'utiles. Ainsi, vous nous avez appris que Josuah couchait avec la victime. Vous avez affirmé que vous le soupçonniez d'entretenir le même genre de relation avec Régine Langeais. Votre alibi est en acier. Votre secrétaire et vous-même avez été identifiés formellement par le personnel des *Bouchons* où vous vous êtes rendus après votre altercation avec le sculpteur. Fort bien. Cependant, quelque chose me tracasse…

– Si je peux vous aider, commissaire.

– Il y a tout un pan de vérité qui n'a pas été ausculté. Je ne reproche rien à mes hommes. Ce sont des brutes. Il en faut. Que savez-vous du *Victim-Art*, monsieur Aubin ?

– Que c'est un aspect confidentiel de l'art moderne ou un symptôme de la déconnade généralisée.

– Pas mal. Vous pouvez faire mieux que cela, toutefois.

– Des artistes s'infligent des sévices. On se mutile. On se fait tirer dessus. Plus de pinceau, de burin, d'appareil photo. Le corps de l'artiste devient le médium. Il y a l'exemple de Chris Burdon, un *performer* de San Francisco qui s'est fait crucifier à l'arrière d'une Volkswagen qui le traînait sur l'autoroute.

– Vous me suivez parfaitement. Allons plus loin. À ce petit jeu, on peut se lasser et décider d'utiliser le corps des autres, histoire de souffler un peu. Alors on les photographie, on les filme et puis ensuite on leur crée quelques orifices supplémentaires. Le film que nos plongeurs ont repêché dans le lit de la Seine est de belle facture même si le scénario est fort simple.

– Non. Je vous arrête tout de suite.

– Habituellement, c'est plutôt mon rayon.

– Les polaroïds, ce n'est pas moi. Le DVD, c'est une idée gratuite et conne. Je m'en mords les doigts.

– Gratuite, c'est vite dit. Ce n'est pas l'avis de Josuah.

– Vous l'avez déjà interrogé ?

– Je n'ai pas encore eu ce plaisir.

– Un dingue intégral. Je n'ai jamais eu l'idée d'utiliser ce film commercialement. Je voulais en donner une copie à Axel. Après tout, nous fêtions le succès de *Meurtres à Babylone*. C'était un souvenir. Voilà tout !

– On ne voit que Victoria Yee sur ce DVD.

– Victoria était une star. Il n'y a rien de grave sur ce film. On la voit chanter, danser…

– Pourquoi Joshua a-t-il jeté le DVD dans la Seine s'il ne comportait *rien de grave* ?

– Il estimait que je volais son image à Victoria. Il m'a traité de vampire. Foutaises !

– Admettons.

– Admettons. Connaissez-vous des adeptes du *Victim-Art* ?

– Non.

– Connaissez-vous Klaus Baumann ?

– C'est un personnage mondain qui dégage une énergie notable mais je n'ai pas essayé de frayer avec lui. Il est plutôt refroidissant.

– Dans tous les sens du terme ?

– Oh ! Écoutez ! Je ne suis pas payé pour avoir des intuitions sur les potentialités criminelles des uns et des autres. Je suis crevé, commissaire.

– Soit. Rentrez chez vous. Évidemment, je vous recommande chaudement de ne pas quitter Paris.

– J'ai bien trop de boulot pour ça en ce moment.

– Eh bien, estimez-vous heureux. Le boulot ne court pas les rues, de nos jours.

Marc Dalban était un petit bonhomme très brun, monté sur piles. Dans les locaux de la maison de disques *Chicatourista*, il n'y avait guère de portes. La vingtaine de collaborateurs profitait, éparpillés dans leur bureau paysager, des états d'âme contrastés de leur directeur artistique. Tous semblaient stoïques.

– Avec Noir Vertige, on refaisait le coup des Rita Mitsouko, en dix fois plus fort ! Victoria allait ex-plo-ser ! Elle savait danser, bouger, parler au public. Elle savait improviser, elle savait donner. Elle donnait tout, sacré bon Dieu ! À chaque concert, c'était le dé-lire ! Et, en plus, elle savait copiner avec les journalistes comme personne. Pas le genre lunettes noires, star qui vous pisse à la raie. *Niet !* Elle était bonne, bonne, bonne. Tellement bien.

– Axel Langeais, ça vous dit quelque chose ?

– Un peu, ouais ! Classe, le mec, aussi. Avec une pointure comme ça, on avait le couple super-glamour et alors là, les journalistes, c'était même plus une promenade sur un tapis de haute laine qu'on leur proposait, c'était un trip super cool avec le dalaï-lama.

– Monsieur Dalban ?

– Ouais ?

– Regardez-moi bien, monsieur Dalban. Je vais vous emmener boire une tisane, un chocolat chaud ou un whisky. Je vais avoir besoin de deux minutes pour vous raconter dans le détail comment était Victoria quand on a trouvé son corps. Après cela, j'attends de vous que vous me donniez vos impressions. Et surtout pas un mot aux flics au sujet de ce que je vais vous dire.

– Quoi ! Mais ils sont déjà venus. Avec des photos, en plus. Bonjour l'angoisse ! Il y avait un commissaire qui parlait peu. Quasiment autiste, le mec. Mais un bon look à la Steve McQueen, voyez ? Rare pour un flic. Intrigant. Bon, bref. Finalement, j'ai été cuisiné par un Black assez cool. Et ça s'est très bien passé. Pas de trauma ! Je lui ai dit ce que je pensais. Pour moi, le killer est un fan. Un serial killer absolument atroce qui se branle sur YouTube à longueur de journée et a voulu faire tourner Victoria dans son propre délire. Pour de vrai. Le fondu bien naze. C'est tout. Bon, justement, vous voulez visionner le clip de Victoria ? Celui qui a été réalisé par Wlad Roxe ? C'est tellement bien. C'est pas encore sorti.

– Non, merci. Vous avez déjà vu ce genre de mise en scène dans un clip ? Le corps de Victoria…

– Non. J'ai tout de suite pensé à *Metropolis* de Fritz Lang. Un super-film d'enfer. Il y a un robot femme, tout brillant. Pour moi, le type qui a fait ça s'est fait monter la cervelle comme une mayonnaise. Et il est très haut. Glué au plafond comme Spiderman. Pas près de redescendre, à mon avis.

– Vous parliez du clip de Wlad Roxe.

– Oh, non ! Rien à voir ! Dans le truc de Wlad, Victoria fume un pétard avec des Indiens de la *rainforest* amazonienne. C'est très planant. Écolo mais réveillé, pas mou du tout. *Damned !* On allait vendre à la terre entière ! Et, en plus, elle et moi, on était tellement potes ! Putain, quel gâchis. Allez, venez voir le clip de Wlad.

– Non, merci. Vous avez été parfait.

– Appelez-moi. Y a une soirée avec Amy Winehouse à *La Cigale* bientôt. Un événement très VIP. Vous ne serez pas déplacée. Allez, *ciao.*

– Au plaisir, monsieur Dalban.

Louise quitta la rue du Faubourg-Saint-Antoine et traversa la place de la Bastille. Cap sur *La Mousson*, un bar-restaurant qui offrait un moment de calme à quelques consommateurs, avant l'arrivée des dîneurs. Louise s'assit dans un vieux Chesterfield et commanda une pina colada. Les ventilateurs tournaient. Des couples se parlaient, les yeux dans les yeux. Le barman secouait son shaker, avec élégance. J. J. Cale poussait la chansonnette. Louise décida que tout allait pour le mieux. Et que ça allait durer au moins le temps de siroter son cocktail, à très petites gorgées. Elle fit le vide le temps de savourer sa boisson puis concentra ses pensées sur l'ouvreur. En pénétrant dans *Meurtres à Babylone*, elle avait poussé la porte du monde d'Axel Langeais. Un monde d'érotisme, de violence et d'esthétisme. Un labyrinthe virtuel qui offrait des heures de voyage et où l'artiste n'apparaissait que furtivement, pour jouer les charades, et titiller le joueur. C'était peut-être lui, la véritable énigme de *Meurtres*, plus que le meurtrier du fonctionnaire Luther Vanbrij. L'ouvreur, un personnage pas si secondaire que ça, finalement.

Une jeune Asiatique menue et ravissante fit son entrée, équipée d'un chevalier servant, à l'air blasé, habillé en noir et orange comme une citrouille de Halloween. Le créateur de *Meurtres à Babylone* pouvait-il être le meurtrier de l'Eurasienne Victoria Yee ? se demanda Louise. Se pouvait-il que derrière ce visage si séduisant se cache le fou dépeint par Marc Dalban, le « fondu bien naze », emporté par son talent, vers des rives sanglantes ?

Au demeurant, le personnage qui commençait à se dessiner n'avait pas, pour son entourage, le profil d'un monstre. Tous les êtres qui l'avaient approché portaient en eux une parcelle de lui, une trace légère mais inoubliable. Même ceux qui se gardaient d'en parler trop, à l'instar de Renée Dunant. La secrétaire de *CyberProd* louait sa grâce avec une éloquence d'autant plus impressionnante qu'elle était autocensurée.

Restait, tout de même, un personnage qui avait toutes les raisons d'être tourmenté. En recollant les morceaux, Louise découvrait un artiste bisexuel, au talent tragique, marqué par des liens familiaux qui auraient abîmé même les plus endurcis. Un homme en fuite, dans la vie comme dans son œuvre. Un fugueur au corps délié.

Et il y avait cet autre personnage. Compagnon en disparition. Envolé, lui aussi, bien que moins aérien. Martin Majeur l'avait décrit comme le pygmalion d'Axel. L'homme de culture qui offrait des racines, un bien trop précieux pour être refusé.

Louise se sentait engourdie. Elle téléphona aux Renseignements. Plus pour se remettre en phase active que par réelle conviction, cependant. Le téléphone de Klaus Baumann était bien sûr sur liste rouge.

Elle quitta le bar, fuma une cigarette sur le trottoir en admirant le corps doré du Génie de la Bastille. Malgré ses finances guère reluisantes, elle décida de s'offrir un dîner à la brasserie *Bofinger*. Chomsky renflouait quelque peu les caisses, autant en profiter. Elle s'offrit un plateau de fruits de mer et une demi-bouteille de sancerre qu'elle dégusta en pensant à l'été et à Serge Clémenti. Elle commençait à se sentir vraiment décontractée. Trois copines mangeaient des steaks tartares à la table voisine et parlaient de l'homme idéal sans arriver à se mettre d'accord. Un beau jeune homme brun dégustait des fraises à la Chantilly en lisant un roman. Il leva les yeux et vit Louise qui le regardait. Il lui sourit. Louise demanda l'addition.

En rejoignant la station de taxis de la place, elle pensait à l'ouvreur au bord du lac. On aurait dit qu'il voulait me parler pour de bon, se dit-elle, en souriant à la lune. Je vais remettre ça. Balancer une beigne à l'Imploseur. Cliquer sur Axel. Le faire sourire. Et plonger dans le lac avec lui.

Son téléphone mobile sonna et le nom de Martial Capriati s'afficha sur l'écran. Il lui déclara qu'il avait peut-être du nouveau concernant Axel.

– Tu mens, je le sens à ta voix.

– Bon, j'admets. Je n'ai rien de nouveau. Mais en revanche, j'ai très envie de te revoir.

– Pourquoi te compliquer la vie ? Il suffisait de commencer par ça. Donne-moi ton adresse. Et le code de ton immeuble.

Il vivait dans les hauteurs de la rue Oberkampf. Louise évalua la distance. Raisonnable à pied. Très raisonnable. D'autant plus qu'une approche lente ne pouvait que favoriser le désir. Elle lui demanda de laisser sa porte ouverte et de l'attendre nu dans son lit. Elle l'entendit avaler sa salive avant de raccrocher en murmurant « avec plaisir ». Elle rangea son mobile dans sa poche et se mit en marche.

Chapitre VI

À une heure du matin, Louise remontait le quai de la Gironde, l'humeur guillerette. Elle venait de composer le code du porche de son immeuble lorsqu'une portière claqua.

– Il vous attend dans sa voiture. De l'autre côté de la rue.

La voix traînante d'Argenson. Le *jovial* lieutenant était bien la dernière personne que Louise aurait souhaité rencontrer surtout à pareille heure.

– Qui ça ? Le pape, Winnie l'Ourson, le fantôme de l'Opéra ?

– Papa Clémenti en personne, lâcha Marcellin N'Diop qui se tenait dans l'ombre d'Argenson et arborait un sourire de chat d'*Alice au pays des Merveilles*. Rien que du blanc sur le noir de la nuit.

Louise repéra une Renault grise garée sous un lampadaire et traversa la rue. Clémenti rangea un livre dans la boîte à gants et se pencha pour ouvrir la portière côté passager. Louise monta en voiture et boucla sa ceinture de sécurité. La Renault démarra en douceur, suivie par un véhicule tout aussi standard dans lequel Argenson et N'Diop avaient pris place.

Clémenti glissa un CD dans le lecteur de l'autoradio et prit la direction de Stalingrad. Il attendit la fin de l'ouverture de *Don Juan* pour demander :

– Fatiguée ?

– Pensez-vous, je dors comme les navigateurs en solitaire. Quelques minutes par-ci, par-là. Où allons-nous ?

Où le hasard nous mène. Avez-vous noté l'impact des promenades nocturnes en automobile sur le fonctionnement du cerveau ? C'est mieux que le caisson extrasensoriel ou l'herbe. On se détend, les idées affluent comme des vagues régulières.

– À mon avis, vous forcez sur les trois à la fois, commissaire. Gare à l'overdose.

– Prenez un café, il y a une bouteille Thermos à vos pieds et du sucre dans la pochette latérale de la portière.

– Vous êtes drôlement bien équipé. Vous vivez dans votre voiture ? susurra-t-elle en dénichant la bouteille Thermos, le café était corsé à souhait.

Clémenti sourit mais garda le silence. Il conduisait souplement et vite, jetant de brefs coups d'œil dans le rétroviseur. Louise se retourna.

– Vous faites prendre le frais à Blondin et Cirage toutes les nuits ? C'est pour ça qu'ils gardent la truffe humide et le poil brillant.

Clémenti n'offrit pour toute réplique que le même sourire léger. Ils empruntèrent la rue Rambuteau puis filèrent vers le Châtelet. Louise admira la Conciergerie, mise en beauté par un éclairage de cinéma. Le valet Leporello chantait les prouesses de son maître lorsque la voiture passa la Seine. Sur la gauche, le fleuve industrieux offrit son paysage de barges et d'entrepôts surveillés depuis le quai de Bercy par l'imposant ministère des Finances.

Clémenti ralentit en longeant un mur décrépi qui bordait des bâtiments désaffectés du quai de la Gare. Au fronton de l'ensemble qui avait des allures de château fort, on lisait « Usines Martineau ». Il passa le porche pour se garer au bord du fleuve, coupa le moteur et ne bougea plus, regardant l'eau scintillante.

– Vous l'avez déjà rencontré ?

– Qui ça ?

– Le sculpteur, l'ami d'Axel Langeais.

– Non.

– Alors suivez-moi, dit-il en descendant de voiture.

– C'est dans vos habitudes d'envoyer des invitations aux interrogatoires ?

Coup d'œil rapide, ses yeux gris n'exprimaient rien de particulier.

Argenson et N'Diop venaient de se garer.

– Vous attendez ici, messieurs. Gardez les arrières.

Argenson resta de marbre. Le grand N'Diop afficha un sourire grand teint. Vraiment très relax, ce lieutenant, jugea Louise.

Ils traversèrent un long couloir désert et sombre. Clémenti sortit une lampe de poche et entreprit d'éclairer les portes. Sur chacune d'elles, un artiste avait décliné son patronyme, l'un avec simplicité, l'autre dans une débauche de couleurs. Josuah était du genre sobre. Son nom était peint en lettres noires à même la porte.

– Je vous le laisse, Louise. Je me tiendrai dans l'ombre.

– À votre aise, commissaire.

Elle frappa. Personne ne répondit. Elle entra, suivie de Clémenti.

Il se tenait à califourchon au sommet d'un marteau-pilon, à quatre mètres du sol. La peau calaminée de la poutre d'acier massif résistait à la morsure du chalumeau. Le visage dégoulinant de sueur, Josuah serrait les dents. Rien ne laissait penser qu'il eût remarqué leur présence – il gardait les yeux rivés sur son ouvrage, la tête nimbée d'étoiles de feu qui retombaient en gerbe.

Clémenti s'assit sur une caisse en bois. Louise alluma une cigarette, regarda autour d'elle. Deux roues de wagon enserraient une chambre à air gonflée à la limite de l'éclatement. Le trio se maintenait grâce à des filins métalliques qui saucissonnaient la peau de caoutchouc et créaient des rondeurs charnelles. Plus loin, un essieu vivait des amours compliquées avec un tuyau d'arrosage. L'art de Josuah n'avait rien à voir avec la culture des pâquerettes. Sauvage, comme l'artiste, pensa Louise en observant le sculpteur toujours juché sur son outil de forge, en équilibre instable. Il était vêtu d'un débardeur noir, d'un long short de surfer violet et portait de robustes chaussures de montagne.

Il arrêta son chalumeau, la considéra derrière ses lunettes de soudeur. Puis il descendit de son perchoir avec souplesse et se dirigea vers Clémenti. Son corps sec et musclé était strié de traces de graisse noire et ses cheveux sombres et hirsutes encadraient un visage taillé au couteau. Magnifique laideur, pensa Louise en détaillant le nez proéminent et cassé, les joues trop creuses, le visage chevalin et intense. Il enleva ses lunettes, révélant un regard brun sans aménité et un grain de beauté au milieu du front qui lui faisait comme un troisième œil. Louise ne put s'empêcher de penser à la blessure sanglante de Victoria Yee.

– Vous êtes ?

– Personne d'intéressant. J'accompagne mademoiselle, dit Clémenti.

– Je cherche Axel Langeais, lâcha Louise.

– Il vous doit de l'argent ?

La voix était belle et profonde, sèche aussi.

– Une femme qu'il a quittée le recherche. Elle veut savoir, reprit Louise.

– Je respecte l'amour des femmes, même et surtout quand il est sans espoir.

Il se tut et prit du recul pour regarder son travail, peu curieux de l'effet de ses paroles sur son interlocutrice. Elle lui offrit une blonde, il l'accepta sans un mot, la cala entre ses lèvres et attendit, ses mains gantées sur les hanches. Louise comprit ce qu'il voulait d'elle et alluma la cigarette. Il aspira une goulée de fumée puis la recracha en clignant de l'œil sans enlever la cigarette de sa bouche. Tous zinzin, pensa Louise, ou alors l'artiste et le commissaire sont de connivence. Érotisme de pacotille ou maniérisme, c'est kif-kif.

– Sans espoir, disiez-vous ?

– Ouais, pour moi, le mec est pédé. Ou pire. Neutre. Il ne baise pas. C'est la mode. C'est vous l'amoureuse chercheuse ?

– Non. Mon nom est Morvan. Louise Morvan.

– Axel Neutrinos a peut-être été englouti par un trou noir ou dessoudé par l'amoureuse chercheuse et celle-ci se sert de vous pour se faire un alibi. Ou Régine l'a embarqué dans une aventure extrasensorielle, ils sont dans la cinquième dimension et n'ont pas l'intention de revenir se faire chier parmi nous.

– Régine ?

– Ouais. Régine. Pas l'ex-reine des nuits parisiennes. L'autre. La petite folle. Sa frangine. Celle qui se prend pour la fille dans *La Famille Adams,* ou la mère, je ne sais plus. Teint blanc, coiffure de star des années trente, vêtements noirs et un air entraînant de croque-mort. Elle n'oublie jamais de rigoler quand elle se coince le doigt dans une porte.

– Certains pensent que Régine a une influence négative sur son frère. Vous êtes d'accord ?

– C’est une interview pour *Marie-Claire* ou quoi ? Qu’est-ce que vous voulez que ça me foute ?

– Axel et vous êtes en rivalité artistique, paraît-il ?

– Tout ça parce qu’un jour on a failli exposer ensemble dans la galerie d’un constructeur métallique qui fait dans le mécénat. Je fournissais les sculptures, Axel réalisait un voyage virtuel. Les visiteurs se baladaient avec des casques et des gants pour rentrer à l’intérieur de mes œuvres. Un gros coup. Ça a foiré parce qu’Axel n’a pas eu les tripes pour imposer le projet comme on le voyait au départ. Il faut dire que ça leur aurait coûté un paquet. Ils voulaient ramener le projet « dans les limites du raisonnable ». Tu parles !

– Vous vous êtes disputés, Axel et vous ?

– Pour la forme seulement parce que, dans le fond, ce projet, je n’y ai jamais cru. Karff, c’est le gros capital, le profit sans états d’âme. Qu’ont-ils à foutre de types comme nous ? L’art, ils s’assoient dessus.

– Vous ne me semblez pas être du genre à perdre votre temps.

– Axel est un petit merdeux plein de charme. J’ai dit oui pour lui faire plaisir mais la lucidité est le seul luxe que je m’octroie. Alors…

Il la regarda un instant puis, devant son sourire narquois, il poursuivit :

– Je ne fais pas partie des enculés professionnels. Je n’ai pas besoin de faire de la merde pour survivre, comme ces beaux messieurs de la culture populaire, télévisuelle. Médiocrité à la louche, tout ça. Pour des veaux.

Louise goûtait la voix posée de Josuah qui débitait des grossièretés comme d’autres enfilent des perles, avec un calme maniaque. Il avait oublié Clémenti, semblait parler pour elle seule, ou alors pour lui-même.

– J'ai déjà entendu ça quelque part.

– Ouais, j'aimais bien de Gaulle. Le vieux avait de la classe. Pas comme toutes ces lopes qui se marchent dessus pour arriver à s'asseoir sur un fauteuil de président de la République trop grand pour eux.

Le ton restait neutre comme le regard qui allait de Louise aux œuvres qui emplissaient l'atelier, sautant du tuyau d'arrosage aux roues caoutchoutées, sans une once de tendresse pour ses créations.

– Vous êtes en pétard aujourd'hui ?

– Pas le moins du monde, chère petite madame. Nous pouvons aborder des sujets plus sereins si vous avez ça sous la main.

– Le meurtre rituel ou artistique. Appelé aussi *Victim-Art* par les adeptes du franglais. C'est un beau sujet, dit Clémenti d'une voix neutre.

– Vous, vous êtes flic. Pour un interrogatoire, c'est un peu en dehors des heures légales.

– Vous êtes convoqué demain à la PJ. Sept heures du matin, c'est une heure légale ?

Josuah réajusta ses lunettes de soudeur et entreprit d'escalader le marteau-pilon. Sans plus de cérémonie, il reprit son chalumeau et se remit à l'ouvrage. Louise attendit quelques instants pour voir s'il avait l'intention d'émettre une quelconque formule de politesse. Rien n'était plus loin de ses préoccupations.

Serge Clémenti se leva et se dirigea vers la porte. Elle le suivit.

Ils remontèrent le couloir en silence. Au bout, une haute fenêtre donnait sur le fleuve. Louise s'arrêta et se tourna vers le commissaire qui souriait, le visage éclairé par la lune. Il n'était guère plus grand qu'elle.

– Lui, au moins, il n'est pas neutre, lança-t-elle. Du caoutchouc compressé, c'est sexuel. À mort.

– À mort. C'est le cas de le dire.

Ils se fixèrent un instant en silence.

– Habile, commissaire.

– Quoi donc ?

– Interroger ce mec revient à manipuler un bâton merdeux. Vous m'avez mise en première ligne pour le déstabiliser et vous le servir à point à la Brigade ?

– J'agis souvent en pensant le moins possible. Surtout la nuit.

– C'est quoi, le *Victim-Art* ?

– C'est toujours tendance et pourtant c'est vieux. Relisez *De l'assassinat considéré comme l'un des beaux-arts* de Thomas de Quincey, un texte du XIXe. C'est intéressant.

Argenson et N'Diop attendaient dans leur voiture. Le son de l'autoradio arrivait faiblement. Louise crut reconnaître Youssou NDour. Clémenti l'invita à reprendre place dans la Renault.

– Où m'avez-vous dit que nous allions ?

– Aux Champs-Élysées. Sur les traces du mythe.

– Grec ?

– Non.

Clémenti remontait la voie bordant les quais à vive allure. Le Louvre offrait sa masse dorée à la nuit violette et de petits nuages blancs semblaient endormis sur son toit.

Lorsqu'elle vit les ors du pont Alexandre-III, Louise alluma une nouvelle cigarette.

– Ne me demandez pas de vous en coller une entre les lèvres, mon paquet est vide.

– Je ne réitère jamais les mêmes gags.

– J'ai bien cru que vous aviez monté un numéro avec l'autre caractériel.

– C'était la première fois que je le voyais.

La voiture des sbires avait du mal à tenir la distance. Aux abords du Grand Palais, Clémenti grilla un feu. Il passa le rond-point à vive allure et se gara peu avant la bouche de métro George-V.

Il quitta sa voiture, la contourna, ouvrit la portière à Louise, la saisit par la main pour piquer un sprint.

Ils s'engouffrèrent dans un immeuble et Clémenti fila droit sur le petit ascenseur. Pendant la montée, il évita de la regarder. Ils débouchèrent dans un long couloir qu'ils traversèrent, de bout en bout, pour retrouver un nouvel ascenseur. Clémenti ouvrit la porte pour laisser passer Louise et sélectionna « Rez-de-chaussée ». Ils atterrirent dans l'entrée d'un immeuble cossu qui donnait sur la rue Lord-Byron.

Clémenti mit ses mains dans ses poches et marcha en direction de Saint-Philippe-du-Roule.

– On ne court plus, commissaire ?

– Pas la peine. Argenson et N'Diop sont incultes.

– Moi aussi. Je ne vois pas où vous voulez en venir.

– Vous ne connaissez pas cette scène fameuse dans *Le Samouraï* de Melville ? Delon échappe à ses poursuivants en leur faisant le coup de l'immeuble à deux entrées.

– Je connais tous les immeubles à double entrée de Paris mais je ne savais pas qu'il y avait quoi que ce soit de culturel là-dedans, mentit Louise. C'est gentil de jouer au *Trivial Poursuite* en pleine nuit.

– Je les entraîne. Je finirai bien par en faire quelque chose. Venez, allons prendre un taxi.

Louise avait pris place dans un vieux fauteuil de cuir fauve et sirotait un whisky très convenable en admirant l'imposante bibliothèque de Clémenti. Elle repéra un livre sur la table basse. C'était l'ouvrage de Thomas de Quincey dont avait parlé le commissaire. Il y avait un marque-page. Elle ouvrit le livre et lut un passage :

« Si un homme s'autorise l'assassinat, il en vient rapidement à considérer le vol comme négligeable. De l'indulgence vis-à-vis du vol, il passe à celle de la boisson, puis à la rupture du Sabbat, au rejet du civisme et enfin à la négligence de ses devoirs. »

Louise reposa le livre et observa le commissaire. Il venait d'enlever sa veste et s'était assis devant un bureau Art déco pour allumer son ordinateur. Elle voyait ses épaules musclées qui tendaient le tissu d'une chemise à rayures bleues, remarquait sa taille fine. Il glissa un CD dans le lecteur puis, se massant la nuque, fit pivoter son siège pour la regarder.

– Vous voulez jouer avec moi ?

L'homme était un sexagénaire blond, doté d'un visage de médaille romaine. Il était allongé sur le dos, les yeux grands ouverts, d'un bleu pur comme le ciel du Groenland. Sous sa tête légèrement tournée vers la gauche de l'écran, une flaque sombre. Il était vêtu d'une combinaison argentée, une tenue standard pour un héros de science-fiction.

– Voici Luther Vanbrij, dit Clémenti. Fonctionnaire du département de l'Environnement. On retrouve son corps dans la soute d'une navette de la flottille intergalactique européenne où sert le jeune capitaine Aliocha Perez de Savor. Mais vous savez déjà tout ça, Louise, n'est-ce pas ?

– Je n'ai fait que survoler *Meurtres à Babylone*.

– Peter Panpan. Un sobriquet qui sent la farce. Axel Langeais est effectivement un sacré farceur. La victime de *Meurtres à Babylone* n'est autre que Klaus Baumann, un ami très proche. Il prête son beau corps de guerrier un rien fatigué à un cadavre virtuel. Un rôle bref. Comme dans l'affaire qui nous occupe puisque Klaus Baumann a visiblement quitté la France. Aviez-vous fait le rapprochement ?

– Non. Mais j'ai entendu parler de Baumann. Il est le pygmalion d'Axel et sûrement son amant.

– Rayon arme du crime, les similitudes sont plus maigres, voire inexistantes. Nos plongeurs ont jusqu'ici remonté trois armes à feu, dont aucune ne semble faire l'affaire. C'est moins original que le désintégrateur qui a éradiqué le cortex cérébral de Luther Vanbrij. Mais c'est un début.

– Pourquoi me donnez-vous toutes ces informations ?

– Vous le savez bien.

– Le nom de ma cliente ne vous servirait à rien.

– Ses motivations, peut-être.

– Ce que j'ai dit à Josuah était exact. Le pire, c'est qu'elle n'a pas vu Axel depuis dix ans et qu'elle souhaite écrire un roman à partir du matériau que je lui fournirai.

– On m'a souvent régalé de motifs croquignolesques mais celui-ci est un chef-d'œuvre du genre. Comment a-t-elle retrouvé sa trace ?

– Par hasard. Dans *Meurtres à Babylone*, Axel joue le rôle de l'ouvreur.

– Vous croyez ce qu'elle vous raconte ?

– Je pense qu'il faut faire le tri.

– Ça ne vous gêne pas de travailler pour des illuminés ?

– *Morvan Investigations* doit tourner. Au cas où vous ne l'auriez pas remarqué, notre cher pays est en pleine récession. J'ai encore quelques années devant moi pour mettre du fric de côté avant que tout pète.

– C'est courageux de diriger seule une affaire comme la vôtre.

– C'est l'héritage de mon oncle.

– Julian Eden, abattu dans les années psychédéliques et dans le parking de son immeuble parisien. Un crime jamais élucidé.

– C'est ce que disent les flics lorsque ça les arrange.

– Je peux vous apporter mon aide.

– Pour quelle raison, cette fois ?

– Apparemment, c'est une affaire d'hormones. Quand je vous regarde, j'ai envie de vous être agréable.

– Vous me permettrez de mettre fin à cette instructive soirée. Il se fait tard, ou tôt. Question d'appréciation.

– Ne voulez-vous pas que nous tentions de résoudre l'énigme ?

– Laquelle ?

– Celle de *Meurtres à Babylone*, bien sûr.

– Pour moi, le jeu cybernétique est un plaisir solitaire.

– Vous auriez été mon inspiratrice.

– Je vais me coucher. Vous devriez suivre mon exemple. Vous rencontrez le bâton merdeux aux aurores.

– Sa compagnie est certes moins agréable que la vôtre.

Louise posa son verre sur le manteau de la cheminée et salua Clémenti d'un hochement de tête.

Après son départ, le commissaire resta quelques secondes immobile, les yeux dans le vague. Puis il empoigna la souris et cliqua sur le visage de Ludivine Pietro. L'amante d'Aliocha Perez de Savor arborait un sourire de nacre et un chignon truffé de ressorts. Ses boucles d'oreilles en hologrammes représentaient deux danseurs qui se démenaient avec fureur. Clémenti cliqua sur la bouche mauve et la belle parla d'une voix suave :

« Bonjour, détective Capriati. Je vais tout vous révéler. J'aime Aliocha Perez de Savor depuis l'enfance et jamais, au grand jamais, je ne ferai quoi que ce soit qui puisse lui nuire. Le soir de la mort de Luther Vanbrij, je jouais aux échecs avec Dona Pleasure, un travesti de grand talent, qui portait, ce soir-là, une robe digne de la Pompadour. Savez-vous que Dona Pleasure est un proche de notre ministre de la SurCulture ? Je me suis laissé dire que ce dernier n'apprécie guère que l'on importune ses amis… »

Argenson se faisait les ongles avec une petite lime argentée. N'Diop avait rabattu une casquette de baseball sur ses yeux et semblait dormir, la tête appuyée contre la portière, côté conducteur. Argenson baissa sa vitre alors que Louise se penchait vers lui.

– Vous devriez en toucher deux mots à votre syndicat, les gars. Vos conditions de travail frisent l'esclavage.

Argenson s'apprêtait à répliquer mais Louise avait déjà tourné les talons et se dirigeait vers la station de taxis de la place de la République.

– Cette fille m'énerve, marmonna Argenson.

Il mit la radio à fond et N'Diop sursauta, les yeux hagards.

– Contact, Marcellin, contact. On s'arrache.

Chapitre VII

Louise se réveilla en compagnie d'une gueule de bois flottante qui ne se décidait pas à accoster. Elle résolut de tromper la bête en misant sur le corps gras, lubrificateur réputé pour estomac malmené, et se confectionna quelques belles tartines de saumon fumé, préalablement beurrées. Elle but trois tasses de café et appela Blaise Seguin pour faire le point sur les deux enquêtes qu'elle lui avait confiées. Il avait déjà bien déblayé le terrain et elle lui annonça qu'elle prenait le relais pour les filatures.

Elle s'offrit un bain très chaud, s'habilla et sortit.

En début de soirée, Louise était de retour chez elle. Elle passa un coup de fil au menuisier et lui promit de lui adresser un compte-rendu sur son comptable véreux, accro à l'héroïne. Elle s'attela à la rédaction du document puis passa au texte destiné à Chomsky.

Louise tapa toutes ses informations pêle-mêle puis retravailla son rapport pour lui donner une progression claire. Malgré ses efforts de planification, le récit prit vite des allures de voyage psychédélique où les notions sur le *Victim-Art* entraient en collision avec les visions cinématographiques et pétaradantes du manager de Victoria Yee. Louise essaya de domestiquer sa prose, histoire de cerner les faits dans leur essence, mais dut admettre qu'elle n'y parviendrait pas sans y sacrifier sa nuit. Elle lâcha donc la bride sur le cou de son inspiration et laissa son texte se déployer. Elle donna des détails, des impressions personnelles, se laissa aller à dépeindre des ambiances. N'était-ce pas ce que l'adepte de l'autofiction attendait ? Elle insista tout de même sur l'opiniâtreté de Clémenti et espéra que ce thème inciterait sa cliente à mettre la pédale douce. Elle glissa le document dans une enveloppe sur laquelle elle inscrivit l'adresse de poste restante donnée par Ana Chomsky.

Elle découvrit un sandwich sonore contrasté sur son répondeur. Un message de Chomsky entre deux déclarations énamourées de son amant le plus constant, le journaliste Jean-Louis Béranger. Il se plaignait, comme à l'accoutumée, de la rareté de leurs rencontres. Il y avait également un appel de Martial Capriati. « Enchanté de leur nuit trop brève », il était prêt à récidiver. Ana Chomsky livrait une longue tirade décousue où elle insistait sur le sérieux de ses motivations. La pseudo-écrivaine était désolée pour la soirée éthylique de la veille et attendait, avec une impatience teintée d'humilité, des nouvelles fraîches. Louise décida de conserver la bande magnétique et la mit en sûreté dans son coffre. Elle glissa une cassette vierge dans le répondeur.

Elle ouvrit sa serviette de cuir et en sortit un DVD acheté dans l'après-midi. C'était un mélange de clips et d'extraits de concerts du groupe Noir Vertige qui reprenait l'intégralité de leur album *Saison des pluies*.

Oh, oh, je ne t'attendrai plus et tu ne m'atteindras pas.
Oh, oh, c'est toi qui ne vas pas tarder à en baver, mon bébé.

Victoria Yee avait une voix maigrelette mais une énergie communicative. Louise coupa le son et la regarda bouger. Elle ne bougeait pas mal. Son corps mince réussissait à prendre tout l'écran peut-être parce qu'elle était partout à la fois. Une danseuse thaï sous amphétamines dans un clip en noir et blanc. Elle aurait pu avoir douze ou trente-cinq ans avec sa tête de petite reine de l'Atlantide. Un machin tressautant à rayures, du short au débardeur jusqu'aux grosses chaussettes qui donnaient un peu de gras à des jambes de sauterelle. Des chaussures brillantes, à semelles compensées, comme celles de David Bowie du temps de Ziggy Stardust.

Louise remit le son. Décidément, la voix ne cassait pas trois pattes à un colvert. Mais, après tout, Victoria n'était pas la seule. La musique n'était pas inécoutable. Rien de bien transcendant toutefois. Heureusement que Prince, les rappeurs, les rois du R'n'B et toute la musique noire avaient ouvert la voie. Je suis très raciste en matière de musique, conclut Louise en éteignant le lecteur. Elle mit un disque d'Alicia Keys, alla au bar pour s'offrir un whisky, alluma une cigarette et regarda par la fenêtre. Elle pensa que Victoria Yee correspondait à la description de Régine donnée par Josuah la veille. *Teint blanc, coiffure de star des années trente, vêtements noirs et un air entraînant de croque-mort.* Elle décida que les œuvres du sculpteur méritaient qu'on leur accordât une seconde visite.

Cette fois, les couloirs des ex-usines Martineau était plus animés. Les artistes recevaient. Des badauds allaient et venaient, généralement équipés de verres remplis et de visages satisfaits. Toutes les portes des ateliers étaient ouvertes. Toutes, sauf celle de Josuah qui devait faire bande à part suite à une crise de misanthropie plus aiguë que la précédente. Louise s'assit sur le pas de porte de l'affable artiste.

Il arriva peu de temps après, équipé de quelques bouteilles et d'une jolie rousse. Il vit Louise, repoussa la rousse d'un coup de rein et avança en souriant. Une grande première, se dit Louise en se relevant. Il regarda ses jambes avec une moue appréciative.

– Votre flic m'a fait chier pendant trois plombes, ce matin. Quel rat, ce mec. Vous couchez avec ?

– C'est pour une interview dans *Marie-Claire* ?

– J'aime bien le bleu de votre chemise. Et vous êtes mieux en jupe et les cheveux lâchés. C'est pour moi, le rouge à lèvres et le parfum ?

– Non. Qu'est-ce que vous buvez ?

– Tequila.

– J'en suis. Ouvrez la porte de votre domaine.

Josuah débloqua trois verrous Fichet-Bauche, génération ultime, et laissa Louise entrer. Il referma la porte sur l'atelier, plongé dans le noir. Ils ne bougèrent pas, pendant quelques secondes. Louise sentit un frôlement. Déclic de l'interrupteur. L'atelier s'éclaira comme s'il était vu à travers un filtre jaune. Des tentures noires, que Louise n'avait pas remarquées la première fois, obstruaient les baies. Josuah alla chercher deux verres sur une étagère, les lava vaguement dans l'évier et les remplit. Il lui fit signe de s'asseoir à ses côtés. Ils se calèrent le dos contre une chambre à air de camion et allongèrent leurs jambes.

Il sirotait un moment sa tequila, yeux fermés, tête renversée, puis se redressa d'un bond. Il revint avec une petite caméra et pointa le viseur vers elle. Elle entendit le ronronnement du moteur.

– Ce flic de vos amis est un drôle de morceau. On a gentiment causé art pendant une éternité jusqu'à ce qu'il se tire, prétextant un coup de fil urgent. Et deux mecs sont arrivés. Un Black et un blond à gueule de raie. Eux m'ont posé les bonnes questions. Alibi et tout le tremblement.

– Et à quoi ressemble-t-il votre alibi ?

– Katia, la rousse du couloir. On a fini la nuit ici, après la party sur la *Méduse*.

– C'est votre fiancée ?

Il sourit, l'œil toujours calé contre le viseur.

– Levez-vous.

Louise haussa les épaules et obéit.

– Regardez-moi. Marchez. Oui, c'est ça. Allez jusqu'à la sculpture avec le grillage en fil barbelé. Arrêtez-vous. Regardez-moi. À quoi pensez-vous ?

– À la tequila.

– À rien d'autre ?

– À Victoria, à Régine. La première ressemblait beaucoup à la seconde.

Josuah avançait vers elle, lentement. Il s'arrêta quand il put la toucher et prit une mèche de cheveux de sa main libre. Puis il abaissa la caméra et la déposa délicatement sur le sol cimenté. Il se redressa pour poser ses mains en appui sur la peau de caoutchouc de la sculpture, emprisonnant Louise.

– C'est normal. Il a toujours rêvé de baiser sa sœur, dit-il doucement.

Louise porta son verre à ses lèvres. Josuah ouvrit l'espace de ses bras. Il alla remettre la caméra à sa place puis revint s'asseoir contre la sculpture.

– Venez près de moi.

Louise s'exécuta, gardant cette fois une plus grande distance. De quoi glisser une autre chambre à air.

– Moi, je suis passé à l'acte. C'était tellement bon que j'en frissonne encore. Si Axel savait que je me suis tapé sa sœur, il me tuerait.

– Pourquoi avez-vous fait ça ?

– Pourquoi ! Pourquoi ! Vous aimez ce mot-là. Pourquoi. Qu'est-ce que vous voulez que je fasse de votre morale de merde ?

– Qui vous parle de morale ?

– Tenez, donnez-moi votre verre. Il est vide. Buvez la chaleur du Mexique.

Ils se turent pendant de longues minutes. Josuah se leva, montra ses sculptures à la ronde.

– Regardez mon travail. Les questions sont inutiles. Ce qu'il y a à dire est de l'ordre de l'indicible. Que font nos pauvres mots ? Ils encrassent. Je peux toujours dégoiser, jouer au connard d'intello, et vous ne serez pas plus avancée. L'essentiel ne se laisse pas expliquer. Il se transmet. Donnez-moi une de vos cigarettes. J'aime cette marque.

Elle lui tendit son paquet. Debout, droit et fier, vêtu d'un tee-shirt noir orné d'une grande étoile blanche, il avait une certaine allure. Il ressemblait à un conquistador qu'elle avait vu dans un film sur Christophe Colomb. Un aristocrate qui refusait la fin du vieux monde et passait son temps à rapiécer le pouvoir qui lui restait en se comportant comme un salaud. Il extirpa une cigarette du paquet en reniflant et se versa une nouvelle rasade, sans servir Louise cette fois. Il but son verre cul sec.

– Régine est muette. Victoria chante. L'une est vivante. L'autre pas. Elles sont les deux figures d'un même mystère et en les sondant avec entrain, avec ma pauvre pine de mortel, je n'ai su approcher que l'impénétrable mystère. Qu'est-ce qu'on fout les uns avec les autres ?

Et vous d'ailleurs, qu'est-ce que vous foutez là ? Barrez-vous !

– Avec plaisir. Votre numéro d'artiste maudit commence à me tirer les yeux.

– Je ne vous retiens pas.

Louise se leva et sortit. Le couloir avait pris des allures de boîte de nuit. Elle l'entendit qui criait : « Katia ! » Elle vit la jolie rousse planter là un jeune homme et courir vers l'atelier comme si elle attendait son tour depuis la construction des pyramides. Josuah lui administra une claque sur les fesses avant de la pousser dans l'atelier. Un regard de défi à Louise, et il avait refermé sa porte. Elle se visualisa l'assommant avec la bouteille de tequila et quitta les lieux.

Quai de la Gironde, elle eut du mal à se calmer les nerfs. Elle opta pour un verre d'eau gazeuse et regarda son bureau avec haine. C'est à ce moment qu'elle aperçut une langue blanche qui dépassait du fax.

La Lutteuse n'avait pas chômé. Elle s'était même sérieusement creusé les méninges.

« J'ai compilé des brochures d'expositions. Ci-joint ce que j'ai trouvé. Cela s'est passé il y a cinq ans. Je n'y étais pas, mais une amie m'en a parlé comme d'une expérience limite. Un happening dans une galerie berlinoise. Des œuvres photographiques de l'artiste Civashiva étaient présentées. Des tirages géants représentaient des vues de la centrale désaffectée de Tchernobyl. Sur certaines, des personnages posaient en pied, devant un mur. Comme vous pouvez le constater, ce sont des gens normaux, sans doute des travailleurs de la centrale ou des habitants de la région. Mais la photo du torero tranche dans l'ensemble. Observez-la bien. Je suis étonnée d'avoir pu oublier une œuvre aussi forte. Pour moi, la similitude avec le corps de Victoria Yee est évidente. J'espère vous avoir aidée, Louise.

Au fait, vous souvenez-vous de notre échange sur le Net ? J'ai écrit : "Reine Louise. Entre dans l'arène. Agite ta cape rouge. Essaie de planter une banderille. Olé." Vous avez répondu : "Mets ton habit de lumière et éclaire-moi." Voilà ce qui s'appelle de la prescience. Vous pataugez dans un marécage neuronique. Protégez-vous. Bonne chance.

La Lutteuse »

Louise regarda la reproduction de la photo au torero. Son habit était violemment éclairé. Des étincelles s'en échappaient qui évoquaient la radiation. Il se tenait debout, jambes écartées, bras levés. Son visage était caché sous une cagoule noire du type balaclava qu'affectionnent les terroristes. Il avait une arme dans la bouche. Un revolver à canon long, tenu par un inconnu. Le bras du braqueur était en partie coupé par le cadrage de la photo. La Lutteuse avait ajouté une légende à la main.

« Civashiva est un artiste qui vit incognito. Les conjectures sont allées bon train. On a dit que c'est son visage que dissimulait la cagoule. D'autres ont prétendu qu'il était l'homme armé. Quoi qu'il en soit, cela a fait un énorme scandale. Un homme s'est fait volontairement tirer dessus avec un revolver, le soir du vernissage. »

Louise s'allongea à même le parquet et fixa le globe de verre dépoli du plafonnier. Lorsque ses yeux commencèrent à picoter, elle se leva et alla fouiner dans sa bibliothèque. Elle trouva un ouvrage en anglais dont le titre était *Hindu Mythology*.

« Shiva est la troisième personne de la triade hindouiste. Bhrama est le créateur, Vishnu le préservateur. Afin de compléter le système, et en partant du principe que toute chose est sujette au déclin, un destructeur était nécessaire. La destruction est donc la mission particulière de Shiva. Suivant les principes de l'hindouisme, la mort n'est pas la mort dans le sens d'un passage à une non-existence mais, plutôt, une étape vers une nouvelle forme de vie. Le destructeur est, par conséquent, le re-créateur.

La vie de Shiva est celle d'un ascète. Il est représenté sous une forme humaine. Il porte un serpent autour de son cou noir ainsi qu'un collier de crânes. Il a de nombreux emblèmes comme le trident, les peaux de tigre et d'éléphant et le taureau blanc qu'il chevauche. Il a trois yeux dont un au milieu du front. Sous le troisième œil, brille un croissant de lune. Shiva enseigne aux hommes la mortification du corps et la suppression des passions ainsi que la grande vertu de la méditation abstraite dans le but d'amener les croyants à la plus haute connaissance spirituelle et, dans une phase ultime, à l'identification avec le grand esprit de l'univers. »

– Un re-créateur, dit Louise à haute voix.

La métaphore colle parfaitement dans le cas d'un artiste. Un artiste radical pour qui la destruction est un passage obligé. La destruction, c'est-à-dire le meurtre.

Louise songea à préparer un texte résumant ses dernières découvertes et à le glisser dans l'enveloppe destinée à Ana Chomsky puis elle pensa qu'il valait mieux laisser mûrir ses réflexions. Après tout, ces pérégrinations ne la rapprochaient guère d'Axel Langeais. Dès demain, elle remettrait l'enquête sur des rails plus prosaïques et irait visiter Langeais père.

Chapitre VIII

À Courbevoie, l'immeuble faisait figure de bastion de résistance. Face à un terrain vague qui ne le resterait pas longtemps, il s'agrippait à la rue de Strasbourg, narguant les immeubles rutilants de la Défense.

Matthieu Langeais promenait une soixantaine fatiguée. Sous la paire de sourcils broussailleux, le regard était bleu triste. Les mains dans les poches, il regardait néanmoins Louise avec un bon sourire, celui du retraité content de rencontrer âme qui vive.

– Mon immeuble est déserté. Ils sont là-bas, dans les grandes tours. Les tours, je les regarde souvent de mon balcon et je pense à tous ces gars qui bossent les uns au-dessus des autres en attendant le prochain dégraissage. Ils serrent les fesses dans leurs petits bureaux proprets. Moi, j'étais sur le terrain. Toujours en production. Toute une vie chez Renault. J'ai connu toutes les luttes.

– Vous avez les œuvres complètes de Lénine dans votre placard ?

– Vous me prenez pour un dinosaure, hein ? demanda Langeais, le sourire toujours au beau fixe. Les idées étaient bonnes, elles ont été mal appliquées. Le système soviétique, c'était pas le communisme. Dans ces tours, il y a de gros bonnets qui pensent. Pour les autres. Ils pensent profit. Il n'y a que ça qui les intéresse. Alors, ils font fabriquer leurs produits à Taïwan ou Séoul en prétendant que c'est le seul moyen de faire face à la concurrence internationale. Foutaise. Ils veulent du fric. Toujours plus. Au détriment de l'emploi en France et de tout ce qui en découle : la paix sociale, un futur décent pour les jeunes.

– Pardonnez-moi de tirer le débat vers quelque chose de personnel. Je suis venue pour Axel.

– Il n'a pas salué son vieux père depuis trois mois, dit Matthieu Langeais en mâchonnant son sourire. C'est ce que j'ai expliqué au commissaire, hier. Je ne me suis pas assez occupé d'Axel et de sa sœur. Voilà le résultat.

– Qu'est-ce qui vous en a empêché ?

– Je militais. J'étais marié avec le parti. Alors, maintenant, l'attachement n'est pas aussi fort qu'il le devrait.

– Leur mère ?

– Ah, nous y voilà, dit Langeais en levant les yeux vers le plafond.

Il les maintint dans cette position, détaillant une lampe de supermarché qui ne valait pas le temps qu'on lui accordait.

– Solveig en a eu assez, elle aussi. Elle nous a quittés, moi et les enfants. Elle est rentrée en Allemagne et s'est remariée. J'avais près de quarante ans quand je l'ai épousée et elle, vingt-deux. Trop de différence. Et moi, après son départ, j'ai continué à militer comme un brave petit soldat. Même lorsque j'ai appris sa mort en 1989. Ça vous dépasse, hein ?

– Les détectives sont un peu des confesseurs, nous pouvons tout entendre, monsieur Langeais, et peu de choses nous étonnent, répliqua Louise avec un ton de prêche.

– Eh bien moi, malgré mes côtés vieux croûton, il y a bien des choses qui m'étonnent encore. Ces types dans leurs bureaux avec leurs esprits rassis sauf lorsqu'il s'agit de faire du fric. On ne peut pas laisser passer ça. Alors, il faut bien que certains d'entre nous se battent. Ça ne m'a jamais empêché d'aimer mes enfants. Mal. J'en conviens.

– Chacun fait ce qu'il peut, monsieur Langeais. Voici ma carte, si Axel vous donne de ses nouvelles…

– Pourquoi le cherchez-vous, au fait ? La police s'occupe déjà de tout ça.

– Ma cliente est une amante délaissée.

Langeais ouvrit la bouche, prenant un air ébahi puis se tapa les cuisses des deux mains d'un coup sec et lâcha un rire bref mais qui venait du fond des tripes.

– Mon gamin en tombeur ! Elle est pas enceinte, tout de même ?

– Non. Une histoire très romantique. Elle est amoureuse et veut savoir ce qui l'attend. On confond aussi quelquefois les détectives privés et les voyants.

– En y réfléchissant, c'est vrai qu'il plaisait plutôt aux filles, mais la gaudriole n'avait pas l'air de l'intéresser des masses. Axel, c'est un cérébral. Un petit gars sérieux. Gamin, il avait toujours le nez fourré dans les bouquins. Après, ça a été les ordinateurs. Il y a trouvé sa voie, comme on dit maintenant. Il a bien dû y avoir quelques petites dans sa vie mais, il n'en a jamais fait un fromage.

– Il y a quelqu'un de qui Axel était proche ?

– Vous devriez aller voir Ursula. Si quelqu'un a des nouvelles, c'est elle. Seulement vous n'allez pas vous amuser avec ma belle-sœur. Une vieille fille dure comme le chiendent. Il n'y a qu'avec les gosses qu'elle se déridait un peu. Elle aussi habite Courbevoie. C'était plus pratique, avec les enfants. Voici son téléphone.

En descendant la rue de Strasbourg, Louise faillit lever la tête pour vérifier si Langeais était arrimé à sa fenêtre, l'œil rivé sur les tours bourrées de travailleurs exploités par d'hypocrites capitalistes. Le pire, c'est que le vieux croûton n'a pas complètement tort, se dit-elle. Et qu'est-ce que les Coréens ont de plus que nous, d'abord ? Leur plus, c'est qu'ils ont moins. Ils sont moins payés. Et un jour émergera par la force des choses un salaire minimum mondial. Entre-temps, le vieux monde aura craqué de partout et ça nous aura fait très mal en Occident. Ça s'appelle la mondialisation.

En attendant l'avènement du salaire minimum mondial, l'été donnait le meilleur de lui-même, la consistance du macadam approchait de celle de la guimauve et les shorts gagnaient du terrain de minute en minute. Louise partit en quête d'un bistrot accueillant. Au *Brady*, le patron avait investi dans un vaillant trio de ventilateurs qui s'employait à remuer quelques milliards de particules d'azote et d'oxygène réticentes. Par réflexe, Louise s'installa au fond de la salle et commanda une menthe à l'eau.

Elle appela Ursula Bergen. La tante d'Axel lui donna rendez-vous dans l'heure.

Louise se souvenait du ton railleur de Matthieu Langeais lorsqu'il lui avait communiqué les coordonnées de sa belle-sœur. À présent, elle faisait face à Ursula Bergen qui sirotait son thé en souriant et ne trouvait rien dans ce visage fin et ce regard mélancolique qu'on puisse qualifier de dur.

L'appartement était truffé de napperons en dentelle, de tableaux en canevas dans des cadres soigneusement astiqués. Au-dessus d'un petit guéridon, la tante avait suspendu une collection de photographies, témoignage de l'enfance d'Axel et de Régine Langeais. Une croissance qui évoquait pour Louise ces films en accéléré où l'éclosion d'une fleur n'est plus que l'affaire de quelques secondes. Régine était un dahlia noir avec des yeux trop grands et une bouche trop amère pour une enfant ; Axel faisait de la figuration avec un air bonhomme et des joues rondes qui cachaient une beauté qui ne se révélait qu'à l'adolescence et stupéfiait alors la pellicule. Le temps n'avait pas la même emprise sur Régine qui n'avait pas connu de métamorphose spectaculaire : sa beauté sombre existait depuis le départ et l'enfance semblait ne pas vouloir lâcher prise aux alentours de la puberté, où elle devenait une Lolita ténébreuse et Axel un ange au sourire absent.

Ursula Bergen parlait fort lentement. Louise la laissait aller son bonhomme de chemin et acceptait de reprendre une tasse de thé. De temps à autre, le regard d'Ursula Bergen se posait sur le mur de souvenirs et elle souriait. Elle parlait de sa sœur, Solveig, partie depuis si longtemps. Elle avait quitté Matthieu, un homme qui la délaissait pour ses camarades du parti et leurs réunions sans fin. Matthieu est un médiocre qui a tout gâché, diagnostiquait la tante sans se départir de sa voix feutrée au léger accent germanique. Ursula avait pris en charge l'éducation des enfants, et malgré des conditions difficiles, la scolarité s'était déroulée sans heurts. Sans brio aussi mais on avait évité le pire. Du moins pendant un temps. Louise dressa l'oreille, elle aurait pu rater le morceau de bravoure, engourdie qu'elle était par la diction soporifique de la tante. Ursula Bergen reprit un biscuit et le fil de son discours.

La petite allait au lycée de Granvilliers, une commune limitrophe. Personne dans le corps professoral n'avait jamais eu à se plaindre d'une élève qui ne faisait ni vagues ni étincelles. Dans le journal, on n'avait pas publié de photos et les noms étaient restés secrets. Mais, voyez-vous, on croyait voir la petite tant sa description, bien que sommaire, était juste, comme comprise de l'intérieur par quelqu'un qui savait voir les choses et ne se contentait pas de les analyser froidement. Pour le journaliste, elle était devenue la Noire, une enfant perdue qui avait essayé de trouver seule la limite entre le Bien et le Mal. La tâche était trop ample et l'enfant avait échoué. Elle pensait que rien n'était sacré. Elle croyait que tout pouvait être vendu, que ça n'avait pas d'importance du moment que l'on ne faisait souffrir personne. Elle voulait avoir de l'argent sans savoir ce que recouvrait vraiment le mot. Elle avait perdu sa mère trop tôt et son corps de petite femme ne valait pas plus que tous ses souvenirs enfuis.

Après cela, Ursula Bergen n'avait plus lu la presse. Tout avait été dit, n'est-ce pas ? Elle avait changé de quartier pour ses courses et décidé de faire tous les deux jours le trajet jusqu'à l'hypermarché des Quatre Temps, un lieu où personne ne connaissait personne. Non pas que qui que ce soit ait pu reconnaître Régine, mais tout finissait toujours par se savoir. Tôt ou tard. Et les regards des braves gens qui s'apitoient sont plus difficiles à supporter que les paroles blessantes, vous ne trouvez pas ?

C'est un adolescent qui avait allumé la mèche du scandale. Il y a quatre ans. Interrogé par ses parents, il avait avoué qu'une camarade de classe se prostituait au profit des garçons du lycée. Ils allaient la rejoindre dans le terrain vague. Le terrain vague qui aujourd'hui a fait place au lotissement pavillonnaire.

– L'assistante sociale est venue me voir. Nous avons discuté longtemps mais ça n'a servi à rien. On ne peut pas comprendre cette chose-là. On ne peut pas la dire bien avec des mots. Régine a séjourné deux ans dans un centre de rééducation. Je suis allée la voir très souvent. Aussi souvent que j'ai pu. Elle ne parlait presque plus à cette époque-là, mais je savais qu'elle était heureuse de me voir. Je lui apportais des magazines féminins, des bonbons, des bricoles. Elle était contente.

En se dirigeant vers le distributeur automatique pour prendre son ticket de RER, Louise regarda la grande affiche publicitaire qui se déployait sur toute la largeur de la gare de la Défense. De jeunes visages alignés, représentant toutes les couleurs de peau recensées sur la planète, dominaient de leurs regards neutres et immobiles les déambulations des voyageurs. Leurs visages étaient sérieux, mais leurs vêtements éclataient dans un feu d'artifice chromatique. La Noire s'était vendue des mois durant à des adolescents vêtus de jeans et de polos bariolés, comme ceux de cette affiche. Et personne dans cette petite population n'y avait trouvé à redire, des mois durant.

Le Clairon des copains était plein à craquer. Arrimé aux manettes de porcelaine, Robert servait des bières à une cadence effrénée. Pépé Maurice prêtait main-forte à son barman en jouant du percolateur, et le duo ne vit pas passer Louise qui alla s'attabler sans l'habituel et tonitruant : « Salut, la reine Louise ! »

Blaise Seguin était déjà là, installé à la place habituelle, la main abandonnée sur une chope de bière, les yeux clos.

– On s'offre une petite sieste ?

– Je goûte mieux ces ambiances apéritives si je leur prête une oreille neuve que ne vient pas polluer l'image. Les conversations de bistrot m'enchantent. C'est de la poésie à l'état pur. Vous savez ce que vient de dire le petit gros moustachu à la dame habillée en marron ?

– Comment savez-vous de qui il s'agit si vous gardez les yeux fermés ?

– J'alterne dans un subtil balancement sensoriel. Le petit gros vient de dire texto : « Marthe, c'est décidé, j'achète un camping-car et nous partons, cet été, à l'aventure. » Sur ce, la dame lui rétorque : « Pour toi, l'aventure, c'est le loto dominical et les émissions sportives à la télé, et puis y aura toujours trop de troquets sur notre route. » Le petit gros l'a regardée longuement et lui a répondu : « Marthe, tu n'as jamais su faire mousser ma vie. » C'est beau, non ?

– Émouvant. J'ai un boulot pour vous. Il s'agit de suivre une tante.

– Quel genre ?

– Pas celui que vous croyez. Ursula Bergen, rue de Rouen, à Courbevoie. Je cherche son neveu Axel Langeais, concepteur de jeux électroniques. Il a disparu en emmenant sa sœur, Régine, mais en oubliant un macchabée, dans son salon flottant, la *Méduse*, amarrée à Boulogne. Le commissaire Clémenti est sur le coup.

– Très bien.

– Pourquoi très bien ?

– Pourquoi pas ? Il y a un malaise ?

– Vous avez des informations sur Clémenti ?

Seguin but une gorgée de bière, et le bleu glacial de ses yeux se réchauffa d'un demi-degré.

– Veuf depuis quelques années. Vit seul. Assez bon dans son genre.

– C'est tout ?

– Qu'est-ce que la biographie détaillée de Serge Clémenti vient faire dans l'histoire qui nous occupe ?

Louise se tut et regarda Seguin d'un air morne.

– Julian Eden était comme vous, ajouta-t-il. Chaque enquête titillait sa libido. Il y avait toujours une heureuse mortelle qui jouait le rôle de l'aiguillon et secouait sa torpeur, l'obligeait à porter l'estocade, à mener l'histoire à son terme.

L'évocation tourna court. Claude Joubert opérait une discrète entrée au *Clairon*. Le garçon boucher s'installa à côté de Seguin, et Louise commanda une tournée.

– Comment vont les affaires ? demanda Seguin.

– Mon patron croit très fort au retour de la tête de veau depuis qu'un chroniqueur gastronomique en vogue a cru bon de préciser qu'il en prenait au petit déjeuner. Ça lui inspire des envolées lyriques qui me laissent béat. Je ne l'avais pas vu plus ému lors de la dernière coupe du monde de football.

Robert, qui venait de déposer trois chopes devant le trio, prit le temps d'allumer la cigarette de Louise.

– Grand genre, Robert ! lâcha Joubert en appréciant l'air concentré du barman.

– C'est pas parce qu'on est stressé qu'il faut oublier les manières, répondit Robert avant de filer vers le bar à grandes enjambées.

Derrière le comptoir, pépé Maurice, congestionné comme un jambon de Bayonne, s'épongeait le front à l'aide d'un torchon tout en servant une série de ballons de rouge de sa main libre.

– *Meurtres à Babylone*, ça te dit quelque chose, Claude ? demanda Louise.

Joubert prit le temps d'allumer méticuleusement sa pipe de bruyère avec son Zippo en argent.

– Un excellent divertissement disponible depuis peu. J'y joue de temps à autre entre deux bouquins. Ça m'a déjà valu quelques nuits blanches. Comme mon patron n'apprécie pas les tronches de navets à la boucherie, j'ai mis un bémol. Mais j'y reviendrai. L'inventeur de ce bazar techno est un brouilleur de pistes de première. Il faut réviser *Pim Pam Poum*, la comtesse de Ségur et Philip K. Dick mais quelques connaissances en mécanique quantique ne nuisent pas.

– Tu pousses un peu.

– Oui, bon, d'accord. La mécanique quantique vient en trop. Mais je maintiens mon point de vue : le créateur de ce machin a su brasser un fatras de données hétéroclites en glanant dans chaque époque les héros et les ambiances que tout le monde affectionne. Le jeu exige un bon niveau de culture générale mais au bout du compte – et c'est ça sa grande force – fait plus appel aux sentiments qu'à l'intellect. Nostalgie, sous-culture bien déguisée, vraie culture bien digérée, c'est l'amalgame qui fait le fonds de commerce de *Meurtres à Babylone*. Fantomas, Barbarella, Philip Marlowe, le Surfeur d'Argent, les Shadoks, sans oublier *Les Tontons flingueurs*, tout ça se bouscule au portillon dans un joyeux bazar iconoclaste. Et les personnages sont tous chiadés, campés sur des bases mythiques fortes et intemporelles.

– Vous me donnez mal à la tête avec votre bimbeloterie informatisée, déclara Blaise Seguin en bâillant. En ce qui me concerne, le cinématographe n'a pas encore été inventé. Je vous abandonne à votre fascination morbide pour la modernité et pars exercer ma filature à Courbevoie.

Seguin salua ses compagnons d'un air cérémonieux. Arrivé au milieu de la salle, il se retourna et lança à Joubert :

– Ton patron est un homme avisé. Mets-moi une tête de veau de côté pour jeudi.

– Impertinente. Tu ne m'as pas appelé depuis quinze jours et te voilà qui ose me relancer pour des informations. Viens donc fouiller les archives toi-même.

– Mets-la en veilleuse, Béranger. Et trouve-moi tout ce que tu peux sur l'affaire du lycée de Granvilliers. Je serai chez moi, ce soir.

– Si tu me prends par les sentiments.

– Qui te parle de sentiments ? Salut.

Chapitre IX

Georges Krief, patron du laboratoire scientifique, s'assit sans façon sur le bureau de Serge Clémenti, ce qui eut pour effet de faire béer les pans de sa chemise à rayures sur un ventre de parturiente. Thomas Franklin, le médecin légiste qui se tenait debout devant le bureau, bras croisés sur un dossier, diagnostiqua, au jugé, un taux de cholestérol alarmant.

– Mon vieux Serge, j'aime mieux te dire tout de suite que notre client n'a pas déniché son revolver dans un paquet Bonux, commença Krief. Tu vas comprendre pourquoi mes gars ont un peu patiné pour l'identifier. La balle retrouvée dans le corps de Victoria Yee est un calibre .38 et, parmi les trois armes repêchées dans la Seine, aucune ne correspondait. Finalement, le Colt paraît être l'arme recherchée. C'est un .45 avec deux cartouches dans le cylindre dont une a été tirée. Malgré les dégâts occasionnés par l'eau, on a fini par identifier d'infimes particules de papier de soie dans la chambre. Conclusion possible : le tueur a enveloppé sa cartouche pour que le calibre s'adapte à celui du revolver. Franklin confirme mon diagnostic.

– Ouais. Le fait qu'elle ait été tuée à bout portant a facilité l'analyse. Le même type de fibres a été retrouvé dans le corps.

– Peut-on en conclure que nous progressons, messieurs ? demanda Clémenti.

– Il y a plusieurs solutions, répondit Krief. Le tueur a emballé sa cartouche parce qu'il voulait nous embarquer sur une fausse piste mais alors le fait de jeter son arme à sept cents mètres seulement de la péniche ne colle pas. Ou alors, le type était tout simplement à court de munitions et n'avait pas les bonnes connexions pour s'équiper discrètement avec les balles adéquates. Dans ce cas, tout laisse à penser qu'on n'a pas affaire à un truand professionnel mais simplement à quelqu'un de raisonnablement informé.

– Un amateur mais pas un novice, en quelque sorte, dit Clémenti sur un ton rêveur. Et l'arme, que nous dit-elle ?

– C'est un vénérable revolver, dépourvu d'une quelconque trace d'empreinte. Manufacturé aux États-Unis, il y a quarante-deux ans, sous le numéro de série R 345 877. Son premier propriétaire était Samuel Flaks, un privé de Boston tout ce qu'il y a de plus réglo, mort il y a quinze ans. Les Ricains ont quand même été assez sympas. Ils ont fait des recherches. Il faut dire que j'ai insisté personnellement. C'est allé jusqu'en Argentine.

– Bravo. Et alors ?

– Le Colt a fait partie de l'attirail de l'ERP, l'Armée révolutionnaire du peuple. Saisi par la police sur un citoyen allemand. Un dénommé Erik Gründig, né à Karlsruhe, enrôlé du côté des révolutionnaires argentins après une carrière intéressante en Allemagne dans le sillage de la *Rote Armee Fraktion*.

– La Fraction Armée Rouge de Baader et Meinhof ?

– Affirmatif. Gründig a été arrêté lors d'un braquage de banque à Buenos Aires. Une opération d'autofinancement pour les terroristes. Il a été expulsé en 1975 vers l'Allemagne mais apparemment n'y est jamais arrivé. Le revolver a disparu avec le bonhomme. Je me suis dit que s'il resurgissait maintenant, Gründig n'était peut-être pas bien loin. Mais ça c'est ton rayon, Serge.

– Ce ne sont pas des informations trop pourries, mon cher Georges. Et vous, Franklin, rien de neuf ?

– Non. La fille était en bonne santé malgré un train de vie frénétique. La nuit de sa mort, elle a eu le temps de se défoncer avec un cocktail gin-cocaïne. Elle a eu des relations sexuelles avec un seul homme, trois heures environ avant le décès. Nous avons convoqué le sieur Josuah et il a admis avoir couché avec Yee sur la péniche.

– Merci infiniment, messieurs.

– Tu es sur quelque chose, Serge ? demanda Krief, la lippe gourmande alors que Franklin sortait déjà du bureau.

– Pour l'instant, je laisse infuser.

– Tu as un bout d'idée, non ?

– Un jus de soja, Georges ? Une cigarette à l'eucalyptus ?

– Non, sans façon. Tu es incorrigible.

– Moi ?

– Bon. À la prochaine, mon vieux.

– Au revoir, mon cher Georges.

Serge Clémenti médita quelques secondes puis partit à la recherche d'un de ses collaborateurs. Il dénicha Marcellin N'Diop près de la machine à café et, après l'avoir tancé pour faute de mauvais goût, « suite au projet d'ingestion d'un breuvage de qualité médiocre », il l'envoya se documenter sur la vie et les œuvres du terroriste international Erik Gründig. Lorsque le lieutenant N'Diop lui demanda de plus amples renseignements, Clémenti répliqua qu'un cerveau innocent pouvait faire des merveilles, à condition qu'on lui épargnât les informations parasites. N'Diop sourit de toutes ses dents et appuya sur la touche « café au lait avec sucre ».

Clémenti rentra dans son bureau et s'octroya trois chapitres supplémentaires de *Moby Dick*. Après quoi, la nuit étant tombée, il décida de rejoindre à pied la place de la République.

En se rapprochant de son objectif d'un pas vif, il passait en revue les restaurants susceptibles de l'aider à se sustenter honnêtement, avant de rallier son domicile de la rue de Lancry. Et s'il effectuait un détour par le quai de la Gironde ? Il passerait sous les fenêtres de Louise Morvan, s'assiérait sur un banc et regarderait le canal. Elle finirait par le reconnaître, descendrait pour le rejoindre. Ils parleraient jusqu'à ce que l'humidité gâche le plaisir de la conversation. Elle l'inviterait chez elle. Pour parler de l'affaire.

Jean-Louis Béranger, couché à plat ventre sur le kilim, étirait ses longues jambes minces. Des gouttes de sueur perlaient sur son dos et Louise suivait du doigt le tracé de l'une d'elles, le long de la colonne vertébrale. Le chauffage au gaz était poussé à fond et la cheminée gavée de grosses bûches – un cadeau de Béranger qui avait eu l'idée de doper l'été parisien – donnait le meilleur d'elle-même, contribuant à transformer le salon en étuve équatoriale. Béranger avait apporté un CD de musique cubaine, ils l'écoutaient en buvant du rhum blanc.

– Je voudrais être muté à La Havane ou aux Antilles, à Madagascar ou en Amérique du Sud. La chaleur m'inspirerait, je torcherais mes papiers en un rien de temps avant d'aller piquer une tête dans une mer turquoise et de finir ma soirée sur un tabouret de rotin, dans un bar pourvu de ventilateurs.

– Pas la peine, il y en a à Paris.

– Attends la suite. Nous aurions un grand lit surplombé d'une moustiquaire dans lequel tu m'attendrais chaque nuit. Derrière le fin tissage blanc, je devinerais ton corps bronzé à l'exception de la croupe, blanche comme une lune pleine, pour cause de monokini.

– Moi, j'aime bien trop la vieille Europe, Paris et les conditions climatiques raisonnables. La chaleur ne m'inspire rien de particulier. Je n'oublierai jamais mon été à Tokyo [1].

– Il s'appelait comment ?

– Qui ça ?

– Le Japonais que tu n'oublieras pas.

– Ken. Je n'ai pas envie d'en parler.

– J'aimerais savoir déclencher cette petite étincelle de doute dans tes grands yeux. Ce mec devait être quelqu'un.

– Ce mec n'est plus personne.

Louise se leva pour couper le chauffage et enfiler une veste de pyjama. Elle s'assit sur le canapé et observa Béranger, dont le corps s'inscrivait en diagonale dans la composition géométrique du tapis. Il soutint son regard et se mit à rire en posant son verre de rhum.

– La fête est finie, hein ? Tu veux tes informations ?

– Tout juste.

– Régine Langeais travaillait seule, sans proxénète et visiblement de son propre chef. Elle utilisait l'argent pour s'acheter vêtements, bouquins, vidéos. Le reste était envoyé à des organismes de protection des animaux. Les adolescents interrogés par mes confrères ont parlé d'elle en termes respectueux, un respect teinté de crainte pour certains. J'ai trouvé une déclaration dans *L'Express*.

1. Cf. du même auteur, *Baka !* (éd. Viviane Hamy, 2007, et « Points », n° P2158).

Une fille a dit : « Avec son visage d'ange perdu, elle a su passer la porte des Enfers. » Un gamin qui devait plancher sur Céline a lâché : « Elle a osé aller jusqu'au bout de la nuit. » Après le scandale, la Noire était devenue une icône tragique, du genre des pop-stars suicidaires qui fascinent toujours les mômes. On ne trouve pas une seule déclaration offusquée ou moqueuse. Les critiques viennent des parents et des professeurs. Ils se sont lancés avec acharnement dans un débat sociologique qui a duré quelques mois. On a parlé de démission des parents et, en retour, de baisse du niveau de qualité des enseignants. À l'effritement de la cellule familiale, on a opposé la perte de l'enseignement des valeurs civiques à l'école. Tout le monde s'est relancé la balle, mais le soufflé est retombé assez vite avant que l'histoire ne glisse dans l'oubli complet. C'est à croire que les amis politiques de Matthieu Langeais ont su frapper aux bonnes portes et jouer de l'influence qui leur reste.

Serge Clémenti mit un terme à sa monodiète bimensuelle de pommes biologiques en soupant à La Belle Bruxelloise d'un plat de moules au vin blanc accompagnées de frites et d'une Gueuze. Sur un coup de tête, il avait finalement renoncé à gagner le quai de la Gironde. Il le regrettait à présent en observant un groupe de jeunes gens attablés en face de lui. L'une des filles avait les cheveux longs et couleur miel comme Louise. Mais les traits sportifs et bronzés ne rappelaient en rien l'ovale du visage, le tracé délicat des pommettes hautes, le nez droit et les yeux moqueurs de l'impertinente détective. C'est un mélange de Greta Garbo et de Françoise

Dorléac pensa le commissaire, ou alors de Greta Garbo et d'un Botticelli. N'importe lequel, ils sont tous bien.

Quittant la brasserie, il se posta à côté d'un kiosque à journaux, sortit son portable de sa poche, composa le numéro de Louise et fut accueilli par un message enregistré. Il rappela trois fois, goûta, yeux mi-clos, la tonalité claire de la voix énergique puis rempocha son téléphone, observant un instant la solide allégorie en bronze de la République, si fière avec son sein dénudé et son bonnet phrygien. Une femme intéressante, au charme musclé, mais que plus aucun Parisien ne prenait le temps de regarder.

Il appela le lieutenant Confortant, l'un des hommes du commissaire Mars. Il lui demanda de filer, à titre personnel et en toute discrétion, la détective privée Louise Morvan. Le lieutenant objecta la longueur de ses journées, qu'une affaire particulièrement ardue de souteneur congolais, abattu dans le 9e arrondissement, transformait en marathon. Clémenti évoqua la possibilité pour Confortant, d'une visite, en tant que client privilégié, des caves de Lionel Clémenti, cousin du commissaire et propriétaire d'un beau vignoble à Nuits-Saint-Georges. Le lieutenant promit de faire pour le mieux. Clémenti s'imagina en costume de dompteur rouge à galons dorés, lançant un hareng à un phoque méritant, et sourit intérieurement.

Il repartit vers son domicile. Arrivé au milieu de la rue de Lancry, il s'arrêta pour détailler une affiche publicitaire. Le panneau Dauphin avait été changé aujourd'hui. À la place des céréales survitaminées, l'Armée rouge sur la place Blanche. Sous une photo de Lénine affublé d'une banane de rocker, les soldats brandissaient tous le nouveau CD de Ferdinand Léger, intitulé *Froide Nostalgie*. Clémenti sentit une idée lui chatouiller le sternum.

Il revint place de la République et prit un taxi devant l'hôtel Holiday Inn.

Il était nu-pieds et portait un tricot de peau sans manches sur une culotte de pyjama bleu ciel.

– Vous permettez, monsieur Langeais ?

– Commissaire, l'heure…

– Est tardive. Oui, je sais. Mais elle est grave aussi.

– Du nouveau ?

– Non. Des idées qui se mélangent. Elles tournent, tournent, comme des particules dans un accélérateur. Et tout d'un coup, c'est la libération d'énergie. L'idée dépouillée jaillit, nette et puissante.

– Je ne suis pas sûr de comprendre.

– Moi non plus et c'est là que vous pouvez m'aider. Asseyons-nous, voulez-vous ?

Langeais soupira en se frottant la nuque puis indiqua la table de cuisine, recouverte d'une toile cirée qui reprenait un motif de carrelage de Delphes, et les chaises en formica. Ils s'assirent. Clémenti suivit le contour d'un carreau, d'un doigt léger.

– J'ai Baumann, ami d'Axel, un riche Allemand oisif, dont le dossier est si plat qu'il ne peut que receler des aspérités cachées. J'ai une arme ayant appartenu à un terroriste d'outre-Rhin. J'ai vos enfants dont la mère était allemande et vivait à Berlin-Est où elle est morte en mai 89, quelques mois avant la chute du Mur. J'ai le témoignage du bavard producteur de votre fils qui aime raconter leur première rencontre : Axel portait une tenue de l'Armée rouge glanée aux puces… de Berlin. C'est là que ça se passe maintenant, non ?

– Vous voulez dire que l'Allemagne est à la mode ? lança Langeais un rien énervé.

– Oui, je suis venu parler mode, à minuit, chez vous.
– Je ne sais pas où ils sont.
– Langeais !
– Quoi ?
– Pas à moi.
– J'en ai assez, Clémenti. Je suis fatigué. Vous n'avez pas le droit de me persécuter. Faites les choses en règle. Convoquez-moi.
– Si vous êtes persuadé, dans votre cœur de père, qu'ils sont innocents, faites un effort. Ils ne savent pas ce qu'ils font.
– On dirait une parole d'Évangile. Non seulement vous parlez bien, commissaire, mais en plus, vous dormez peu. Quelle santé !
– Demain matin, sept heures. Quai des Orfèvres.
– J'y serai.
– Je vais les retrouver. Vous le savez bien. Mieux vaudrait y arriver avant une nouvelle catastrophe, vous ne croyez pas ?
– Bonne nuit, commissaire.

Après le départ de Jean-Louis Béranger, Louise mit son répondeur sur position « écoute ». Quelqu'un avait essayé de la joindre à plusieurs reprises sans laisser de messages et seul Blaise Seguin s'était fendu d'une tirade rapide. Le ton froid de son indicateur lui mit la puce à l'oreille. C'est lorsque les affaires se corsaient que Seguin savait ramener ses émotions au plus près du degré zéro. Elle le rappela à son domicile.

– J'ai passé ma soirée devant l'immeuble de la tante, chère amie. Dans un baraquement de chantier, rien moins que confortable. Mais passons. Elle a quitté son domicile vers une heure ce matin, dans un état d'énervement visible. Dans une cabine publique, elle a mené une courte conversation, plutôt tendue. Après son départ, j'ai composé la touche « redial ». Le numéro s'est affiché sur l'écran. Toute cette quincaillerie moderne a du bon, quelquefois. Bref, j'ai réveillé mon contact à France Télécom et il a localisé la ligne. C'est celle d'une cabine téléphonique, à Berlin. Quartier du Kurfürstendamm.

Malgré l'heure, Louise appela Matthieu Langeais. Celui-ci lui dit qu'il craignait d'être sur écoute et proposa de la rappeler. Louise attendit, la main sur le combiné. Elle décrocha dès la première sonnerie. Il y eut un blanc puis le père d'Axel se racla la gorge avant de parler, d'une voix lasse.

– Ça devait tourner comme ça, un jour ou l'autre. Elle part, elle les abandonne. Et, toute leur vie, ils pensent à son départ comme à une phrase interrompue et dont ils veulent connaître la fin. Avez-vous noté à quel point les gens qui ne finissent jamais leurs phrases sont agaçants ? Ou ceux qui ne ferment jamais leurs portes de placard ? C'est pas net. Ça trotte en tête jusqu'à l'obsession. Eh bien, voilà.

– Vous confirmez qu'Axel et Régine sont à Berlin ?

– Ma belle-sœur est venue me voir. Elle me déteste mais son sens rance du devoir a été le plus fort. Elle a pensé qu'il serait plus chrétien de me donner des nouvelles des enfants. Axel lui a téléphoné. Il lui a dit qu'il était à Berlin et voulait en profiter pour aller voir l'endroit où avait vécu sa mère. C'est tout. Si ce que je viens de vous dire peut aider les petits…

– Vous avez l'adresse ?

– L'ancien Berlin-Est. Karl-Marx-Allee, quartier de Friedrichshain. Son deuxième mari s'appelait Kurt Schwetters. Je ne sais pas s'il est toujours en vie. C'était un camarade. Quelle ironie, tiens !

– Vous le connaissiez ?

– On travaillait chez Renault, tous les deux. On militait ensemble. Il était naturalisé français. Un jour, il m'a chipé ma femme et ils ont fichu le camp. Le Mur s'est refermé sur eux. Et elle est morte avant que les gamins aient pu la revoir. La vie est moche, quelquefois. Vous allez partir ?

– Peut-être.

– Le commissaire Clémenti sort de chez moi. Il a deviné qu'ils étaient en Allemagne. Enfin, je crois.

– Je suis désolée.

– Ce n'est la faute de personne.

Matthieu Langeais finit sa phrase dans un sanglot que le déclic du téléphone trancha net. Louise était soulagée. En raccrochant, il la dispensait de trouver de nouvelles formules lénifiantes.

Louise hésita. Elle avait un coup de fil à passer. Le résultat serait décisif. Elle eut le sentiment que, si sa cliente l'envoyait à Berlin, elle la propulserait, par là même, vers des zones ténébreuses, opaques comme l'âme tourmentée de Régine Langeais. Elle alluma une cigarette, se leva pour s'offrir un dernier fond de rhum, pensa aux rêves tropicaux de Jean-Louis Béranger et se dit que le journaliste était peut-être dans le vrai. Elle pourrait annoncer à Chomsky qu'elle lâchait l'affaire. Elle laisserait tout en plan et s'offrirait des vacances au soleil, avec un compagnon qui n'était pas pire qu'un autre. Au moins était-il un bon amant.

Louise avait laissé le dossier Langeais sur son bureau. Elle ouvrit le classeur gris. L'ouvreur la regardait. Il avait des yeux d'enfant triste. Exactement comme ceux que Chaplin avait gardés toute sa vie. Il était seul, beau comme une promesse, hors d'atteinte et doué. Peut-être pas pour la vie cependant. Louise sut qu'il lui fallait retrouver Axel Langeais. Pour qu'elle puisse continuer à se regarder dans la glace, à toute heure du jour et de la nuit. Pour que la connexion avec Julian Eden subsiste. Pour que l'ouvreur lui ouvre son cœur. Cette dingue de Chomsky n'avait rien à voir là-dedans.

Chapitre X

Nous ne nous reverrons pas sur terre,
Odeur du temps, brin de bruyère
Et souviens-toi que je t'attends

Serge Clémenti, lové dans son fauteuil préféré, referma son livre et pencha la tête en arrière pour regarder le plafond. Il était en caleçon et avait gardé sa montre et ses chaussettes. Un petit carafon d'excellente prune, à moitié vide, posé sur la moquette tenait compagnie à un cendrier garni d'un cigare allumé. Il regarda sa montre : 5 h 35.

Il réfléchit puis esquissa un sourire avant de composer le numéro de téléphone de Louise Morvan.

– J'espère que je vous réveille.

– Je rêvais de vous. Je venais de vous ligoter et de vous enduire de miel avant de vous livrer en pâture aux fourmis.

– J'étais nu ?

– Oui, mais ça n'avait rien d'érotique. Que me vaut l'honneur de cette conversation badine et nocturne ?

– Non, non, matinale. Et si Axel et Régine étaient partis à Berlin ?

– C'est un renseignement ou une question ?

– Une supputation. Je voulais que nous réfléchissions ensemble. Je crois que vous me stimulez.

– Il me semble l'avoir remarqué. Il y a tout de même une chose qui m'étonne. Pourquoi ne m'avez-vous jamais interrogée officiellement ?

– C'est mieux comme ça, vous ne trouvez pas ?

– Pourquoi ?

– Ça donne une qualité à notre rencontre.

– Nous ne nous sommes pas encore rencontrés, commissaire. Nous nous sommes côtoyés, c'est tout.

– Louise…

– Oui ?

– Vos yeux me tuent.

– Ah bon ?

– C'est une réplique dans un film anglais…

– Je crois vous avoir déjà dit que je n'ai pas envie de jouer.

– Ce n'est pas un jeu.

– Alors, c'est pire. Bonne journée.

Elle raccrocha et Clémenti fit de même après un court temps mort. Il croisa ses mains derrière sa nuque et s'étira en souriant.

Le réveil de Louise sonna à sept heures. Elle fila vers la salle de bains. Sous la douche, elle se dit qu'une réplique comme « vos yeux me tuent » pouvait être parfaitement romantique ou résolument inepte. Tout dépend de la manière dont le comédien nous balance ça, admit-elle. Je ne vois vraiment pas de quel film il s'agit.

L'eau glacée giflait ses reins et son corps virait lentement au rouge. Elle ferma les yeux et tourna son visage vers le jet. Le titre du film surgit comme une bulle qui remonte du fond d'une piscine. Elle s'essuya avec une serviette rêche et, se regardant dans la glace, se dit qu'elle aurait bien besoin d'un deuxième café.

Elle enfila une robe légère, dégusta son café, assise sur son bureau, le regard tourné vers le dragon-toboggan, et réfléchit à la tournure des événements.

Le couperet était tombé la nuit dernière. Ana Chomsky, terrorisée à l'idée de supporter ne serait-ce qu'une journée de banalité, envoyait Louise à Berlin. Jouer les chasseuses d'idées pour pisse-copie en panne d'inspiration, les médecins volants du cœur, les Mère Teresa de la cause perdue. Au choix et dans le désordre. Et en ce qui concernait le désordre, la Chomsky en connaissait un rayon. Les limites du rationnel étaient dépassées, jugeait Louise en se reprochant sa crise romantique de la veille. Louise Galahad boit trop de rhum et la voilà qui enfourche son canasson, galope tête la première à la rescousse du bel Axel qui persiste à faire voler sa vie en miettes et n'attend personne pour recoller les morceaux. Une bouffonnerie. Qu'importe. Mieux vaut ça que d'aller pointer à l'ANPE. Si Chomsky voulait qu'elle aille faire une cure de choucroute à Berlin, elle irait. La choucroute en plein mois d'août, ça doit être sensationnel, se disait-elle en buvant sa troisième tasse de café.

Elle dénicha un vol pour le jour même. L'avion de la Lufthansa quittait Roissy-Charles-de-Gaulle à 18 h 45. Elle prépara un léger sac de voyage puis téléphona à Blaise Seguin.

– Ma cliente m'envoie à Berlin. Vous avez un contact là-bas ?

– Je vais me débrouiller. Rendez-vous au *Clairon* dans une heure, ça vous va ?

– Impeccable.

Au *Clairon des copains*, l'heure était creuse. Pépé Maurice avait quitté son bar et discutait avec un habitué en savourant un pastis. Robert le barman faisait un brin de ménage et fredonnait, prétendant ne reconnaître *plus personne en Harley Davidson*.

L'arrivée de Blaise Seguin plongea le bistrotier dans un bain de bonheur. Le plus vieil indicateur de Louise ne manqua pas de saluer pépé Maurice avec une courtoisie outrée. « Monsieur Blaise » était attendu. Cela ne l'empêcha pas de minauder quelques minutes avec son admirateur avant de rejoindre Louise.

– Je vous présente le Cocker, ma chère. Il connaît Berlin comme s'il y était né.

Le petit homme sans âge esquissa une courbette qui se voulait comique et s'assit en face de Louise pour l'observer de ses yeux de chien amoureux. Ses vêtements devaient tenir debout sans l'aide d'un portemanteau. Sa chemise jadis blanche affichait une allergie à la lessive et une paire incongrue de boutons de manchette. À côté de lui, Seguin, avec son costume élimé et ses Weston aux semelles bâillantes, ressemblait à Beau Brummell.

– Blaise m'avait prévenu, vous êtes canon. Tout à fait mon genre, commença le Cocker d'une voix nasillarde.

– Alors, Berlin ?

– J'y viens, fougueuse jeune fille. Je connais un jeune mec. Kamaridad, c'est son blaze. Au moins, c'est facile à retenir. Un gars peu sympathique mais qui connaît un tas de gens. Mais attention : faut trouver le joint pour le dérider. Lui donner ce qui l'intéresse.

– C'est-à-dire ?

– Du flouze pour ses piquouzes. Du blé pour se camer. Olé ! En parlant de ça, je prendrais bien un remontant.

– Qu'est-ce que je vous offre ?

– Un petit blanc « cuvée du patron » et un Fernet-Branca, tout de suite derrière. Ouais, certains pichtegornes me donnent des aigreurs. Faut que je me surveille.

– Il a un endroit favori, ce Kamaridad ?

– Là, princesse, va falloir turbiner un peu. Vous le trouverez dans tous les coinstots bizarres, bourrés de chevelus ou de bastonneurs à crânes boule de suif. Le contraste dans la continuité. Bref, il affectionne les mecs louches qui passent leur temps à s'offrir des plaisirs hallucinogènes. Ça en fait un tas mais vous m'avez l'air d'être prête à en découdre, Milady.

– Un nom de quartier, peut-être ? Puisque vous connaissez la ville comme votre poche…

– Traquez la culture alternative. Alternative à quoi, je sais pas. Je dirais Neukölln, Kreuzberg et Prenzlauerberg. Mais y a peut-être de l'inédit depuis le départ de mézigue, hein ? J'ai un peu passé la main. En tout cas, j'ai été drôlement ravi de tailler le bout de gras avec vous.

– C'est réciproque, le Cocker.

Le lieutenant Confortant se dirigea vers l'aile B de la PJ d'un pas assuré, une petite chansonnette au coin des lèvres qu'un témoin averti aurait pu reconnaître malgré l'interprétation insolite. Il s'agissait de *Mon légionnaire* car Confortant aimait dire, à qui voulait l'entendre, que personne n'arrivait à la cheville de la môme Piaf, qui n'était pourtant pas bien haute, la pauvre.

– Patron, j'ai du solide. Si vous avez cinq minutes.

Clémenti referma *Moby Dick* et croisa les mains sur son bureau, tout ouïe.

– Je viens de la localiser en conversation avec le Cocker. J'ai mis l'énergumène au chaud, au bistrot du coin, avec une copine à 12° 5. Encore un petit coup de persuasion et il nous dira tout ce que la dame lui a raconté.

Clémenti se leva prestement. Il offrit un bref regard à Argenson et N'Diop qui discutaient dans le couloir. Dans la foulée élastique du commissaire, l'inspecteur Confortant les salua d'un jovial : « Gardez la maison, les petits gars ! »

– Je me demande ce qu'il lui trouve à ce fissuré du cortex, murmura Argenson.

– Confortant fait semblant de lire Marcel Proust tous les soirs en écoutant Schubert. Le patron adore ça.

– Proust, Schubert, mon œil ! Le truc du sieur Confortant, c'est l'*Almanach Vermot* et l'accordéon de Verchuren.

– C'est pas mal, Verchuren.

– N'Diop, tu commences à craindre. Sérieusement.

Dans l'aérogare 2 du terminal D, on comptait à peu près un CRS par voyageur. Ils patrouillaient par groupes de deux, accompagnés de chiens. Louise, assoiffée, zigzaguait entre les bérets bleu marine pour relier les deux cafés qui terminaient chaque aile du vaste bâtiment. Fermés. La grève entamait son troisième mois et il fallait se résoudre à jeter l'éponge. Elle se désaltérerait dans l'avion.

Quelques CRS venaient de se regrouper. Quand ils se redéployèrent ce fut pour signifier aux civils qu'il s'agissait de battre en retraite et de se réfugier dans un petit hall d'attente. Louise s'exécuta, non sans remarquer l'arrivée d'un technicien équipé d'un lance-fusées, format de poche, signé Giat Industrie. Un galonné moustachu daigna lui expliquer qu'on allait faire exploser une valise esseulée.

– Vous partez sans me dire au revoir. Je suis dépité.

Louise se retourna et vit Clémenti, les mains dans les poches, un sourire léger aux lèvres. Dans un timing parfait, la valise explosa.

– Vous me faites un effet bœuf, Clémenti.

– Si seulement, Louise. Alors, c'est décidé. Vous vous envolez seule pour la grande Allemagne réunifiée, et ce, à l'assaut de l'inconnu. Courageux.

– Je ne suis pas fonctionnaire, moi. J'accepte la plupart des affaires que l'on me propose. Il en va de la pérennité de mon entreprise.

– Louise ?

– Oui ?

– Vos yeux me tuent ?

– *Trahisons conjugales*. J'ai trouvé la réponse sous la douche.

– Exact. D'après Harold Pinter. Quand Jeremy Irons dit ça à son amante anglaise, à la fin du film, elle fond, elle se liquéfie. C'est une passion auscultée à rebrousse-temps. De la rupture à la rencontre. Plus on avance, plus c'est fort. Louise ?

– Oui ?

– C'est le début ou la fin de notre histoire ?

– Le milieu, Clémenti. Le point magique où tout peut s'arrêter ou repartir à zéro, sans crier gare.

– Revenez-moi intacte, jeune fille.

– Vous êtes d'humeur moins folâtre que d'habitude, ou je me trompe ?

– Nous avons identifié l'arme qui a servi à assassiner Victoria Yee. Un Colt .45 ayant appartenu à un terroriste allemand, un certain Erik Gründig. À vingt-trois ans, il est dans la mouvance Baader. Après l'arrestation de Baader, en 1972, on le retrouve en Argentine. On le soupçonne d'avoir participé aux côtés de l'Armée révolutionnaire du peuple, l'ERP, à l'attaque de l'usine d'armement de Santa Maria et à l'enlèvement d'un colonel. Gründig est arrêté par la police en 1974, l'année de la mort de Juan Peron. Au moment de l'extradition, il disparaît. On n'a jamais retrouvé sa trace. Certains disent qu'il est toujours vivant, parce qu'il a su négocier habilement le moment venu, articulant les bons noms dans les bonnes oreilles. En tout cas, son signalement ne correspond à aucun de ceux des invités de la péniche.

Louise avait sorti un calepin et prenait des notes.

– Je vois que je vous intéresse.

– Je dois l'admettre. Et sur Klaus Baumann, vous n'avez rien en magasin ?

– Pour Baumann, je ne peux qu'extrapoler vu le manque d'informations. Baumann est de la même génération que son compatriote Gründig, ce qui fait de lui un adepte possible de la cause terroriste. Personne ne sait d'où lui vient sa fortune qui semble considérable. Les seuls éléments dont on soit sûr, c'est qu'il aime les chaussures anglaises, les costumes italiens et les jeunes hommes du type d'Axel Langeais.

– Baumann est peut-être Gründig.

– C'est une possibilité.

– Il faut que je rejoigne la salle d'embarquement.

– Attendez. J'ai un petit cadeau pour vous, dit-il en lui tendant un paquet emballé dans un papier à motifs Mickey Mouse. Vous l'ouvrirez dans l'avion.

– Merci de votre amabilité.

– *Grazie di esistere*.

– Un poème de Dante ?

– Non. Une chanson d'Éros Ramazzotti. Un beau jeune homme, lui aussi.

– Oui, je l'ai vu dans un clip. Très sexy. À bientôt, commissaire.

Il lui offrit un petit sourire mélancolique, la regarda passer le contrôle des passeports et disparaître en haut de l'escalier mécanique.

– *Fräulein*, champagne, *bitte* !

Louise était décidée à fêter l'événement : le Boeing 747 de la Lufthansa avait décollé à l'heure, et ce malgré les menaces d'amplification de la grève qui flottaient sur Roissy-Charles-de-Gaulle. Elle-même avait failli retarder le vol lorsqu'il avait fallu montrer patte blanche et surtout permis de port d'arme pour que son fidèle Ruger P puisse être du voyage. À croire qu'elle avait plus une tête de terroriste internationale que de flic privé.

Elle inclina son siège et enleva ses chaussures pour réfléchir plus à son aise au rapport entre *Victim-Art* et terrorisme international. Il y avait un fil, ténu comme une sensation. Une nouvelle fois, Louise se projeta mentalement la photo du torero à cagoule de terroriste. Elle se promit qu'à Berlin elle fouillerait les sites Internet des grands musées mondiaux. Peut-être y dénicherait-elle une passerelle reliant ces deux thèmes a priori antinomiques.

Elle se décida à déballer le cadeau. Le papier dissimulait un ouvrage écrit en 1869, *Le Catéchisme du révolutionnaire*, et un mot à l'écriture serrée :

« Glané chez un bouquiniste, pendant une promenade où vous m'avez accompagné, en pensée. La page désignée par le signet mérite qu'on s'y attarde. Bien à vous. Serge. »

Elle lut attentivement la page en question et trouva deux passages qui l'inspirèrent :

« Le révolutionnaire méprise toute doctrine ; il a renoncé à la science du monde, qu'il laisse à la prochaine génération. Il ne connaît qu'une seule science : celle de la destruction. »

Puis :

« Sévère pour lui-même, il doit être sévère pour les autres. Tous les sentiments tendres et amollissants de parenté, d'amitié et d'amour, de reconnaissance et même d'honneur doivent être étouffés chez lui, par la seule et froide passion de la cause révolutionnaire. »

Elle referma le livre et pensa que les déductions de Clémenti empruntaient les mêmes détours que les siennes. Elle commanda un nouveau verre de champagne. Quelque chose, quelque part, résonnait dans ses synapses. Ça résonne mais sans raisonner, divaguait-elle, en se disant qu'il y avait une logique à extraire de toutes les idées qui se baladaient sous son crâne champagnisé. *Victim-Art*, Civashiva, terrorisme. Le lien était quelque part. Le passage de *Hindu Mythology* remonta à la surface, tout à coup.

« La destruction est la mission particulière du dieu Shiva. Il enseigne aux hommes la mortification du corps et la suppression des passions. »

Louise sentit qu'elle tenait quelque chose. Une trinité, bien qu'apparemment improbable dans son incongruité, s'imposait. Le dieu, l'artiste adepte du *Victim-Art*, le terroriste. Ne partagent-ils pas une « valeur » commune : le goût de la destruction ?

Louise se relaxa et ferma les yeux, laissa ses pensées monter en puissance sans les brider. Civashiva, l'artiste extrémiste que certains soupçonnent de « s'adonner » au *Victim-Art*, choisit comme pseudonyme le nom du dieu hindou de la Destruction. Une œuvre de Civashiva inspire le meurtrier de Victoria Yee pour une mise en scène macabre. L'œuvre représente un torero portant cagoule de terroriste. Le revolver ayant servi à tuer Victoria appartient à un terroriste international d'origine allemande. Axel et Régine Langeais se réfugient à Berlin. Dans la ville même où s'est tenue l'exposition des photos de Civashiva. Un homme y a d'ailleurs été blessé, au moyen d'une arme à feu.

Louise ouvrit les yeux. Une idée venait de lui éclater entre les deux oreilles avec la vélocité d'une balle dum-dum. Et si elle s'avérait pertinente, elle ferait autant de dégâts. Le revolver coincé dans la bouche du torero était peut-être le Colt calibre .45 avec lequel son meurtrier avait abattu Victoria Yee.

– Noir Vertige ! dit Louise, à haute voix, avant de recommander du champagne.

Chapitre XI

Louise fut réveillée par le trafic sur le Kurfürstendamm. L'hôtel Pientka, niché dans les hauteurs d'un immeuble moderne, dominait le plus célèbre boulevard berlinois et y allait de sa vue panoramique. Elle prit un rapide petit déjeuner pendant lequel elle consulta la carte pour repérer les quartiers conseillés par les auteurs d'un guide de la culture alternative acheté à l'aéroport de Berlin-Tegel. Apparemment, le tiercé gagnant était Neukölln, Kreuzberg et Prenzlauerberg. Rien de nouveau sous le soleil du Cocker. Louise demanda au réceptionniste de lui indiquer le quartier le plus vivant. Il hésita, sembla chercher avec intensité ce que pouvait recouvrir l'adjectif pour une jeune femme seule, et proposa Neukölln, sans conviction. Louise lui demanda de lui appeler un taxi.

Elle visita une dizaine de cafés, trois restaurants, quelques théâtres et une salle de billard où l'évocation de Kamaridad ne suscita aucune réaction. Elle réussit tout de même à se procurer les adresses des squats de Neukölln.

Sous le soleil déclinant de la fin d'après-midi, elle s'apprêtait, fourbue, à entamer sa sixième visite.

Les deux hétaïres lépreuses semblaient vouloir prendre vie. Leurs bras malades, d'où émergeaient des tiges métalliques rouillées, soutenaient un balcon noir de crasse, au diapason de tout l'immeuble qui avait dû être une adresse cossue, avant-guerre. Louise passa le porche et déboucha dans un terrain vague bordé d'un mur rongé par le lierre. Devant elle, s'élevait ce qui avait été un immeuble de six étages. Les ruines laissaient voir les strates de papiers peints, des vestiges de tuyauterie et les orbites vides de quelques fenêtres aux boiseries portées disparues. Le mur de façade était presque entièrement effondré. Sur le pan gauche, une longue langue de suie serpentait, reliant les emplacements des anciennes cheminées.

Vêtu d'un pantalon à carreaux rouge et d'un blouson de cuir sale, il était perché dans les décombres, les jambes pendant au bord du vide. Il ne devait pas avoir plus de vingt ans et ses cheveux blonds oxygénés, assortis à un teint livide, lui donnaient une allure d'albinos.

– *Was willst du*[1]… ? cria-t-il en montrant ses dents.

– Je cherche Kamaridad, répondit-elle en anglais.

– Et lui, tu crois qu'il veut te voir ?

L'albinos ricana et cracha par terre. Il visait assez bien. Le glaviot atterrit à dix centimètres des pieds de Louise.

– *Wer bist du denn, Schätzchen*[2] ? dit quelqu'un qu'elle n'avait pas entendu venir.

Louise se retourna pour découvrir deux larrons qui devaient fréquenter le même tailleur. Une combinaison en cuir ne cachait rien de leur anatomie et ils se la jouaient en noir, des pieds à la tête. Pour égayer, le plus grand s'était fait une crinière rouge qui se terminait par une tresse en queue de rat, dont il avait d'ailleurs le

1. Que veux-tu ?
2. Qui es-tu, chérie ?

regard sympathique. Son collègue, un râblé aux joues pleines d'acné, avait le crâne rasé et des tatouages sur ses bras nus et musculeux. Tête de rat fit quelques pas vers Louise qui recula. Pour le moment, Râblé restait tranquille. Louise jeta un coup d'œil sur ses arrières : l'albinos avait quitté son perchoir et semblait décidé à faire la conversation.

– Il habite pas là, susurra-t-il. T'as été mal renseignée. C'est pas grave. Il est pas intéressant.

– Nous, par contre, on est sexy. Tu veux essayer ? lâcha Tête de rat en caressant son pantalon de cuir à l'entrecuisse.

– Bien sûr qu'elle veut, dit l'albinos.

– Et, en plus, elle va nous donner son fric, ajouta Râblé qui exhiba un couteau à cran d'arrêt et s'avança vers Louise.

Louise fit deux pas de côté et sortit son Ruger du holster dissimulé sous sa veste. Elle les avait tous les trois dans son champ de vision.

– *Scheiße* [1] ! couina l'albinos.

– Pose ton couteau par terre, ordonna Louise au tondu. Et donne un coup de pied dedans pour que je puisse le récupérer. Pas d'embrouille ou je t'explose le genou.

Râblé s'exécuta. L'albinos posa une question à Tête de rat et celui-ci fit non de la tête, d'un air dégoûté. Louise ramassa le couteau.

– Enlève ton pantalon ! dit-elle à Tête de rat.

Il la regarda, bouche bée. Elle tendit le bras, pointa le Ruger un peu en dessous de la crête. Le rat n'hésita pas longtemps et ouvrit sa braguette en grommelant. Son pantalon était si serré qu'il dut se déchausser pour pouvoir

1. Merde !

l'enlever. Il lui fallut un certain temps pour dévoiler un slip vert pâle monté sur une paire de jambes malingres.

– Jette-le vers moi.

Tête de rat balança une injure et le pantalon. Ses yeux étaient deux fentes haineuses.

– Maintenant, vous reculez tous.

Le trio obéit sans un mot. Louise tira le pantalon du bout du pied jusqu'à une surface de terre plate, non loin du couteau. Elle s'accroupit, fit passer son Ruger dans sa main gauche, ramassa le couteau et, d'un geste net, le planta dans le pantalon, au milieu de la cuisse gauche.

– *Nein !* beugla Tête de rat.

– Tu me dis où je peux trouver Kamaridad ou je le transforme en short, vu ?

– À Kreuzberg. Un café, le *Christiansen.* Des mecs le connaissent là-bas.

– Si c'est la bonne adresse, tu y retrouveras ta peau. Sinon, elle finira sa vie dans une poubelle, dit Louise en ramassant le couteau et le pantalon.

Elle partit à reculons. L'albinos secouait la tête navrée d'un esthète qui vient d'assister à la lacération de la Joconde

– Je te retrouverai, salope ! couina Tête de rat.

– Erreur de stratégie, mon mignon. J'ai eu le temps d'observer vos trombines de zombies et je m'en vais les décrire à la police. À titre préventif.

Une fois dans la rue, Louise rengaina son Ruger dans son holster et partit en courant vers l'avenue la plus proche. Elle trouva vite un taxi et se fit conduire à Kreuzberg.

Le *Christiansen* était garni de jeunes gens en jeans qui sirotaient des boissons de styles variés. Mais la dominante était la bière. Louise s'installa au comptoir et commanda une Weisse au barman, un jeune type à cheveux longs qui affichait un air décontracté.

– Je cherche Kamaridad.

– Vous n'êtes pas la seule. Ça doit être le cas de quelques dealers à qui il doit du fric et de quelques flics à qui il doit des tuyaux. Kamaridad est un mec très occupé. Au fond de la salle, il y a Julius, le grand blond avec un chapeau de cuir et un poncho. C'est un de ses copains. Tentez votre chance.

– Merci.

– De rien. Vous êtes trop mignonne pour qu'on vous refuse un tuyau. Anglaise ?

– À moitié.

– Et le reste ?

– Française.

– Bonne combinaison.

Louise sourit et emporta sa bière en promenade du côté de Julius. Il était attablé au milieu d'un auditoire enchanté. Louise attendit la chute de la vanne qui déclencha un tonnerre de rires et s'approcha de la table. Une fille donna un coup de coude à Julius et désigna Louise. Interloqué, il la regarda. Elle lui fit signe de la suivre et reprit sa place au bar.

– Vous êtes un copain de Kamaridad. Je veux parler affaire avec lui.

– Quel genre ?

– Tout ce qu'il y a de plus honnête. J'ai de quoi payer raisonnablement.

– Ça m'intéresse. Le salaud me doit du fric. Plusieurs soirs par semaine, il balade sa gueule du côté de la Mittenwalder Strasse. Il y a un gros bâtiment industriel, un peu après le canal. Un type nommé Muzo organise des raves géantes. Mais quand les voisins gueulent, Muzo se barre. Mon adresse sent peut-être déjà le caveau.

Julius riait. Il avait quelques plombages intéressants et une haleine de buveur de fond. Louise ne se trompa pas. Elle commanda une chope d'un litre au barman et l'offrit à Julius. Le rire d'hyène repartit de plus belle et Louise eut droit à une claque dans le dos. Un garçon vraiment gai, se dit-elle en quittant le café non sans avoir, au préalable, confié le pantalon du rat au barman.

Elle décida de s'offrir un bon restaurant pour se remettre de ses émotions et attendre la nuit, moment propice aux raves et autres joyeusetés. Elle partit, le nez en l'air, à la recherche d'une auberge paisible.

Axel avait revêtu une combinaison de coureur, noire à rayures fluorescentes. Il s'était échauffé pendant les dix premières minutes, courant souplement, à petites foulées, à présent il accélérait par paliers. Ses muscles, à peine engourdis par la trêve forcée, répondaient au mieux. Il savourait la sensation intacte de la course, une activité dont il ne pouvait se passer. Il se dirigeait vers un grand chêne qui déployait sa masse splendide au-dessus d'un bassin décoré de statues. Le parc de Grunewald était un havre de paix.

Une fois l'arbre atteint, il chercha un autre objectif et le trouva dans une haie qui bordait un sentier, à un peu plus d'un kilomètre. Axel pensa aux courses qu'il avait vues à la télévision lors des derniers jeux Olympiques, aux magnifiques corps des sprinters dont la force mentale et physique le fascinait. Le cent mètres, tout particulièrement, était un moment de beauté totale qui n'avait pas d'équivalent.

Il courut pendant une heure puis s'allongea dans l'herbe et regarda le ciel. Il se dit que, s'il pouvait courir ainsi chaque jour, n'importe quelle ville, pas trop ennuyeuse, ferait l'affaire.

Chapitre XII

Sur le podium, une fille en short de cycliste et débardeur fluo, enchaînait une série de figures compliquées. Elle avait des cheveux roses et quelques gros bigoudis sur le sommet du crâne. Une musique répétitive et tonitruante déboulait à jet continu tandis que de puissantes lampes zébraient l'immense salle.

Louise jouait des coudes la sueur lui dégoulinant dans le dos. Elle approcha d'une zone où quelques quidams avaient renoncé aux joies de la danse tribale, revue à la sauce techno, pour s'adonner à celles, plus simples, du biberonnage de liquides hétéroclites. Elle se dit qu'il y avait peut-être un bar à proximité et des êtres pas encore tout à fait sourds.

Les *barmen* avaient été choisis pour leur physique. Trois montagnes de chair, équipées de lunettes de soleil et de biceps qui imposaient le respect et devaient faire office de videurs en cas de besoin. Louise décida de s'adresser à celui qui avait le moins d'abdominaux. Elle venait d'élaborer une théorie éclair selon laquelle un homme avec de l'estomac avait toujours une faiblesse cachée sur laquelle on pouvait jouer.

Fritz était son petit nom. Louise avait entendu un consommateur l'interpeller. Elle prit l'air las de celle qui rave toutes les nuits avec la bénédiction de Muzo lui-même.

– Fritz, je cherche Kamaridad, dit-elle en anglais.

– *Ich verstehe nicht*[1], répondit le brave garçon en levant les mains dans un signe d'impuissance.

– *Ich suche Kamaridad*, reprit-elle d'une voix rauque qu'elle trouva assez réussie.

– Te fatigue pas, poulette, lança le plus grand du trio, un Noir taillé dans la masse d'un baobab et décoré d'une chaîne dorée qui devait peser autant qu'une demi-douzaine de fers à repasser. Je suis de Paris, moi aussi. Kamaridad est occupé à zoner dans la salle. Il fréquente pas le bar. Notre stuff n'est pas assez fort pour lui.

– Il est comment ?

– Très haut ou très bas. Ça dépend de ses allers et retours dans les chiottes.

– Je voulais dire, physiquement.

– Question de goût. Le genre blond fade avec des yeux délavés et une assez belle bouche s'il ne disait pas tant de conneries. Ce soir, il a un tee-shirt Superman. Il ne se rend pas compte à quel point il est marrant.

– Tu n'as pas l'air de le porter dans ton cœur ?

– J'aime pas les prosélytes. Il a voulu embarquer une copine dans ses histoires de coke. Mal lui en a pris. Et j'aime pas les indics, non plus. T'en es pas, toi, avec ton visage de madone ?

– Je suis détective privée.

– Épatant. J'ai lu tout Dennis Lehane et je commence Ian Rankin. Ça déménage. C'est comme ça dans ta vie ? Romantique et dramatique vont en bateau. Romantique tombe à l'eau.

1. Je ne comprends pas.

– J'ai mon Ruger en guise de bouée.

– Sage précaution.

Il y avait un seul tee-shirt Superman dans la salle, mais il était occupé par une brune presque aussi pneumatique que la Chomsky. Louise décida de suivre les conseils du barman amateur de polars et attendit devant les toilettes. Au bout de dix minutes, elle dut se résoudre à admettre l'évidence : Kamaridad avait déjà effectué son pèlerinage.

Elle revint dans la salle et scruta encore la mer des visages transfigurés par les vagues de lumière blanche et syncopée des projecteurs. Il était adossé à une poutre métallique et avait l'air d'en avoir sacrément besoin.

Lorsque Louise lui offrit une cigarette, il aboya quelque chose en allemand et l'envoya paître d'un geste de la main. Elle lui tendit calmement une enveloppe, assez bien garnie, et les yeux de Kamaridad semblèrent rétrécir. Il prit l'enveloppe, confia sa poutre à Louise et, d'une démarche hésitante, rejoignit un homme vêtu d'une parka qui devait faire office de supérette à dope. Un jeu de mains discret et Kamaridad était de retour.

Il lui fit signe de le suivre. Elle connaissait le chemin. Notre-Dame-de-la-cuvette-d'émail. Quand Kamaridad réapparut, son corps maigre ne remplissait pas plus le tee-shirt humoristique mais, sur son visage, le processus de liquéfaction s'était interrompu.

– C'est pour quoi ? lâcha-t-il.

– Axel et Régine Langeais. Des Français.

Louise lui montra la photo de l'ouvreur repiquée dans *Meurtres à Babylone*.

– Jamais vu.

– Et lui ? demanda Louise en tendant le cliché de Baumann en Luther Vanbrij.

– C'est un personnage de *Star Trek* ou quoi ?

– Un comédien amateur qui tient le rôle du mort dans un jeu interactif. Il est allemand.

– Vous avez un nom ?

– Klaus Baumann.

– Je vois pas.

– Erik Gründig ?

– C'est un vieux politique, non ?

– Correct. *Rote Armee Fraktion.*

– Attendez voir. La dernière fois que j'ai entendu parler de lui, c'était à propos du *Kollektiv Schwarzer Schnee.*

– Qu'est-ce que c'est ?

– Un groupe de militants écologistes extrémistes. Ils ont commencé par environner une plate-forme pétrolière. Je crois que c'était en 1985, en mer du Nord. Après, ils sont montés en puissance et passés à des opérations commandos. Ils ont fait sauter un train qui convoyait des produits chimiques, en Allemagne, et c'est à ce moment-là que j'ai entendu parler de Gründig.

– Quelqu'un l'a reconnu ?

– Attention, pas formellement. On a parlé du style Gründig.

– « On », c'est qui ?

– Frühstück [1]. On l'appelle comme ça parce qu'il aime biberonner tous les matins sa chope, dans une *Kneipe*, un café traditionnel.

– Une adresse ?

– Il écume le quartier de Prenzlauerberg.

– Rien de plus précis ?

1. *Frühstück* signifie « petit déjeuner » en allemand.

– Non. Il va falloir vous contenter de ça. Je suis pas voyante extralucide, lâcha-t-il comme s'il expectorait un renvoi amer.

C'est vrai que pour la lucidité, faudra repasser, pensa Louise en regardant Kamaridad allumer une cigarette. La flamme éclaira des pupilles dilatées qui s'arrêtèrent sur Louise quelques secondes. Puis le regard chavira, s'échappa vers un point dans l'espace qui s'avéra être un type du même genre que l'homme en parka. Sans un mot d'adieu, Kamaridad marcha vers la foule qui l'engloutit.

Louise avait les oreilles en capilotade. Il était temps de regagner l'hôtel.

Chapitre XIII

Louise consacra la journée du lendemain à pister Frühstück. Son guide de voyage lui avait appris que l'arrondissement populaire de Prenzlauerberg comptait cent quatre-vingt-huit *Kneipen*. Elle en visita une cinquantaine sans succès puis décida d'aller déjeuner avant de reprendre sa recherche. Fatiguée par sa longue traque, elle échoua dans un petit restaurant de la Wichert Strasse et jeta son dévolu sur le menu le plus calorifique : hareng mariné à l'aneth, *Bulette* – « une spécialité de viande hachée au nom français récupéré entre l'arrivée des Huguenots et le départ de Napoléon », lui confirma son guide – et un *Pfannkuchen*, généreux beignet à la confiture.

Gustav Grauss était un patron de la trempe de pépé Maurice, jovial et causant, pour peu qu'on lui plût. Louise avait visiblement tapé dans l'œil du tenancier et celui-ci lui confia ses informations, entre deux petits coups de *Molle mit Korn*, une chope « format géant » agrémentée d'un verre d'eau de vie de grain.

– Frühstück est un homme d'habitudes, expliqua Herr Grauss dans un anglais hésitant. Mais il en change régulièrement. En ce moment, sa préférence va au quartier de Lichtenberg. Essayez les *Kneipen Waldmeister*, *Kempinski* et *Karlus*.

Le patron du *Karlus* était moins jovial. Sa cigarette, une excroissance jaunâtre en papier maïs et malodorant qui pendait à une lippe molle, semblait l'empêcher d'émettre autre chose que des grognements d'Australopithèque. Finalement, il eut un geste mais pas de générosité. Son pouce frotta son index à plusieurs reprises. Louise fit glisser cinquante euros sur le comptoir.

– Le vieux Rudi Frühstück était là, cet après-midi. Parti y a une heure. Demain matin, il sera au *Kempinski*. Je sais pas où il dort. Me demandez pas. Qu'est-ce que vous prenez ?

– Une tisane à l'edelweiss.

– J'ai pas.

– Tant mieux, bonsoir.

Si Louise ne s'était pas sentie mûre pour un sommeil de plomb, elle aurait pu philosopher sur le contraste saisissant qu'offraient les deux églises dominant le Kurfürstendamm. La ruine néo romane de la *Gedächtniskirche*, conservée en souvenir des années noires, était encadrée par l'actuel sanctuaire composé de deux tours octogonales où brillaient, dans la nuit qui enveloppait enfin la ville, des milliers de vitraux bleus.

Ils lui firent penser aux milliers de bistrots que comptait Berlin. Elle s'estima heureuse d'avoir peut-être ferré Frühstück. À moins que celui-ci n'ait décidé de partir en croisière pour un nouveau quartier, gavé de *Kneipen*. Louise prendrait son petit déjeuner demain au *Kempinski*, coûte que coûte.

Elle glissait à toute allure sur un toboggan rose et mou. C'était la langue gigantesque d'un animal à l'haleine tiède. Louise portait une robe à volants, des culottes longues et des souliers vernis comme les petites filles modèles de la comtesse de Ségur. Au terme de sa descente, elle se redressa et reçut un coup dans les fesses qui l'envoya manger le sable. Elle se retourna et découvrit Axel et Régine habillés tous deux en filles, le cheveu noir et dru dressé sur la tête, les joues barbouillées de confiture de fraise. Louise hésita puis tendit la main vers le visage d'Axel qui se laissa faire en la regardant gravement. La confiture était plus poisseuse que prévue. C'est du sang, expliqua Régine en s'envolant. Axel venait d'abandonner sa robe pour la combinaison de Martial Capriati. Il se coinça le doigt dans la fermeture Éclair et monta dans un ascenseur en chantant : *Ma petite reine m'attend, elle a filé comme Peter Flan.* Louise les regarda décoller tandis que la langue toboggan s'enroulait sur elle-même, dans un bruit de succion répulsif.

Louise se réveilla en sueur. Elle se leva avec l'objectif précis d'atteindre le réfrigérateur du bar et d'en extirper, au plus vite, une bouteille d'eau gazeuse. Elle but au goulot, comme si sa vie en dépendait, et alla se regarder dans la glace de la salle de bains. Le diagnostic était sans appel : œil rouge, teint chiffonné, foie en déroute. Après avoir dilué un sachet de Sorbitol dans un fond de verre, elle but en faisant la grimace.

Elle se recoucha et alluma la télévision. Il y avait une série policière allemande avec un Chinois, dénommé Herr Yap, dans le rôle du détective. Son jeu, très limité, consistait principalement à lever les sourcils, aux moments les plus dramatiques, en disant « *Jawohl* » avec une douceur étudiée. Louise regarda le feuilleton jusqu'au bout, et regretta de ne comprendre que les bribes d'une intrigue prometteuse. Il s'agissait des mésaventures d'une comédienne, accusée injustement de meurtre, et grugée par un couple d'hypnotiseurs.

Au moment du générique qui rappelait la musique du *Troisième Homme*, Louise déplora l'indigence de l'hôtel Pientka en matière de consoles Internet. Ses rendez-vous nocturnes avec l'ouvreur lui manquaient. Elle se rabattit sur MTV et un vieux clip de Kraftwerk. *Autobahn*, une chanson qui n'avait pas pris une ride.

Wir fahr'n fahr'n fahr'n auf der Autobahn...

Chapitre XIV

« C'est un garage miteux dans le quartier de Wilmersdorf. Au 28 Taunus Strasse, à l'est du parc de Grunewald. Une cargaison de vieux pneus attend une improbable reconversion et une Plymouth décatie tient compagnie à quatre Trabant vérolées. Depuis la rue, il est impossible d'imaginer que le sous-sol de la maison recèle une planque. Katarina, l'amie de Stern, n'est pas une fée du logis mais elle est supportable, c'est-à-dire avenante pour tous ceux qui donnent un sens trivial au vocable "communication". Elle cuisine raisonnablement. »

C'était ainsi que Klaus Baumann avait dépeint leur nouveau lieu de villégiature à Régine et à Axel.

Le premier jour, Régine n'accepta de descendre dans l'abri aménagé que la nuit venue. Les jours suivants, elle se tint à cette résolution et passa ses journées devant la télévision, à part quelques rares incursions dans la cuisine au moment où un fumet à peu près convenable s'en échappait. Axel expliqua à Katarina que Régine, mince comme un joli clou, mangeait comme quatre, ayant investi toute sa capacité au plaisir dans « la bouffe et la télé ». Katarina hocha la tête et dit qu'elle allait relire des vieux livres sur le thème de la boulimie, un mode d'évasion légitime dans une époque si âpre pour l'individu.

La physionomie de Hänsel rappelait celle de la citrouille tant il avait engraissé. Sa dernière heure allait sonner. La petite sœur mettait sa menotte dans le four pour vérifier la température. L'ogresse voulait transformer le gros petit frère en rôti. Régine aida mentalement Gretel à pousser la sorcière dans le four. Succès total. Léchée par les flammes, elle hurla comme une harpie.

La télévision du matin racontait des histoires superbes aux enfants. Avec cette langue goûteuse, Régine retrouvait son parler ancien, le dévorait comme une bouillie Milupa gluante, celle dont elle se bourrait les joues jusqu'aux limites de l'étouffement quand, Axel et elle, bien qu'ayant largement dépassé l'âge de la nourriture pour bébé, faisaient des concours d'engloutissement. À celui qui réussissait à se faire les plus belles joues de hamster.

L'Ourse ne voulait pas parler allemand. Oui, même la gentille tante Ursula ne voulait pas se souvenir. Mais Régine comprenait cette langue. Ça revenait par gros morceaux. Il suffisait d'écouter.

Ça devenait moins intéressant. Un présentateur avec un nœud papillon trop gros faisait le clown. C'est très triste. J'ai soif, se dit-elle. Elle se leva, vit la copine du vieux, Katarina, en jean et chemise d'homme froissée, des sandales de garçon aux pieds, qui prenait la télécommande et éteignait le poste.

– Tu regardes trop. Pas bon, dit Katarina en français, avec son sourire de bonne fille.

Régine la revit dans la salle de bains, ce matin. Elle avait ouvert la porte sans frapper. Katarina était verte. Un masque à l'argile transformait son visage en gueule de lézard. Elle avait remarqué qu'elle ne s'épilait ni les aisselles ni les jambes. On dirait de la fourrure, avait-elle pensé. Ce doit être doux.

Katarina dit qu'elle avait une petite envie de tartines de beurre de cacahuète, comme ça, au pied levé, à dix heures du matin. Elle mâchait ses tartines en souriant, se léchait les doigts pour ne rien perdre. Elle regardait la poubelle pleine. Le sol était sale et ça sentait bizarre. Non, finalement, elle ne parle pas, elle me sourit, se dit Régine. Après, elle va sûrement mettre ses disques et chanter dessus. Des vieux trucs mais mieux que les conneries de son mec.

Oui, elle chante.

Whole lotta love, whole lotta love, whole lotta love...

C'est pas mal.

– Régine ? Tu connais Led Zeppelin ?

Si je connais ? Et comment, ma vieille saucisse. Tous les jours, j'écoute ça.

Régine décida de faire un tour d'appartement, histoire de se dérouiller les jambes, avant de retrouver la télé. Elle couperait le son. Avec les hommes en zeppelin en arrière-fond et Katarina qui chantait au premier plan, ça allait être très bien.

Axel sortit de la salle de bains. Il y était resté deux heures, mijotant dans l'eau tiède en écoutant la radio. Cette stratégie lui avait permis d'éviter Stern.

Il salua Katarina qui lui sourit. Qu'est-ce qu'une gentille fille comme elle faisait avec Stern ? Mystère. Elle avait préparé du pain grillé et confectionné du café frais dans une petite cafetière italienne. Ils discutèrent de Régine. Pour Katarina, son mutisme n'était qu'affaire de temps. Ils échangèrent, une fois de plus, quelques considérations à propos de la pression qu'exerce la société sur l'individu. Katarina affirma voir en Régine l'opprimée type : la famille, l'école, le système lui avaient fait ployer l'échine, mais la petite tenait bon et son silence était, en fait, une formidable réponse. Elle choisirait de parler lorsqu'elle s'en sentirait le cœur.

Axel écoutait Katarina avec plaisir. Non pas qu'il partageât ses idées, en fait le thème de l'individu opprimé lui semblait une tarte à la crème rance, mais il aimait l'intonation de sa voix et son bel accent. Son allemand était distingué comme celui de la tante Ursula. Il décida toutefois de la sonder à propos de Stern.

– Vous êtes ensemble depuis longtemps ?

La question semblait la gêner. Elle repoussa ses longs cheveux bruns puis alluma une cigarette.

– Je l'ai rencontré un an après la mort de sa femme.

– Il a été marié ?

– Non. Pas officiellement. Mais il la considérait comme sa légitime. Il avait beaucoup de respect pour elle. Et peu de gens sont capables de l'impressionner, crois-moi.

– C'était Elisa Clementz ?

– Tu en as entendu parler ?

– Par Klaus, durant notre voyage. C'était une activiste très déterminée. La police l'a abattue.

– Stern s'en est sorti. Mais c'est un homme blessé. Il dit toujours : « La masse roupille et les chiens de guerre mordent. Il faut choisir son camp. »

– Cela ne laisse pas beaucoup de marge.

– Je sais, mais je l'aime comme ça. Pur comme le silex.

– Je ne suis pas à l'aise avec lui. J'ai l'impression qu'il ne nous aime pas.

– Non, tu fais erreur. Il vous trouve si jeunes et beaux. Je crois que vous l'intimidez. Il n'a jamais eu d'enfant.

– Je vais reprendre de cet excellent café.

Katarina le servit puis lui donna une petite tape sur l'épaule et annonça qu'elle allait prendre une douche.

Axel écouta les bruits de la maison. Il reconnut le générique de *Dexter* et pensa à Régine. Jeune et belle. Un peu trop pour Stern. Il se remémora un rêve qu'il avait fait la nuit dernière.

Stern est jeune. Ses cheveux sont noirs et longs comme ceux d'un guerrier indien. Ils sont assis, Régine et lui, sur un lit tendu de draps immaculés. Axel est une présence invisible, il suit leurs gestes, le voit, lui, si massif, et elle, gracile. Leurs corps ne s'accordent pas. Stern lui parle. Elle le regarde. Il essaie de l'embrasser, dit des choses absurdes. Il y a un déclic métallique. Une arme dressée. La lame se plante dans le ventre de Stern, juste au-dessus du nombril. Régine se penche sur lui et la garde du couteau disparaît dans les entrailles rouges, la main s'enfonce dans le ventre. Les bras de Stern battent l'air violemment mais sans la toucher. Il n'arrive pas à la blesser. Il est trop faible. Il tombe à la renverse. Régine montre sa main ensanglantée à Axel. Il réalise qu'il a une télécommande en main. Il la pointe vers Stern et le zappe. Le corps émet quelques étincelles et disparaît. Régine devient floue. Axel zappe plusieurs fois. Le visage de Victoria se substitue à celui de Régine.

Axel se proposa d'utiliser les images de son rêve pour son prochain scénario. Il avait couru deux heures, ce matin. Il se sentait bien. Il voulait vivre et travailler. Les idées affluaient. Il s'était déjà trouvé un nouveau nom de guerre : Orpheo Blanco.

Louise poussa la porte du *Kempinski*. Frau Gerda ne parlait pas anglais mais, à l'évocation de Frühstück, elle eut un sourire et demanda si elle voulait du thé ou du café. Louise fit son choix et prit son mal en patience, décidant de travailler la patronne au corps dès que celle-ci lui apporterait sa collation.

– *Ich warte auf Herr Frühstück* [1], insista-t-elle, sur le ton de la confidence.

Frau Gerda n'avait pas dû profiter d'une aussi bonne blague depuis des lustres et partit d'un rire généreux. Elle se lança dans un long discours animé dont Louise ne saisit pas un traître mot. Celle-ci décida, faute de mieux, de faire un sort à ses tartines. Son attente dura près de trois heures.

Il était grand et se tenait légèrement voûté. Ses yeux humides mangeaient un visage émacié et disputaient le terrain à un nez proéminent. Une mince moustache ne suffisait pas à égayer son sourire mélancolique. La patronne le salua gaiement en montrant Louise du doigt, fit un clin d'œil qui se voulait coquin. Frühstück vint s'asseoir en face de Louise comme s'ils avaient rendez-vous.

Frau Gerda apporta à Frühstück sa *Molle mit Korn*. La mousse laissa un trait blanc net sur sa moustache maigrelette, la renflouant. Le vieil homme s'essuya avec les doigts et offrit un sourire timide.

– Je cherche des Français. Régine et Axel Langeais. Frère et sœur. Vingt et vingt-cinq ans. Leur mère était allemande : Solveig Schwetters. Elle est morte l'année de la chute du Mur. Ils sont arrivés à Berlin il y a une semaine environ, expliqua Louise, en montrant ses photos. Celui-là, c'est Klaus Baumann, l'amant d'Axel. J'ai aussi un nom. Celui d'un homme qui a peut-être un rapport avec eux. Erik Gründig, ami de feu Elisa Clementz de l'ex-*Kollektiv Schwarzer Schnee*.

1. J'attends M. Frühstück.

Frühstück regarda les clichés avec attention puis ses yeux se reportèrent sur Louise. Son air mélancolique s'était évaporé. Sa voix était bien plus grave que son physique ne le laissait imaginer.

– Berlin n'ouvre pas ses portes facilement.

– Je suis patiente.

– C'est nécessaire. Il faut savoir donner de son temps. Pour les gens de votre âge, c'est difficile. C'est plus que quelques billets dans une enveloppe, celle que vous avez eu le bon goût de garder dans votre poche.

– Je vais être franche avec vous. Je suis détective privé. Axel et sa sœur sont impliqués dans une affaire de meurtre en France. Celui d'une jeune chanteuse. Je leur accorde le bénéfice du doute en ne les croyant pas coupables. Ils sont en fuite et se sont embarqués avec des gens dangereux.

– Alors vous n'êtes pas une auxiliaire de police ? Tant mieux, finalement.

– Je travaille pour une amie d'Axel Langeais.

Il se tut, s'offrit une gorgée de bière puis une autre d'eau-de-vie en regardant les consommateurs qui avaient empli petit à petit le *Kempinski*. Il en salua quelques-uns d'un hochement de tête.

– Vous connaissez la recette du *Berliner Eisbein*, le jarret de porc à la Berlinoise ?

– Non.

– C'est une saveur presque exotique au regard des parfums habituels de la cuisine européenne. Les ingrédients ne viennent pas tous de notre terroir. Pourtant, au bout du compte, c'est parfaitement allemand. Quand vous repenserez à Berlin, le fumet du *Berliner Eisbein* s'imposera à vous, dans sa richesse gustative. Le jarret doit être de première qualité, sa viande savoureuse sera exaltée par le piment, le poivre, le laurier, le cumin et le sucre. C'est ce dernier qui va donner à la viande cette jolie coloration rose.

Il se tut, s'accordant encore deux lampées, puis reprit, le sourire plus généreux :

– Vous avez le visage de quelqu'un qui aime manger. Avec sa tête. Pour le voyage intellectuel plus que pour la satisfaction.

Ce n'était pas une question, et Louise se garda bien de répondre. Frühstück finit sa bière lentement, laissant son regard voguer au fil des allées et venues qui transformaient le *Kempinski* en ruche grouillante.

– Je vous emmène déjeuner au *Kaiser*.

Louise sortit derrière Frühstück. Frau Gerda était trop occupée pour remarquer leur départ.

Le vieil homme avait beaucoup parlé. Le Berlin d'avant la chute du Mur avait été le personnage central d'une conversation qui tenait plus du monologue que de l'échange animé. Puis la dégustation d'un *Berliner Eisbein*, agrémenté de choucroute et de pommes de terre à la vapeur l'avait engourdi, celle d'une bière presque transparente amené sur les rives de la sieste. Louise commanda quatre cafés et en offrit deux d'office à son compagnon.

Ils marchaient côte à côte, à présent, au fil de rues animées par un soleil doré. Frühstück semblait déambuler au petit bonheur la chance. Pourtant son rythme lent emmena Louise au cimetière municipal de Friedrichsfelde. Il s'arrêta devant un monument orné d'une inscription : « *Die Toten mahnen uns.* »

– « Les morts nous mettent en garde. » C'est si vrai, Louise, n'est-ce pas ?

Louise ne répondit pas. Elle venait d'apercevoir un homme vêtu de gris, les jambes de son pantalon fripé glissées dans de grosses bottes. Assis sur une chaise de fer recouverte de couvertures empilées, il se tenait le buste penché, la tête dans les épaules, les bras croisés sur les cuisses, face à une tombe de marbre noir. Avec ses cheveux presque rasés, il avait l'air d'un soldat de la Wehrmacht en déroute. Louise jugea que l'homme dormait profondément et reporta son attention sur Frühstück.

Le vieil homme regardait le monument et lissait sa moustache d'une main tavelée.

– C'est le *Gedenkstätte der Sozialisten.* Mémorial des socialistes. Les nazis l'avaient détruit en 1935. Cette stèle le remplace pour que l'on n'oublie pas que Rosa Luxemburg, entre autres, est enterrée ici. On devrait en construire un autre. L'ultime. Celui de la mort de la plus belle idée du monde. Le Mur est tombé le 9 novembre 1989 en s'ouvrant sur du vide. Qu'est-ce qu'ils espéraient, hein ? Ce ne sont pas les bonnes illusions qui sont mortes. Ils ont le Coca, des voitures qui tombent moins en panne que les Trabant et puis quoi ? Le chômage et un futur improbable.

Il la regarda, vit son visage sérieux et sourit.

– Les vieilles ritournelles d'un vieux bonhomme, hein ?

– Rosa Luxemburg est morte. Et Erik Gründig ?

– Deux mondes différents. En un sens, Gründig est mort, lui aussi. C'était un fils d'ouvrier. Il était aux côtés de Baader, Meinhof et Ensslin. C'était un excellent artificier. On a dit qu'il avait été « suicidé » dans une cellule en Argentine. Erreur d'analyse. Le jeune révolutionnaire Gründig est mort. Mais Stern est vivant.

– Stern ?

– Je suppose qu'il a dû vivoter en attendant un retour de flamme. Les années de plomb étaient loin et tous les anciens camarades, morts, ou repentis comme lui. Son second souffle a été Elisa Clementz.

– Qui est-ce ?

– Vous devriez dire : « Qui était-ce ? » Elisa Clementz était la tête pensante du *Kollektiv Schwarzer Schnee* et, accessoirement, la maîtresse de Gründig. On dit qu'ils ont braqué ensemble une banque à Hambourg, en 1994, dans le but de financer les opérations du *Kollektiv*. Elisa a été descendue par les flics. Il en a réchappé. Son nom n'a jamais été cité officiellement.

– Permettez-moi une question naïve. Comment savez-vous tout ça ? Je viens d'arriver à Berlin et, en frappant à deux ou trois portes, je sais déjà que Gründig est Stern. C'est trop facile.

– Pas tant que ça. En fait, peu de gens savent qui est cet homme. Sinon, à quoi serviraient les flics et les indicateurs ?

– C'est-à-dire ?

– Les gens qui fréquentent Stern, sans le connaître suffisamment, prennent des risques. Je crois que Stern est un homme très compliqué. Il s'est racheté un nouveau nom, une nouvelle vie en Allemagne. Quand il a rencontré Elisa Clementz, il a mis tout son talent dans le *Kollektiv*. Et puis, les flics ont eu Clementz. Pourquoi, à votre avis ?

– Vous le savez ?

– Stern le sait. Je ne suis pas dans la tête de cet homme.

– « Les morts nous mettent en garde. »

– Exactement.

– Vous savez où il habite ?

– Je pourrais le savoir.

– Je suis à l'hôtel Pientka.

– Je vous appelle ce soir ou demain. Au fait, l'homme blond sur la photo, comment l'appelez-vous déjà ?

– Klaus Baumann.

– Je crois que je l'ai déjà vu. Il y a très longtemps. À Berlin-Ouest.

– C'est tout ce que vous avez sur lui ?

– Oui. C'est très vague. Je sais.

Louise lui serra la main puis le laissa devant la stèle. À l'auberge *Kaiser*, elle avait glissé l'enveloppe dans la poche de son manteau. Il avait fait mine de ne pas s'en apercevoir. Elle jeta un coup d'œil à l'homme du banc. Ses ronflements mettaient en péril le silence parfait du cimetière.

Chapitre XV

Amedeo jouait assis et la chaise fonctionnait comme un parachute. Elle l'empêchait de tomber quand la vague du tango montait pour le désarticuler. Il avait bu du rhum avec ferveur. Ses joues étaient rouges et des gouttes de sueur brillaient sous les projecteurs. De sa veste noire sortaient deux longues mains veinées, blanches comme si elles avaient été talquées. Elles semblaient vouloir mater une bête rebelle. Ses pieds nus frappaient le sol.

Stern fixait Amedeo en buvant sa bière. Baumann écoutait Amadeo, admettait qu'il n'avait pas perdu une once de son prodigieux talent, et regardait Stern. Polo noir moulant, short kaki, cheveux courts, lunettes cerclées d'acier, il évoquait le militaire en goguette à Buenos Aires. Baumann peaufina son impression. Dans le clair-obscur du Barrio, Stern ressemblait à un type vu dans un film américain où des marines exaltés s'étaient emparés d'Alcatraz et y détenaient des otages. Un homme séduisant, au visage buriné. Un homme qui commençait à se faire vieux mais qui avait encore de beaux restes et des abdominaux en forme de petits chocolats suisses.

Amadeo posa son bandonéon sur le sol et expliqua qu'il allait revenir avec Mafalda. Il promit que la voix de « cette femme de braise, aux cheveux de nuit » ferait frémir les peaux les plus endurcies, et disparut en coulisses, sous les applaudissements.

Stern semblait perdu dans ses pensées, Baumann pensa que son ami s'offrait une crise de nostalgie d'ancien combattant et que ça lui allait bien au teint.

– Je regarde ton visage en guerre et j'y vois les traces d'une douceur inhabituelle.

– Quel poète tu fais, Klaus.

– Avec l'argent que je te propose, tu peux partir en Amérique du Sud et retrouver tout ce que tu as laissé là-bas.

– J'y ai laissé des camarades tombés sous les balles fascistes. Mon monde se dépeuple.

– Alors ?

– J'accepte le contrat, Klaus. J'ai un ami, Moktar Marjouni. C'est lui qui descendra le type. Mais je veux plus que ce que tu as proposé.

– Ah, oui ? Vingt mille euros, ce n'est pas suffisant ?

– Trente pour cent de rab.

– Comme tu y vas ! Mais c'est d'accord. Tiens, je t'offre un cigare, en prime.

– L'argent représente si peu pour toi ?

– Un moyen.

– Un moyen de quoi ?

– De peupler mon propre monde, Erik. Le problème avec la réalité, c'est qu'elle manque de réalité justement. Et, pourtant, il suffit d'un minimum d'habileté et de beaucoup de concentration pour créer un univers cohérent.

– Les médias s'y emploient très bien. Ils ont aidé à la création du consommateur spectateur universel, hébété par le confort et le rêve publicitaire.

– C'est pour cette raison que des gens comme toi ont utilisé ces médias. Porté par la violence instantanée de l'attentat, le message politique fait le tour de la planète comme une étoile filante. Mais l'époque a changé. Maintenant, ça ne suffit plus.

– Qu'est-ce que tu proposes ?

– Première option : échanger le treillis révolutionnaire pour un maillot de bain et aller se la couler douce à Copacabana. Deuxième option : infester le système médiatique de l'intérieur et pénétrer les consciences.

– C'est la deuxième option qui t'a occupé pendant toutes ces années ? C'est ce que j'aurais pu croire la dernière fois qu'on s'est vus, à Berlin. On a eu une discussion similaire mais ce jour-là, tu étais en colère. Une colère intérieure. Aujourd'hui, tu es calme comme un pape.

– Un pape d'un genre spécial. Avec un maillot brésilien sous la soutane.

– Et avec un minet du genre d'Axel sous la main. Tu es prêt à tout pour lui. Il est ton nouveau credo.

– Je le trouve plus sexy que Che Guevara et pourtant le Che n'était pas mal.

– On s'enlise. Partons, j'ai demandé à Marjouni de venir nous chercher avec sa bagnole. On va passer prendre Axel.

Baumann et Stern étaient restés dans la voiture pendant que Moktar Marjouni allait à la rencontre d'Axel. À côté du jeune homme, le Turc ressemblait à un gnome trapu. Baumann regarda Axel avancer sous la lumière du réverbère. Il portait un pull noir, un jean et marchait la tête très droite, le corps ondulant légèrement. Quand Axel s'assit à côté de lui, Baumann reconnut une eau de toilette au jasmin qu'il lui avait offerte. Leurs mains se frôlèrent. Baumann se garda de bouger.

Ils roulèrent en silence. Baumann regardait sa cité gagnée lentement par l'obscurité, entre chien et loup. Marjouni atteignit rapidement le pont Marx-Engels. Les lignes raides du Palais de la République tranchaient avec les solides courbes prussiennes de la cathédrale. Au loin, la tour de la télévision glorifiait l'architecture des années soixante avec son allure de Spoutnik empalé par une queue de billard. Marjouni ralentit pour laisser passer un couple de joggers. Stern se retourna et regarda Axel.

– Au fait, petit, t'es con ou quoi ?

Les yeux de Stern étaient vides d'expression. Si Axel n'avait pas compris l'allemand, il aurait pu penser que le vieux lui posait une question anodine. Il ne répondit pas, se contenta de hausser les épaules.

– Klaus, est-ce que tu peux expliquer à ton protégé que la course à pied est un bon moyen de se faire repérer ?

– Il y a des milliers de joggers dans cette ville. Je n'avais pas perçu le problème sous cet angle, et Axel non plus.

– À partir de maintenant, plus de jogging. Katarina va faire les courses et vous restez dans la maison, ta sœur et toi. Sauf occasion exceptionnelle, comme ce soir. C'est clair ? Évidemment, Klaus va et vient à sa guise. Il a l'habitude.

– Trop gentil de ta part, répliqua Baumann, d'un air amusé.

La voiture emprunta la Karl-Marx Allee. Ils atteignirent la Frankfurter Tor et se garèrent devant un building à l'architecture des années cinquante.

– Une grâce toute stalinienne, dit Baumann en effleurant d'un doigt la joue d'Axel.

– C'est sympathique, les promenades culturelles, dit Axel. Mais j'aimerais obtenir quelques éclaircissements sur l'occasion exceptionnelle dont parle Stern.

– Patience. Ce matin, j'ai fait l'acquisition de cette pièce pour violoncelle de Brahms que tu aimes tant. Tu veux l'écouter ? demanda Baumann, en exhibant un CD.

Axel acquiesça et alluma une cigarette. Stern ouvrit la fenêtre et prit une paire de jumelles dans la boîte à gants. Il s'absorba dans la contemplation de la rue déserte. Marjouni sortit de voiture et alla uriner dans le caniveau.

– Cette musique m'émeut plus que je ne saurais dire, murmura Axel.

– Normal, c'est de la mélancolie pure. Brahms n'a rien écrit d'aussi grand que cette petite pièce. Je mets toutes ses symphonies à la poubelle et je ne garde que cela.

– Je ne voudrais pas casser l'ambiance mais le mec arrive, dit Stern.

– Quel mec ? demanda Axel.

– Celui qui a violé ta sœur, dit Baumann d'une voix détachée.

La nuit était tombée désormais et c'était une ombre qui s'avançait. Une tache beige en guise de visage qui resta une énigme jusqu'à ce que l'homme, un blond d'une soixantaine d'années portant un journal sous le bras, s'engouffre dans l'immeuble en face duquel ils étaient garés. Il avait gagné du gras et perdu des cheveux. Disparue, la tête de Tintin déluré. Il ne restait que le regard vif pour rappeler à Axel Langeais le Kurt Schwetters de son enfance.

– C'est là qu'a vécu ta mère après son divorce et c'est là qu'elle est morte.

La voix de Baumann semblait venir de très loin. Axel dut faire un effort pour comprendre le sens des mots. Baumann continuait de parler. Il fallait reprendre le fil. Le Turc fumait dehors et Stern s'était transformé en statue de sel. On ne voyait que son cou de taureau qui dépassait de la banquette avant. Axel regarda la porte de l'immeuble puis se tourna vers Baumann. Le visage de l'Allemand était un masque dont seules les lèvres bougeaient.

– Schwetters était l'ami de ton père et un leader syndical, lui aussi. Ils travaillaient dans le même atelier. Quand ils n'étaient pas à l'usine, ou en réunions pour le parti, les deux hommes levaient le coude en l'honneur de l'amitié virile et de la fraternité entre les peuples, à Courbevoie, dans votre appartement. Schwetters était célibataire. Fils d'émigrés allemands, il n'avait pas oublié sa culture. C'est cela qui a plu à ta mère. Et aussi le fait qu'il était beau, à l'époque. Un blond, très mince, avec des yeux rieurs. Il a proposé à ta mère de partir. Il devait avoir peur que ton père découvre ce qu'il avait fait à Régine. Ta mère était-elle au courant ? Mystère. En tout cas, elle vous a quittés. Elle a épousé Schwetters. Le Mur s'est refermé sur eux. J'ai payé un enquêteur. Pour Régine, c'est une certitude. C'est Schwetters qui a fait d'elle ce qu'elle est aujourd'hui. Et, si elle a tué, c'est à cause de lui.

Axel ouvrit la portière. Stern eut un geste mais Baumann le retint. Il regarda Axel marcher vers un banc, cent mètres plus avant. Le jeune homme y prit appui, le visage vers le sol. Il resta dans cette position longtemps puis il se redressa et partit droit devant lui.

Axel était à la frontière entre l'opacité de la nuit et la clarté artificielle. Il faisait face à un terrain vague qui semblait une mer d'encre ouverte sur l'infini. À sa droite, la rue entamait une courbe et longeait des buildings massifs et identiques avant de se perdre, elle aussi, dans l'obscurité. Il regarda ses pieds. Il portait des chaussures de sport à bandes grises fluorescentes et pensa qu'un observateur ne verrait de lui que ces traces en forme d'ailes d'oiseau. Il lui sembla qu'il n'existait plus que dans sa tête, dans la petite douleur qui égratignait la partie supérieure de son cerveau. Il prit une profonde inspiration et leva les yeux vers le ciel. La lune brillait faiblement derrière un rideau de brume et semblait vibrer. Axel écouta. Au loin, un chien aboyait. Quelqu'un tira une chasse d'eau. Très loin de lui, le flot des voitures ronronnait. Il se retourna et revint lentement sur ses pas. Stern et Baumann étaient toujours dans la voiture. Marjouni fumait, le dos appuyé contre un poteau.

Axel fit quelques flexions, ses jambes étaient fermes. Il s'élança. Moktar Marjouni le vit passer devant la voiture puis filer vers Alexander Platz. Baumann resta assis, sans se retourner, et ne répondit pas aux questions de Stern.

Axel bomba la poitrine, contrôla le mouvement de ses bras pour les garder près du corps. Marjouni mit le contact. En un instant, la voiture fut derrière Axel. Il se déporta, courut au milieu de la route. S'il s'arrêtait brusquement, elle l'écraserait. Quelqu'un criait. C'était Stern. Des jurons.

Une grande avenue se déploya sur la gauche, comme un nouveau paysage, dans un jeu électronique. Liebknecht Strasse. Axel courait en direction de la Spree. Il accéléra. Le pont était devant lui. Les phares de voitures balayaient la chaussée. Il sentit l'odeur des arbres puis celle du fleuve. Il se vit bras écartés, fendant l'air, comme un phénix et imagina la Spree qui le frappait et l'avalait, drap noir, l'emportait vers sa mère et vers Victoria. Victoria, nimbée d'étoiles.

Un groupe de jeunes marchait sur le trottoir, venait dans sa direction. Une fille blonde lui fit un signe. Axel pensa à Régine. Ce matin, elle regardait un dessin animé. L'histoire d'un petit gâteau qui s'enfuyait, narguant ses poursuivants. Il chantait.

Cours, cours après moi !
Cours à perdre haleine !
Tu ne peux pas me rattraper,
Car je suis le petit homme de pain d'épices

Axel fit une embardée pour éviter le groupe et gagna l'avenue Unter den Linden. Il ralentit pour domestiquer la douleur qui gagnait ses poumons. Devant ses yeux, le paysage de nuit dansait. Le bruit de sa respiration couvrit la rumeur de la ville.

Il savait qu'il courait vers l'ancienne frontière, la porte de Brandebourg. Il l'atteignit vite et, pourtant, eut le sentiment que son corps l'avait porté pendant un temps infini, comme un vaisseau fidèle. La plainte du feuillage des tilleuls était belle sous le vent. Il ralentit, s'arrêta. Il contempla les chevaux de pierre et les conducteurs de chars antiques. Puis il se laissa glisser, finit allongé sur le ventre, son visage tourné vers la bande d'asphalte de la route. Il voyait une flaque d'eau. Il avait mal à la poitrine. Son cœur battait dans sa tête. Une portière claqua et Axel entendit des pas. Il roula sur le dos, vit Klaus Baumann, penché sur lui.

– Marjouni va le tuer pour toi. Si tu veux. Ensuite, nous partirons en Argentine.

Louise pianotait sur une console de l'*Olympia Cafe*, dans l'une des ruelles qui bordaient le Kurfürstendamm. Une vingtaine de clients se tournaient le dos, seuls ou en couples, pour surfer sur le Net. De la techno était diffusée à bas volume et les serveurs, revêtus de combinaisons satinées bleu-gris, ne faisaient pas plus de bruit que des dauphins autistes.

Louise parcourait le site du Los Angeles County Museum of Art depuis une heure, en compagnie d'une chope de *Weisse* [1]. L'époque berlinoise de Civashiva y était bien représentée. Elle retrouva le torero à cagoule et découvrit d'autres figures, tout aussi énigmatiques mais qui ne rappelaient en rien l'assassinat de Victoria Yee. Un mendiant édenté, un travailleur de la centrale en bleu de travail élimé, un paysan au visage fripé, une mère et ses deux enfants maigres. Le seul point commun entre ces œuvres était une violence coléreuse, tempérée de temps à autre par une ironie cinglante.

Louise lut tous les textes de spécialistes disponibles. Les analyses s'accordaient pour dépeindre Civashiva en artiste radical qui passait par des phases toujours plus surprenantes. Certaines d'entre elles brisaient les repères des périodes précédentes. La dernière était l'entrée dans la réalité virtuelle. À Rome, pour une intervention mêlant cybernétique et sculpture de l'équilibre précaire. Un journaliste commentait l'exposition, à travers un court reportage :

« Des plaques de verre, des tubes d'acier et d'aluminium disposés dans des installations éphémères d'une troublante beauté. Ceci pour la partie visible de l'exposition. Après avoir admiré ces œuvres de conception

1. Bière de froment au sirop.

classique, le spectateur est invité à passer un casque et des gants et à se mouvoir dans la réalité virtuelle du monde de Civashiva. Un monde où l'artiste, représenté sous la forme d'un cyborg translucide, détruit ses créations, avec une violence presque insoutenable. Cette œuvre au noir donnait le pendant à l'œuvre claire, l'exposition sereine, visible dans son immédiateté. »

Pendant le déroulement de cette carrière titanesque – un critique comparait la force de travail de Civashiva à celle d'un Picasso dopé aux amphétamines –, l'artiste n'avait jamais baissé sa garde.

Le directeur d'un musée belge déclarait :

« Civashiva vit dans un anonymat total. Il intrigue d'autant plus la presse qu'on le dit – à mon avis, à juste titre – milliardaire. Des journalistes ont prétendu l'avoir rencontré mais, à chaque fois, les descriptions divergeaient à tel point qu'elles donnaient l'impression de correspondre à plusieurs personnages. Comme si Civashiva avait loué les services de prête-noms pour se faire représenter. »

« Il y a bien des traces ? » demandait l'intervieweur.

« Il n'y a aucune photo, répliquait le directeur. Quelques bandes magnétiques ont circulé, ici et là, mais elles sont sans doute à l'abri dans les coffres inviolables des grands collectionneurs internationaux. Plusieurs agents sont responsables de la diffusion de sa production artistique et de sa vente mais gardent jalousement secrète son identité. »

Avec ça, on est bien avancé, se dit Louise en regardant sa chope vide. Elle abandonna sa console et alla régler ses heures de surf à la caisse. La caissière avait elle aussi une tête de cyborg, grâce à des lunettes noires si ajustées qu'elles semblaient greffées dans son crâne. Elle offrit à Louise un sourire synthétique.

À l'hôtel Pientka, Louise se fit couler un bain dans lequel elle s'endormit. Le téléphone la tira d'un rêve informe.

– Je n'ai pas l'adresse de Stern, dit Frühstück, mais je sais où trouver Niklas Schörrer, un jeune sympathisant du *Kollektiv*.

– Où habite-t-il ?

– Aucune idée. Il est conducteur du métro de nuit. Je ne connais pas son parcours.

– Il a une faiblesse, ce jeune homme ? J'aimerais autant qu'il crache le morceau vite fait.

– Souci légitime. Sachez qu'il cultive à peu près le même genre d'esthétique que notre ami Kamaridad. J'ai quelques informations sur Baumann.

– Je vous écoute.

– Il a milité avec Stern dans les mouvements gauchistes lorsqu'ils étaient étudiants. Son vrai nom est Mattia Bening, né à Hambourg, dans une famille aisée. Son père était un industriel qui a soutenu l'armée hitlérienne. Par conviction ou contraint et forcé, je ne saurais vous dire. Dans les années soixante-dix, Bening alias Baumann vit en oisif, de ses rentes, participe à quelques opérations musclées avec ses amis gauchistes puis disparaît de la scène contestataire. Soudainement.

– C'est-à-dire ?

– Au moment où l'attitude de son ami Gründig se radicalise et où celui-ci part pour l'Argentine. On n'entend plus parler de Bening à ce moment-là. Et il change de nom.

– C'est tout ?

– C'est tout.

Louise remercia chaudement le vieil homme et songea à envoyer un fax à Clémenti pour l'informer quant au passé de Klaus Baumann. Puis elle pensa que ce ne serait pas rendre service à Axel et renonça. Elle brancha la télévision sur MTV.

Un garçon roux jouait de la guitare sèche en regardant passer un sosie d'Audrey Hepburn, à New York, devant chez Tiffany. Louise écouta la chanson jusqu'au bout et éteignit la télévision. Elle décida de dénicher un responsable du *U-Bahn* de nuit.

Chapitre XVI

– Je suis free-lance, oui. Je souhaite réaliser un reportage sur les travailleurs de la nuit en Europe. Les conducteurs de métro, c'est un bon angle. Ces hommes dans les entrailles de la ville endormie. Très vendeur, ça. On m'a parlé d'un jeune homme, Niklas Schörrer. Il nous faut quelqu'un de jeune et de photogénique, bien sûr.

Georg Stumper regardait Louise avec un air bonhomme qui faisait plaisir à voir. Il demanda tout de même à voir une carte de presse que Louise lui présenta. Blaise Seguin lui avait déniché ça du côté de Barbès et c'était très réussi.

– Je peux passer un coup de fil à votre journal ? Vous comprenez, nous avons eu des mésaventures par le passé. En tant que chef de district, je me dois d'être vigilant. Il y a des faux journalistes. Ne vous vexez pas.

– Du tout. Je comprends parfaitement. Demandez Jean-Louis Béranger, à la rédaction.

Georg Stumper prit son temps. Sa conversation avec Béranger eut l'air de le satisfaire.

– Schörrer est malheureusement déjà en service, sur la ligne 9. Je lui téléphonerai demain pour savoir s'il accepte d'être interviewé. Rappelez-moi, en fin de matinée, voulez-vous ?

– Excellent. Merci, Herr Stumper.

Cette même nuit, Niklas Schörrer sortit de la station Osloer Strasse et enlaça la fille qui l'attendait en haut des marches. Une brune plutôt crade, pensa Louise assise derrière le volant d'une Volkswagen de location. Ils s'embrassèrent pendant un certain temps puis montèrent dans une Audi blanche, éprouvée par la vie.

Louise démarra dans le sillage du véhicule toussotant.

Niklas et sa compagne échouèrent dans un bar où personne ne semblait les connaître. Louise, garée de l'autre côté de la rue, les observait à travers la vitrine. Ils menèrent une discussion animée. La fille fumait comme un sapeur. Niklas buvait copieusement. Et vice versa.

L'attente de Louise dura quarante-cinq minutes. Lorsqu'ils remontèrent en voiture, la fille reprit le volant. Ils roulèrent une vingtaine de minutes avant de se garer devant une piscine et pénétrèrent dans un bar en coin, seule note de gaieté dans un quartier gagné par la sinistrose en plaques.

Le manège se répéta par deux fois, au gré d'un itinéraire qui avait l'air de trouver sa source dans le plus pur hasard, puis la fille ramena Niklas à son hôtel, le Bärbel-Mania sur le Kurfürstendamm. Louise se sentait trop fatiguée pour goûter l'ironie de la situation. La fille resta une demi-heure puis ressortit. Elle attendit que les feux arrière de sa voiture disparaissent dans la nuit avant de bouger.

Le réceptionniste dormait devant un écran de télévision où s'agitait un mini-monde moucheté et grésillant. Louise le réveilla d'un coup de sonnette.

– Niklas. Le conducteur de métro, dit-elle en anglais.

– *Wer sind Sie*[1] ? marmonna-t-il, la bouche pâteuse.

Elle lui tendit cinquante euros d'un geste décidé. Son air endormi ne l'empêcha pas d'empocher prestement la somme. Il la conduisit d'un pas traînant au deuxième étage, indiqua la porte qui faisait face à l'escalier. Louise n'eut pas besoin de coller son oreille à la porte pour entendre les ronflements.

– Attention. Si ça s'énerve, j'appelle la police, dit le bonhomme en anglais.

– Accordez-moi dix minutes.

Elle lui montra sa carte professionnelle que le gars regarda en se frottant les yeux. Il écrasa un bâillement puis hocha la tête. Il leva les mains. L'une était tendue pour récolter une nouvelle obole, l'autre exhibait ses cinq doigts.

– *Fünf Minuten*, crut bon de préciser le bonhomme.

Un vrai parcmètre, songea Louise. Elle sortit un billet et en agita un autre, montrant la serrure. L'endormi comprit vite et ouvrit la porte à l'aide de son passe. Il reprit sa position à côté du téléphone, l'épaule et la tête en appui contre le mur, et resta là, les yeux mi-clos, comme en catalepsie.

La chambre de Niklas sentait le fauve et la bière. Louise repéra l'interrupteur et ferma la porte. Quand elle alluma, elle le vit sur le lit, nu, la bouche légèrement ouverte. Ses vêtements étaient éparpillés sur le sol. Elle l'appela sans succès puis alla chercher un verre d'eau à la salle de bains et, debout à côté du lit, le renversa sur son visage. Il ouvrit les yeux, jura puis s'assit. Assez rapidement pour un type qui cuvait une belle cuite.

1. Qui êtes-vous ?

– La police sera là dans quelques minutes. Vous avez le temps de me donner l'adresse de Stern avant de filer, dit-elle en lui lançant ses vêtements.

– Qu'est-ce que vous voulez ? bégaya-t-il en faisant le tri dans ses effets pour en extraire son slip.

– L'adresse de Stern. Votre ancien copain du *Kollektiv Schwarzer Schnee*.

– Qu'est-ce que c'est que cette embrouille ?

– Il vous reste peu de temps.

Niklas passa une main mal assurée sur son visage mouillé puis enfila son slip et son pantalon.

– J'ai rien à voir dans ce bazar.

– On vous a vu traîner avec Stern. Ou plus exactement avec Gründig qui est censé avoir avalé son bulletin de naissance.

– Barrez-vous.

– J'ai appris que vous dealiez un peu.

Niklas s'emmêlait dans ses jambes de pantalon. Il abandonna la partie pour jeter un coup d'œil inquiet à Louise. Le pantalon retomba sur les chevilles.

– Je suis un tout petit. La police s'en fiche, marmonna-t-il.

– Vous l'aurez voulu, dit Louise en se dirigeant vers la porte.

Niklas grimaça, fit un vague geste de la main comme s'il allait claquer des doigts sans y réussir.

– Quartier de Wilmersdorf, 28 Taunus Strasse. S'il vous plaît, ne leur dites pas que c'est moi.

– Vous avez ma parole. En plus, je ne tiens pas plus que vous à ce qu'ils entendent trop vite parler de ma visite. Tenez, quelques billets pour votre peine. Ça marche ?

– Faut bien.

Une fois arrivée sur Taunus Strasse, Louise se gara entre deux Trabant et s'apprêta à affronter une longue nuit. Elle avait fait l'acquisition d'une bouteille Thermos et s'offrit un café. Elle dut admettre que celui de Clémenti était meilleur.

Il y avait de fortes chances pour que ce soit lui ou alors la coïncidence était remarquable. Des cheveux sombres, une silhouette haute et mince, un port de danseur. Sous la lumière du réverbère, Louise vit se dessiner un profil parfait. Il était encore plus beau que l'ouvreur. Elle sortit de la voiture au moment où il franchissait le porche.

– Axel !

Il s'était figé, les mains dans les poches de son jean.

– Je suis venue de la part d'Ana Chomsky, essaya Louise. Rien à voir avec les flics.

Il la regardait à présent. Un rêve. Boucles brillantes, regard vert, soutenu par des sourcils arqués, nez racé, sourire triste.

– Mais qu'est-ce que vous racontez ? dit-il avec une lassitude qui n'avait rien de feint.

– Louise Morvan, détective. Je vous cherche depuis dix jours. Ma cliente dit qu'elle vous a reconnu dans *Meurtres à Babylone* et que vous êtes l'homme de sa vie.

– Je ne suis même plus l'homme de la mienne.

– Oui, je sais. Vous êtes plutôt dans la panade. Montez. Allons prendre un verre quelque part.

Il avait un regard désarmant malgré la fatigue qui lui tirait les traits. Elle écarta le pan de sa veste révélant le holster garni du Ruger.

– Je n'ai pas l'intention de vous braquer et de vous livrer à la flicaille. Juré.

Il monta à bord. Elle roula au hasard en lui donnant une description détaillée d'Ana Chomsky. Il affirma qu'elle lui était inconnue. Louise sentit qu'il ne mentait pas. Axel plaisanta, dit qu'une femme de ce gabarit ne devait pas s'oublier facilement.

Elle se faufila dans une rue étroite, attirée par les lumières d'un café, le Paulaner Bräushaus.

Deux jeunes gens jouaient aux échecs. Le patron suivait la partie en se lissant la moustache. Ils passèrent à côté d'une table occupée par un homme qui couvrait des feuillets d'une écriture étroite. En face de lui, une femme lisait un livre. Un écran vidéo diffusait un concert : Lorin Mazel dirigeait le Grand Orchestre de Vienne. C'était une valse de Strauss. Axel commanda un café et un sandwich. Louise demanda la même chose.

– J'aime les valses viennoises, dit Axel. Elles parlent du bonheur. C'est ce qu'il y a de plus difficile pour un artiste. Parler du bonheur, avec force et justesse. Le risque est grand de tomber dans la niaiserie. C'est pour cette raison que beaucoup s'expriment à travers la violence, le doute, le sexe, le désespoir. C'est ce que j'ai fait, moi aussi, et je le regrette. Mais il est trop tard.

– C'est aussi le registre de Civashiva.

– Civashiva ? reprit-il sans s'émouvoir. Il est hors norme. Personne ne peut prétendre comprendre ce qu'il fait. C'est trop fort.

– Vous le connaissez ?

– Non.

– Une photo de lui représente un torero au visage masqué d'une cagoule noire. Avec un flingue dans la bouche. Ça évoque la mort de Victoria. Presque méticuleusement. Il manque les photographies en cercle.

Axel fronça les sourcils puis but une gorgée de café. Elle eut envie de poser sa main sur son visage et fit un effort de concentration.

– Je pensais plutôt à l'homme de Vitruve de Léonard de Vinci, dit-il.

Il se tourna légèrement pour regarder les joueurs. Louise ne pouvait détacher les yeux de son visage.

– Qui a tué Victoria, Axel ?

Il se passa la main sur le front comme pour repousser sa fatigue et fouilla la poche de son jean, en extirpa un paquet de blondes allemandes. Il lui offrit une cigarette, en prit une pour lui. Louise se pencha pour qu'il puisse allumer sa cigarette. Il dégageait une odeur de jasmin.

– Je pense que c'est ma sœur, dit-il calmement.

– Pourquoi toute cette mise en scène ?

– Régine n'a rien prémédité.

– Le revolver ?

– Peut-être un coup de frime de Victoria. Une idée idiote de défoncée. Régine a trouvé le revolver. Elle a tiré. Comme si c'était un scénario de télévision. Et aussi parce qu'elle était jalouse. Il y avait une envie latente de meurtre. Le revolver était là. Une idée subite. Elle a appuyé sur la gâchette sans savoir. Comme on zappe. Pour passer d'une image à une autre.

– Parlez-moi des polaroïds.

– Josuah avait dû photographier Victoria. Il passe son temps à faire des choses comme ça. Régine a pu trouver les photos par hasard. Comme Victoria ressemblait à une extraterrestre avec son corps badigeonné, Régine a arrangé la scène pour que ce soit vraiment beau, comme à la télévision.

– Vous êtes sûr de ça ?

– Non. C'est le résultat de nuits de cogitation. Quand j'ai décidé de partir avec Klaus, Victoria et Régine étaient seules sur la péniche. Pascal et Josuah, ivres, se disputaient sur la berge, à propos d'un DVD. Mon producteur avait filmé le concert de Victoria en douce. Klaus et moi attendions que le calme revienne, prêts à intervenir en cas de drame. Josuah a jeté le DVD dans la Seine avant de partir. Pascal et sa secrétaire lui ont emboîté le pas, à distance respectable.

– Quelqu'un a pu revenir ?

– C'est juste.

– Une idée ?

– Au fond de moi, j'ai peur que ce soit ma sœur. Et j'ai l'impression que, en parlant à un être humain normal, je vais exorciser cette peur. Vous êtes un être humain normal, n'est-ce pas ?

Il souriait encore, mais Louise voyait que ce sourire-là lui demandait un effort important. Elle sentait toutefois qu'il était très calme. Elle regretta presque d'avoir à lui donner de mauvaises nouvelles.

– L'arme est un Colt 45 qui appartenait à un terroriste allemand, Erik Gründig. Si je ne me trompe pas, il s'agit de l'homme qui vous héberge, sous le nom de Stern.

Axel marqua le coup. Ses yeux s'assombrirent. Il scruta le visage de Louise puis se détourna. Il regarda les joueurs d'échecs pendant un long moment.

– Qu'est-ce que vous comptez faire ?

– Il y a quelques semaines, quand je me croyais heureux, une pensée m'est venue, comme une image onirique qui se révélerait soudainement. J'allais prendre le métro à Paris et je me suis vu descendre aux enfers mythologiques. Je dois admettre maintenant que c'était une rêverie prémonitoire. Il faut que je m'en aille, Louise.

– La prémonition, ça n'existe pas. On vous manipule. Ne vous laissez pas faire.

– S'il y a un manipulateur, il joue aussi avec vous. Sinon, pourquoi seriez-vous là ? Je vous jure que je ne connais pas la femme dont vous parlez.

– Je suis là parce que je le veux bien. Je suis là pour vous.

Il eut un faible sourire et posa sa main sur celle de Louise.

– Rentrez à Paris. Vous êtes un bel ange gardien mais, face à Stern et à Marjouni, vous ne faites pas le poids.

Il était déjà debout. Elle voulut parler. Il l'arrêta d'un signe et fila vers la porte.

Elle écarta les rideaux pour scruter la rue. Elle le vit qui courait. Le patron la regardait, la moue compatissante, persuadé d'avoir assisté à une querelle d'amoureux. Louise laissa un billet sur la table, dit au patron de garder la monnaie, et sortit. Elle courut jusqu'à sa voiture et fit marche arrière dans la rue en sens unique. Un automobiliste klaxonna, le regard furibard, prêt à en découdre. Louise contourna la voiture en faisant une embardée sur le trottoir. Au carrefour, elle fit demi-tour, enfila une rue sur la droite. Un couple de promeneurs se retourna. Elle freina brusquement, descendit, courut vers eux. L'homme, la quarantaine, eut un mouvement de recul.

– Un jeune homme aux cheveux noirs, en jean et pull noir, vous l'avez vu ? Il a oublié son portefeuille dans un café.

Les deux passants haussèrent les épaules. L'homme fit non de la tête. La femme était réfugiée derrière l'épaule de l'homme. Louise remonta la rue en courant. Elle vit

Axel. Il descendait dans la bouche de métro sans se presser.

Elle dévala les escaliers, quatre à quatre, bouscula un vagabond qui émit un juron, s'élança dans un long couloir glauque. Il était assis, une trentaine de mètres plus haut, et regardait le mur. Il laissa sa tête retomber sur ses genoux.

– Axel !

Il releva la tête. Un jean et un pull sombre comme celui d'Axel. Ses yeux, deux fentes brûlantes, sous les néons fatigués. Il partit d'un rire qui lui secoua les côtes. Il était maigre à faire peur. Bras tendus, il cria.

– *Moneten. Haste n' paar Moneten*[1] *?*

Louise partit à reculons. Une odeur de mort lui sauta au visage. Elle se retourna et le vagabond de l'escalier l'agrippa aux épaules. Il respirait comme une forge. Louise le repoussa. Il ouvrit une bouche noire, prit une goulée d'air, se jeta en avant. Son crâne percuta Louise au milieu du front. Un éclair blanc aveuglant, elle s'entendit hurler. Elle porta les mains à sa tête, se sentit tirée vers l'arrière. L'homme au pull noir s'acharnait sur la bandoulière de son sac. Elle serra les dents pour conjurer la douleur, le frappa d'un coup de poing en détente, au milieu du sternum. L'homme lâcha le sac et tomba à genoux. Louise s'accorda une seconde, le temps d'avoir le vagabond à bonne distance. Elle détendit sa jambe pour le frapper au genou. Il chancela et heurta le mur.

Elle remonta l'escalier aussi vite que ses jambes le lui permettaient, arriva à sa voiture, bloqua les portières, fouilla son sac. Ses mains tremblaient. Elle mit le contact. La voiture déboula dans la rue, fila vers le vagabond qui arrivait en courant avec une poubelle en

1. Des sous, t'aurais pas quelques sous ?

main. Il la fit tournoyer et l'écrasa sur le pare-brise. Louise accéléra, enfila une ruelle en sens interdit et déboucha dans une grande avenue. Elle roula pendant cinq cents mètres, se gara sur le bas-côté.

Les mains sur le volant, elle regardait droit devant elle. Une enclume vibrait à l'intérieur de son crâne. Elle passa sa main sur le pare-brise. Il était intact. Elle orienta le rétroviseur pour y voir son front. Pas de blessure ouverte, mais un hématome sérieux. Son blouson puait. Elle l'enleva, le jeta sur le siège arrière, mit le contact et redémarra.

Chapitre XVII

En lui donnant ses clés, le réceptionniste la regarda d'un drôle d'air. Mon front doit me faire ressembler à Elephant Man, pensa-t-elle. Elle demanda de l'aspirine. Le réceptionniste lui donna une plaquette de comprimés, avec un sourire coincé.

Louise actionna la commande centrale et la chambre Art déco s'éclaira comme un set de cinéma. Serge Clémenti souriait. Il était assis dans un fauteuil, jambes croisées. Il portait un jean et une chemise noire. Il lui sembla qu'il avait minci. Ses joues étaient creuses et bien rasées. Louise laissa tomber son blouson et son sac sur la moquette.

Elle s'avança dans la chambre. Clémenti vit qu'elle était blessée. Il alla dans la salle de bains et revint avec un gant de toilette mouillé. Il la fit s'allonger sur le lit et lui posa le gant sur le front.

Elle entendit de l'eau couler. Elle resta allongée un quart d'heure, regardant le plafonnier en verre soufflé qui évoquait une fleur de lotus.

– Louise, le bain va refroidir !

Elle se leva. Des étincelles dansaient devant ses yeux. Elle alla au bar, décapsula une bouteille d'eau minérale et prit deux aspirines. Elle releva ses cheveux en chignon, enleva tous ses vêtements et entra dans la salle de bains. Clémenti était assis sur le bidet.

Il haussa les sourcils et ouvrit la bouche. Puis se ravisa et se tut. Louise s'allongea dans la baignoire et ferma les yeux. Quand elle les rouvrit, elle vit qu'il avait enlevé sa chemise. Il vint s'asseoir sur le rebord de la baignoire et la regarda. Il plongea son bras dans l'eau et enserra sa cheville droite.

Ils étaient allongés et se regardaient. Elle suivait la ligne de son épaule du bout de l'index.

– Tu l'as retrouvé, Louise ?

– Qui ça ?

– L'ouvreur de cinéma.

– Non. Je pense rentrer à Paris.

– Tu ne veux pas connaître la fin de l'histoire ?

– Je la connais déjà. Tu n'es pas ici en vacances, malgré les apparences.

– Tu es sûre que nous parlons de la même ?

Louise réfléchit. Elle se redressa sur un coude.

– Le procédé manquerait d'élégance.

– Pourquoi ? Je suis prêt à te donner ce que tu ne cesses de me demander, depuis le début. Des informations sur la mort de Julian Eden.

Elle se leva pour prendre une cigarette, entrouvrit la fenêtre et resta debout, contemplant les étincelles bleues de la cathédrale. Il regardait la masse de ses cheveux, la courbe de son dos, la ligne de ses jambes.

– « Ô marquise ! La nuit est brève. Il faut contenter vos soupirs. Je veux pourvoir à vos désirs. »

– *Les Liaisons dangereuses ?*

– Pas mal, mais non. *Casanova*. Une pièce d'Apollinaire.

– Casanova, rien que ça !

Elle écrasa sa cigarette dans le cendrier et revint vers lui.

Louise écoutait sa respiration. Quand elle fut sûre qu'il dormait, elle récupéra ses vêtements et alla s'habiller dans la salle de bains. Elle réajusta son holster et sortit. La porte se ferma sur un bruit sec. Elle dégringola l'escalier de service. Le réceptionniste la regarda passer, son air ahuri intact. Elle s'engouffra dans la porte à tourniquet et courut dans la rue. L'aube était levée. Elle ne s'arrêta qu'une fois arrivée devant l'hôtel Bärbel-Mania.

Le gardien comateux avait déserté momentanément son poste. Louise prit le passe sur le tableau des clés, monta les escaliers et écouta à la porte. Niklas ronflait comme un sapeur. Elle pénétra dans la chambre, referma la porte derrière elle, alluma le plafonnier. Niklas Schörrer avait enfin réussi à enfiler son pantalon et dormait la bouche ouverte. Un filet de bave brillait le long de son menton.

Elle l'appela. Il ouvrit les yeux et la regarda sans comprendre. Il se redressa sur un coude et s'essuya la bouche avec le poignet.

– Vous êtes la fille de cette nuit, hein ?

– Tout juste. Donnez-moi une autre adresse. Stern a quitté son garage.

– Vos menaces, c'était du bidon. J'ai jamais vu un flic ici. Je suis allé planquer la dope et je suis revenu. C'est nickel. Foutez le camp.

– Pas le temps de discuter.

Louise sortit son Ruger de son fourreau de cuir et le pointa vers Schörrer. Ses yeux s'arrondirent et il se figea.

– Stern a un ami musicien, Amadeo.

– Où ?

– Jablonskistrasse.

Louise choisit de prendre le métro pour rejoindre Jablonskistrasse. Elle pénétra dans une petite cour encastrée entre des immeubles de briques. Le panneau des résidents indiquait un Amadeo Cortebaz, au quatrième étage de l'immeuble B.

L'appartement occupait tout le palier. Par la fenêtre du couloir, elle scruta la cour. Tout était silencieux.

Elle tourna la poignée de cuivre de la porte. Celle-ci était ouverte. Elle entra dans l'appartement, revolver au poing. Au bout d'un couloir moquetté et garni de gravures, une pièce toute blanche au parquet ancien. Elle continua d'avancer. Une baie était entrouverte, des rideaux ondulaient sous la brise. Derrière le voile de tulle, un homme sur son balcon regardait la rue. Elle appela. Le dos se figea un court instant. Puis l'homme se retourna et rentra dans l'appartement.

Il pouvait avoir cinquante ans. Son visage était beau mais boursouflé. Petit, il était vêtu d'une simple chemise blanche, d'un pantalon sombre. Ses pieds étaient nus. Il fit une grimace, leva les mains comme las d'une comédie trop longue.

– Amadeo ?

– Oui, c'est moi.

– Je suis venue pour Axel Langeais.

Cortebaz dit qu'il avait besoin de fumer. Elle lui lança son paquet. Il l'attrapa au vol, sortit une boîte d'allumettes de sa poche, alluma sa cigarette et s'assit sur le lit aux draps froissés. À côté du lit, une chaise sur laquelle était posé un bandonéon. Et une bouteille de rhum presque vide. Il but une gorgée.

– Axel, c'est ce très beau garçon qui est avec l'ami de Stern ?

– Exact.

– Je l'ai vu un soir dans le club où je joue. J'imagine qu'on peut être capable de faire des choses insensées pour un type comme lui.

– Sûrement. Où est Stern ? Ou plutôt, Gründig.

– Vous croyez que je peux donner un ami ?

– Vous êtes ami avec un type comme lui ?

– Pourquoi pas ?

– La petite amie d'Axel a été abattue avec l'arme de Stern, dit Louise en rengainant la sienne. C'était une très jeune fille. Elle n'avait jamais rien fait de mal si ce n'est de casser quelques oreilles. Une musicienne. La chanteuse de Noir Vertige.

– Quand ?

– Il y a douze jours, en France.

– Stern était à Berlin. Vous prétendez que c'est lui ?

– Je l'ignore. En tout cas, tout porte à croire qu'il a donné Elisa Clementz. Vous le saviez ?

– Non. Mais rien ne prouve que ce soit vrai.

– Rien, en effet. Si ce n'est que, dans le cas contraire, on peut diagnostiquer une grande baisse de forme du côté de la police allemande. Laisser du gros gibier comme Gründig en liberté, ça fait désordre dans un pays si organisé.

– Stern est un type très fort.

– À d'autres. Il n'y a pas que les flics. Un indicateur m'a dit que Stern était un repenti. Un mot plus poétique que donneur. Pour moi, cela revient au même. Il a vendu des camarades en échange de sa survie. Vous vous êtes battu en Argentine, avec lui ?

– Oui.

– Alors, vous ne pouvez pas accepter ça. Il vous a tous trahis. On sait que les gros poissons de Baader-Meinhof ont presque tous finis « suicidés ». Or, en Argentine, Stern, artificier génial, donne le meilleur de lui-même, est coincé par les flics et ceux-ci, comme par miracle, le laissent filer. Allons donc.

Amadeo tira plusieurs longues bouffées de sa cigarette en clignant des yeux puis jeta le mégot sur le plancher et l'écrasa avec le cul de la bouteille de rhum. Il but une nouvelle gorgée de rhum et se racla la gorge. Il caressa son bandonéon, croisa les mains et regarda enfin Louise.

– Il a un garage dans le quartier de Wilmersdorf.

– Vous savez bien que Stern n'y est plus. La police est sur leurs traces. Et Stern est peut-être bien le poisson-pilote. Moi, je veux essayer de sortir Axel de là. C'est tout.

– Alors, c'est vraiment pour Axel que vous vous donnez tout ce mal ?

– J'aime bien terminer ce que j'ai commencé.

– Moi aussi, mais ça ne concerne que les bouteilles.

– Ce n'est pas tout à fait vrai. Sinon, vous m'auriez déjà dit d'aller me faire voir.

– Peut-être. Je vous crois pour Axel. Je sais toujours quand on me ment. C'est un tout petit talent, presque inutile maintenant. Ceci dit, je ne sais pas où se planque Stern en cas de panique.

– Vous connaissez un type qui s'appelle Marjouni ?

– Moktar Marjouni, oui. C'est un Turc. Il a navigué du côté du *Kollektiv Schwarzer Schnee*, dans le temps.

– Vous savez où je peux le trouver ?

– Il travaille au Tropik. Près du Teufelsberg, la montagne artificielle, construite au lendemain de la guerre avec les décombres de Berlin dévasté. J'y ai joué un soir. Marjouni est le cousin du patron.

– Merci.

– De rien. Marjouni est un dur. Un truand. Pas un politique. Vous n'en tirerez rien. Si ce n'est de graves ennuis.

Il but une nouvelle gorgée, fit la grimace.

– Vous aimez le tango ? demanda-t-il.

– Oui.

– Je l'aurais parié.

– Gardez les cigarettes.

Les derniers raveurs s'attardaient dans des états de forme divers. Il y avait une grappe animée de jeunes hommes, en pantalons moulants, qui papillonnaient en comparant des figures de danse. Une fille, au crâne rasé et lobes d'oreilles troués d'une colonie d'anneaux, dormait sur un banc public, la tête sur les genoux d'une blonde oxygénée, occupée à finir une canette de bière.

Louise était assise sur le bord du trottoir et guettait la sortie, en essayant de ne pas s'endormir. Le barman amateur de polars passa le porche, s'arrêta et cligna des yeux sous le soleil déjà brillant. Louise lui fit un signe. Traversant la rue, il vint à sa rencontre.

– Mais c'est ma petite Parisienne. Encore debout à cette heure-ci ?

– À peine. Ça te dirait de gagner deux cents euros, vite fait ?

– La dernière fois qu'on m'a fait ce genre de plan, j'ai failli me retrouver en tôle.

– J'ai besoin de faire parler un Turc qui travaille au Tropik.

– Comment s'appelle-t-il ?

– Marjouni.

– Je le connais. Pas trop recommandable, à mon avis. Quel est le but de l'opération ?

– Je cherche un Français qui est dans les ennuis jusqu'au cou. Il est avec un nommé Stern. Marjouni fricote avec lui.

– Le Tropik n'ouvre que la nuit.

– Ça tombe bien, j'ai besoin de dormir. Tu n'aurais pas une adresse tranquille ?

– Tu veux que je te borde aussi ?

– Écoute, je suis franchement crevée.

– Ça se voit. Il y a un petit hôtel dans le coin. C'est plutôt une adresse à putes, mais le patron est un copain. Tu y seras bien. Je passerai te prendre à neuf heures, ce soir. Au fait, je m'appelle Guy. En anglais, ça veut dire mec. Et toi ?

– Louise. Ça ne veut rien dire de spécial.

– Louise... ça te va bien. L'hôtel, c'est le Blauer Reiter. Je t'y emmène.

Louise dormit jusqu'à trois heures, malgré les allées et venues incessantes dans l'escalier. Après avoir constaté que son front amorçait un retour à la normale, bien que dans une gamme subtile de bleus et de mauves, elle prit une douche, remit à contrecœur ses vêtements et essaya, sans succès, de téléphoner à Ana Chomsky. Elle ne fut pas surprise de constater que l'amoureuse bidon s'était évaporée.

Elle décida d'aller se dégourdir les jambes dans le quartier et dénicha le restaurant Sirtaki. Elle s'offrit une série de zakouskis, se relaxa avec un café, en écoutant de la musique grecque. Repensant à sa nuit avec Clémenti, elle eut un frisson commémoratif.

Le Tropik était installé dans une vaste bâtisse de deux étages, au bout d'une route sans issue. Guy se gara sur le parking où se trouvaient déjà une douzaine de voitures.

À l'intérieur, l'ambiance se voulait coloniale. Des tables et fauteuils en rotin, des ventilateurs au plafond composaient une décoration guère regardante qui mêlait des portraits de maharadjahs à des statues de danseuses balinaises en toc. À côté du bar, un vaste escalier menait à l'étage. Il y avait une piste de danse, désertée pour l'heure. Une vingtaine de clients, tous équipés de filles décolletées et portées sur la minijupe, semblaient contents de s'offrir un frisson tropical à la petite semaine. Les deux serveurs, veste blanche et nœud papillon noir, n'avaient rien de turc ou alors ils s'étaient teints en blond et portaient des lentilles de contact bleu ciel. On entendait une musique cubaine de bonne qualité que Guy semblait apprécier. Il commanda deux cafés puis désigna un homme, en costume gris élégant, qui venait de descendre l'escalier pour s'asseoir au bar. On lui servit immédiatement une consommation.

– C'est Fadj, le patron, expliqua Guy. Un type qui a beaucoup de relations. Je ne me sens pas le cœur de me moucher dans sa cravate.

– Que proposes-tu ?

– D'essayer avec l'un des barmen. Eux, au moins, ils n'ont pas de lien de parenté avec Marjouni.

– Tu les connais ?

– Non. Et eux non plus. C'est l'avantage. Je sors le premier et je me planque. Tu attends que le patron prenne un peu le large et tu vas au bar. Tu dis à un des deux mecs que ton ami t'a plaquée, qu'il s'est barré avec la voiture et que tu veux un taxi pour rentrer chez toi. Tu joues les mijaurées craintives et le baratines pour qu'il sorte du club. Évidemment, tu allonges un beau pourboire. Tu prends ton taxi et tu rentres à l'hôtel. Je m'occupe du reste. Je passe te prendre dès que possible et on file dénicher ton Français.

– Si j'ai l'adresse, je peux y aller seule.

– Hors de question. Tu es une fille réglo. Marjouni et sa clique, c'est un tout autre style.

Chapitre XVIII

Moktar Marjouni gara sa voiture dans une rue adjacente à la Karl-Marx-Allee. Il verrouilla les portières, glissa la clé dans la poche intérieure de son veston pour ne pas la perdre dans le cas où il aurait besoin de courir. Schwetters allait arriver d'une minute à l'autre. Le bonhomme est réglé comme un métronome, pensa Marjouni qui savait que son travail de gardiennage occupait Schwetters jusqu'à 23 h 30, cinq nuits sur sept, et qu'il rentrait ensuite chez lui, à pied, sans détour. Marjouni composa le code du porche, monta directement au quatrième étage, sans précaution particulière parce que le tapis étouffait ses pas. Arrivé au troisième, il pila net, sa main gantée sur la rampe.

– Mille euros si tu me laisses faire.

Axel était assis sur le paillasson et tendait une liasse de billets.

– Taré ! cracha Marjouni. Si avec ça les voisins ne t'ont pas repéré.

– Tu sais parfaitement que c'est un cabinet d'assurances. Passe-moi l'arme et attends-moi dans la voiture.

Le déclic de la porte résonna dans la cage d'escalier. Marjouni et Axel fixèrent le bouton de l'ascenseur qui venait de s'allumer. Marjouni sortit le Beretta de sa poche, y adapta le silencieux, donna le tout à Axel, puis ouvrit la porte de l'appartement avec un passe.

– Il y a un couloir et des pièces en enfilade, toutes du même côté. La chambre, c'est la troisième à droite.

– Compris.

– Je suis garé dans la deuxième rue après le café, ajouta Marjouni avant de descendre l'escalier.

Axel avança, le pistolet calé dans sa main droite. Il entra, se dirigea vers la chambre. Un couvre-lit à fleurs, un remugle d'antimite et d'encaustique. Il entendit s'ouvrir la porte d'entrée de l'appartement. Le ronronnement cacophonique des téléviseurs de l'immeuble lui parvenait comme à travers de la ouate. Il imagina Schwetters sur le seuil, se demandant pourquoi il avait oublié de donner un tour de clé, le matin. Il allait peut-être repartir. L'attente dura quelques secondes puis Schwetters pénétra à son tour dans l'appartement.

Un bruit de robinet et de casserole. Une radio qu'on allume, un commentaire débité d'une voix monocorde. Une bombe de fabrication artisanale avait explosé en début d'après-midi dans le métro parisien. On dénombrait trois morts et de nombreux blessés.

Schwetters entra dans sa chambre. Derrière la porte, Axel fit un pas de côté. Il put voir Schwetters assis sur son lit, occupé à fouiller le tiroir de sa table de chevet. Il portait un tricot de peau, un pantalon de survêtement. Ses vertèbres étaient saillantes, un tatouage en forme d'étoile marquait son épaule gauche.

– Schwetters ?

L'homme se retourna, yeux écarquillés, un tube de comprimés en main. Il regarda tour à tour le Beretta puis le visage d'Axel. Ses yeux se plissèrent. Axel y vit briller des larmes.

– Qu'est-ce que vous me voulez ?

Il recula vers le mur, empêtré dans un édredon et deux oreillers à fleurs.

L'ex-amant de ma mère a un air de dégoût, pensa Axel. Il trouve ça injuste. Il s'accroche, cafard en tricot. Même pas capable de se tenir debout.

– Je suis Axel. Le frère de Régine.

– Mais, on avait bu. Je… La gamine, elle était tellement. Je…

Axel tira. La balle traversa le front du gros cloporte le tuant sur le coup. Le corps heurta le montant du lit puis s'affaissa sur la table de chevet, renversant la lampe, tomba sur le tapis. Axel regarda Schwetters quelques instants. Le visage bouffi et baigné de sang, les bras noueux, avec des taches de rousseur ou de vieillesse, le ventre proéminent, l'entrejambe mouillé d'urine. Les pieds aux longs orteils tordus.

Avec un mouchoir en papier, il essuya ses empreintes sur la poignée de la porte de la chambre qu'il referma derrière lui. Dans la cuisine, la bouilloire sifflait sur la gazinière. Il éteignit le gaz en manipulant le bouton avec son mouchoir. Il essuya soigneusement ses empreintes et quitta l'appartement.

Le Turc fumait, fenêtre ouverte. Il vit Axel arriver dans le rétroviseur et mit le contact. Axel s'installa et Marjouni démarra tout de suite.

– Où va-t-on ? demanda Axel.

– Dans un hôpital désaffecté. Ensuite, un avion nous attend dans un aérodrome privé. Vous partez de Francfort pour Moscou, demain. J'ai des potes qui apprécient Stern et vous feront passer en Argentine.

– Stern part avec nous ?

– Ouais. Il veut revoir du pays. Je vais peut-être l'y rejoindre. Il m'a promis du boulot. Après la connerie que tu viens de faire, je crois qu'il faut que je mette les voiles. En Argentine, pourquoi pas.

– Tu crois ce qu'il te raconte. C'est bien.

– Je crois que t'as pas à la ramener. T'es qu'un charlot, mec.

– Si tu savais comme je m'en moque, mon pauvre vieux.

– En tout cas, tu fermes ta gueule pour Schwetters. Tu ne m'as rien donné et c'est moi qui ai fait le boulot. Pigé ?

– Je t'ai dit que cela m'était égal.

– Jeune con, grommela Marjouni en allumant la radio.

– C'est Oum Kalsoum ?

– Ouais.

– C'est bien.

– C'est mieux que bien.

– On l'appelait la « cantatrice du peuple ». Parce qu'elle aidait les déshérités. Tu savais qu'enfant, elle avait commencé à chanter déguisée en garçon parce que son père dirigeait une chorale où il n'y avait pas de filles ?

– Qu'est-ce que tu veux que ça me foute ? C'est sa voix qui me plaît. Dessouder des mecs ça te rend toujours aussi causant ?

– Je compartimentalise. C'est très utile.

– Si tu le dis.

– C'est Guy. Je suis à la réception.

– J'arrive.

Louise rangea *Le Catéchisme du révolutionnaire* dans son sac, retapa vaguement le lit et descendit retrouver son compère à biceps. Il souriait comme un gamin fier de son coup.

– J'ai donné le choix à mon collègue du Tropik. Une santiag dans les roustons ou un petit pacson dans le portefeuille.

– Le résultat ?

– J'espère que tu as des notes de frais parce que je lui ai filé cinq cents euros. Faut pas être trop rat quand même.

Louise fit une rapide addition de tête. Les frais grimpaient gentiment. De toute manière, elle était déterminée à traquer sans répit la Chomsky. La *grande amoureuse* n'échapperait ni aux explications ni à la note de frais.

– Où est-ce que ça passe ?

– Dans un hôpital désaffecté près de l'aérodrome civil de Kabienschen.

– Une planque hautement stratégique. Le barman t'a parlé spontanément de l'aérodrome ?

– Tu rigoles ! J'ai regardé sur la carte.

– Tu es armé ?

– Un Brother m'a refilé un SmithWesson. Un peu cher mais il y a le feu au lac, non ?

– Oui, allons-y.

Décidément, la Chomsky allait trouver l'addition de son autofiction particulièrement salée. Mais elle saurait convenir que le grand art n'a pas de prix.

Chapitre XIX

Baumann et Stern attendaient dans l'ancien bloc opératoire, un grand espace ovale, équipé de gradins qui avaient dû voir défiler une flopée de carabins. Stern avait apporté trois lampes à pétrole. Régine dormait sur l'une des anciennes tables d'opération, enveloppée dans un sac de couchage. Son visage pâle, entouré de mèches noires, dépassait d'une toile kaki.

Stern fit le tour de la table d'opération pour la détailler.

– Elle est belle, cette petite folle.

Il se pencha, frôla une mèche de cheveux.

– Tu crois que c'est elle qui a rétamé la copine d'Axel ?

– Et toi, Stern, tu crois que Jeanne d'Arc était un travelo ?

– Tu es infect, Klaus. C'est ça qui te gâche. Ton dandysme frénétique. Tes poses. Redescends sur terre, mec.

– J'entends une voiture, Stern. Remballe ton sac à fiel.

Stern remonta une travée au pas de course et se hissa sur un muret jusqu'à un vasistas. Baumann alluma un cigare en souriant.

– C'est eux, dit Stern.

Les portes avaient été arrachées et les entrées du bloc opératoire étaient deux trous béant sur des gravats. Baumann écouta le bruit des pas. Celui de Marjouni qui trottait comme un gros lapin. Celui d'Axel, plus lent. Le regarder se déplacer dans l'espace était sans doute le plus beau spectacle qu'il ait jamais contemplé. Axel était fait pour l'action. Les rares fois où il l'avait vu danser, Baumann avait eu la sensation de frôler la lisière du monde. Une vision aussi ténue et belle que des ondes de vapeur montant d'un pré à l'aube.

Quand il entra, Baumann constata qu'il ne s'était pas trompé. Le jeune homme était bien de la race des seigneurs. Il semblait déterminé, calme, et son regard était froid. Il se tenait impeccablement droit. Un coup d'œil vers sa sœur puis Axel scruta le bloc sans manifester de surprise.

Axel se tourna vers Baumann dont le visage disparaissait derrière un nuage de fumée grise. Il eut envie de lui dire qu'il avait tué Schwetters, puis comprit que c'était inutile. Klaus savait.

Baumann secoua l'épaule de Régine.

– Réveille-toi, ma douceur.

Régine se redressa, vit Axel et lui sourit.

Baumann sortit une bouteille de champagne et des coupes d'une glacière.

– Pour Régine. Pour fêter sa libération.

La jeune fille but une gorgée en plissant les yeux. Axel s'était avancé vers elle dans une attitude protectrice et fixait Baumann, impassible. Marjouni haussa les épaules et alla s'asseoir sur le premier gradin.

– Dans la caverne, le monstre est mort. La jeune captive est libre, dit Baumann comme s'il déclamait.

Il servit Axel et Stern.

– Marjouni ?

Le Turc refusa, s'énerva.

– C'est un sketch de théâtre de boulevard ou quoi ? Je croyais qu'on avait un avion à prendre. Les flics ne vont pas tarder à rappliquer. Cassons-nous.

– Tu as tué Schwetters, Axel ? demanda Baumann avec douceur.

– Oh merde ! glapit Marjouni en se passant la main sur le front.

– Régine, ton frère a tué l'homme qui t'a volé ton enfance. Tu entends ? Tonton Schwetters ne passera plus les petites filles à la moulinette.

– Klaus ! Je t'en prie, dit Axel.

Régine ouvrit la bouche et regarda son frère.

– Marjouni, c'est vrai ? intervint Stern.

– Axel a insisté. J'ai vu le moment où on allait se faire cueillir. J'ai pas eu le choix.

– Ton jeune con nous fait prendre des risques invraisemblables, Klaus, grogna Stern entre ses dents. C'est un amateur complet, putain ! Et toi, à quoi tu joues ?

Guy gara sa voiture à l'abri d'un sous-bois, à six cents mètres de l'hôpital désaffecté. Il récupéra le revolver collé sous le siège conducteur, vérifia le barillet, descendit de voiture et glissa l'arme dans sa ceinture. Louise le suivit sur un sentier broussailleux. Bientôt la masse claire de l'hôpital se détacha sur le ciel violacé. Les rayons lunaires étaient généreux. Guy observa le site à l'aide de jumelles qu'il passa ensuite à Louise.

Un rai de lumière filtrait d'un bâtiment ovale jouxtant l'immeuble central. Elle repéra un passage éboulé dans le mur d'enceinte. Ils marchèrent courbés, sur une centaine de mètres, puis rampèrent jusqu'au mur. Guy s'immobilisa, scruta les environs avec les jumelles, indiqua une ouverture dans le bâtiment ovale.

– Le passage est entravé par des poutres et des éboulis mais on doit pouvoir y pénétrer l'un derrière l'autre sans faire de raffut, dit-il.

Du mur d'enceinte à cette brèche, un terrain vague à découvert. De gros nuages plombés naviguaient, poussés par un vent orageux. Ils attendirent qu'ils tamisent la lune puis filèrent jusqu'à la porte.

Guy se redressa le premier, lui fit signe de rester couchée. Elle pouvait discerner son visage, vaguement éclairé par une lumière qui venait de l'intérieur du bâtiment. Il lui toucha l'épaule et elle se releva pour découvrir un couloir, bordé de salles. Toutes les portes avaient été arrachées et formaient autant d'orbites obscures. Au bout, un rectangle de lumière. Ils gravirent le tas d'éboulis, entendirent des hommes s'exprimer. Louise reconnut les intonations d'Axel.

– La lutte armée est morte, il y a près de trente ans.

Louise ne connaissait pas cette voix d'homme mûr. Elle fit signe à Guy d'écouter.

– Maintenant, le tueur doit être au plus près de l'œil du pouvoir, comme un chasseur de cyclone, continua l'homme. Il doit utiliser des armes plus sophistiquées que des flingues ou des bombes.

– J'ai essayé de recoller les morceaux de ta biographie, Klaus. Il y a des zones d'ombre. Pour qui bosses-tu ?

– Ça ne peut avoir d'importance pour toi que si tu as renoué avec la lutte armée. Or je suis sûr que ce n'est pas le cas. Je ne t'ai jamais pris pour un crétin, Erik. Avec Marjouni et ses copains, vous faites plutôt dans le trafic en tout genre. Et il n'y a rien de condamnable pour moi dans tout ça. Chacun survit de son mieux.

– Elle est bien bonne. Qu'est-ce que vous faites ton mignon et toi si ce n'est de jouer au con avec moi ? Axel n'était pas censé buter Schwetters.

– Viens, Régine, on s'en va, dit Axel.

Il venait de s'adresser à sa sœur, en français, d'une voix posée.

– Axel !

Sur ce seul prénom, Louise perçut toute la froideur de la voix qu'elle venait d'identifier comme étant celle de Klaus Baumann. L'humeur de l'Allemand venait de basculer soudainement, passant du registre de l'ironie élégante à celui de la menace.

Louise avança encore, se pencha légèrement et put apercevoir Régine Langeais. La jeune fille écoutait Baumann. Axel tira sa sœur par le bras, doucement.

Régine interrompit Baumann, comme une enfant qui coupe la parole à un adulte.

– Axel est venu me chercher dans le noir, dit-elle en français. Il ne ferait ça pour personne d'autre.

Elle avait une voix enfantine, mal placée, un rien traînante, agaçante. Louise observa l'expression mauvaise de Baumann. Il fixait Régine mais son arme était orientée vers Stern et Marjouni. Louise fit un signe rapide à Guy puis se précipita dans la salle, et braqua Baumann.

L'Allemand lui jeta un rapide coup d'œil. Visage impassible. Il recula en deux bonds. Il tenait en joue toute l'assistance.

– Jetez vos armes, ordonna-t-il à Stern et Marjouni.

Les deux hommes obéirent.

Régine se précipita vers Baumann. Marjouni plongea vers son arme. Baumann tira. Le Turc tomba comme un sac, roula sur lui-même, dans la position d'un gros fœtus tandis qu'une flaque de sang colorait le sol sous sa jambe.

L'arme toujours pointée sur Baumann, Louise le vit braquer Régine. Une demi-seconde avant elle, Baumann tira. La balle atteignit Régine en plein cœur. Elle tomba sur le côté. Baumann s'effondra l'avant-bras en sang.

Pendant quelques secondes, Axel resta prostré. Il s'agenouilla, agrippa Régine et posa sa tête frêle contre sa poitrine, la maintenant du plat de la main. Leurs cheveux noirs s'emmêlèrent. Il la berça doucement.

Guy tenait Stern en respect. Bras ballants, l'air incrédule, l'ex-terroriste dévisageait Baumann grimaçant sur le sol, son bras inerte en sang.

Axel enleva son blouson pour en recouvrir le visage de sa sœur. Le revolver de Baumann avait volé à deux mètres. Axel le ramassa. Louise nota deux détails : la main d'Axel ne tremblait pas et Baumann ne semblait éprouver aucune peur.

– Tu n'es rien sans moi, Axel, dit Baumann en français. Je t'ai construit tout comme j'ai construit, en grande partie, *Meurtres à Babylone*. Je t'ai donné l'histoire. Mais j'aurais pu faire bien plus.

– Je m'en fous, Klaus. Le moi n'est qu'une illusion. Tu me l'as répété cent fois.

– Tu n'es rien.

– Je connais ton texte par cœur. Nous ne sommes que des machines à penser. La seule certitude, c'est la mort. Est-ce que tu vois la tienne, Klaus ?

Baumann restait immobile, les yeux rivés sur son jeune amant.

– Ça suffit, Axel ! cria Louise.

– Je t'aime plus que tout, murmura Baumann.

Une ombre s'encadra dans la porte. Louise visa cette ombre.

Axel tira. Le visage de Baumann explosa.

Louise eut un haut-le-cœur et se maîtrisa. Elle visait toujours Josuah, debout dans l'entrée obscure du bloc opératoire.

– T'as plus de tripes que ce que je croyais, mec, dit Josuah à Axel.

– Qu'est-ce que tu fous là ?

Louise réalisa que le sculpteur portait des gants. Sa main droite était garnie de ce qui ressemblait à une arme. Elle serra la crosse de son Ruger. Le bras de Josuah montait lentement vers le visage d'Axel. Elle le vit sourire, constata que l'arme n'était qu'une petite caméra digitale. Josuah filma la salle et ses occupants en prenant son temps.

– Axel. On se tire, viens.

Josuah filmait d'une main et tendait l'autre à son ami.

– Baumann a cru qu'il pouvait te garder. Tu es libre maintenant. Ils sont morts tous les deux. Viens, tu ne le regretteras pas.

Axel s'engouffra dans le couloir tandis que Josuah le filmait.

– Qu'est-ce que vous manigancez ? demanda Louise.

Il ouvrit le boîtier de sa caméra, en sortit une puce qu'il fourra dans sa poche. Il jeta la caméra contre un mur.

– On regardera nos vieux films en famille lorsqu'il sera devenu grand.

Louise gardait son arme pointée vers lui.

– Stern part avec nous, dit-il. Sans lui, Axel ne peut pas s'en tirer.

Guy, le visage dégoulinant de sueur, regardait Louise.

– Qu'est-ce qu'on fait ?

Baumann avait exécuté Régine. Et peut-être Victoria. Axel s'était vengé. Il avait agis sur le coup de la passion. Est-ce que les flics pourraient comprendre ? Quant à Stern, maintenant qu'il était identifié, ce n'était qu'une question de temps avant qu'il ne se fasse coffrer…

– On le laisse filer, dit-elle.

– Je vais ramasser mon arme et la glisser dans ma poche, dit Stern. Et ça va se faire en douceur. D'accord ?

– Tu laisses ton flingue ici ou je te refais le portrait, connard, articula Guy.

Josuah fit signe à Stern d'obéir et les deux hommes détalèrent vers la sortie. Louise et Guy échangèrent un regard puis rengainèrent leurs armes. Elle s'approcha du cadavre de Régine Langeais. Ses jolies jambes revêtues d'un collant noir dépassaient du blouson d'Axel. On aurait dit une gamine endormie sous un abri de fortune, histoire de se protéger du soleil. Elle avait de petites mains très fines.

– Pauvre môme, murmura Guy.

Louise déglutit puis s'accroupit près du corps de Baumann. Son visage était une bouillie sanglante. Plus rien à voir avec le beau cadavre de Luther Vanbrij. Elle se pencha, vit le trou net de sortie de la balle dans la boîte crânienne, remarqua une petite cicatrice qui finissait derrière l'oreille droite.

– Qu'a dit Baumann à Stern ? demanda-t-elle.

– C'est lui, Baumann ? Le mec descendu par Axel ?

– Oui.

– Il a dit que le tueur devait être près de l'œil du pouvoir, comme un chasseur de cyclone, je crois. Il a ajouté qu'il devait utiliser des armes plus sophistiquées que des flingues ou des bombes. Apparemment, le pauvre mec n'avait pas assez réfléchi à la question.

– Rien d'autre ?

– Stern a dit qu'Axel avait buté un autre type. Un certain Schwetters.

Il se passa une main sur le visage. Louise vit qu'il tremblait.

– Si tu veux t'en aller, je comprendrai parfaitement, dit-elle.

– Tu comptes ameuter les flics ?

– Oui.

– J'ai mon téléphone portable. On peut les appeler. Le Turc pisse méchamment le sang.

– Si tu utilises ton portable, tu te mouilles définitivement.

– Je n'ai descendu personne et mon témoignage te sera utile.

– Le flingue ?

– Je dirai que je l'ai trouvé ici. De toute façon, Marjouni va leur dire que j'étais là.

– Merci, Guy.

– De rien.

Elle le laissa appeler la police berlinoise. Il raccrocha et la fixa un instant.

– Comment fais-tu pour supporter des trucs pareils ?

– Je ne les supporte pas, dit-elle en allumant une cigarette.

– C'est qui le cinglé à la caméra ?

Louise expliqua toute l'histoire. Du moins ce qu'elle arrivait à en comprendre. Elle parlait toujours lorsque Serge Clémenti, son homologue allemand et un escadron de policiers armés de fusils à pompe investirent l'hôpital. Marjouni fut évacué sur un brancard, Louise et Guy menottés et emmenés dans un commissariat où ils passèrent la nuit ainsi que la journée du lendemain. Serge Clémenti assista à tous les interrogatoires mais ne posa aucune question. En revanche, il se démena pour convaincre les autorités locales de l'innocence de sa compatriote, et du bien-fondé de sa mission à Berlin. Elle fut libérée par un matin pluvieux.

Elle s'attendait à le trouver patientant à la sortie du commissariat berlinois. Un officier lui apprit que le commissaire Clémenti était reparti pour Paris, la veille. Déçue, elle pensa que plus que la carambouille internationale dans laquelle elle s'était fourrée, c'était le coup de sa disparition de l'hôtel qu'il lui faisait payer. Et cette attitude attisa sa curiosité.

Chapitre XX

« Je vous demande de mettre un terme à votre enquête. C'est vous qui aviez raison. Cette aventure nous dépasse. Merci pour votre opiniâtreté et pardon pour tous les ennuis que j'ai pu vous créer. Bon vent à *Morvan Investigations*. Je vous souhaite bonne réception de mon virement de cinquante mille euros.

Bien à vous. »

Louise relut la note d'Ana Chomsky attentivement. Elle portait le cachet d'un bureau de poste du 3ᵉ arrondissement et datait de quatre jours.

Mon virement de cinquante mille euros ! Rien que ça, diantre, mazette, se dit Louise. Elle composa le numéro de son ex-cliente et, comme d'habitude, écouta la sonnerie s'échiner. Elle rangea son sac de voyage dans le placard, mit son linge sale dans un endroit adéquat, se brossa les dents, prit deux comprimés d'un analgésique quelconque et décida de rallier au plus vite la rue Pavée et l'hôtel particulier du fiancé de la non moins particulière Chomsky.

Cinquante mille euros, non mais des fois, la vache ! grommela Louise en descendant l'escalier. Comme s'il suffisait de me faire un chèque pour effacer l'ardoise.

La grille de l'hôtel particulier était bouclée, l'interphone faisait de son mieux mais sans résultat, et la boîte à lettres regorgeait de prospectus variés, avec une forte prédominance pour la livraison de pizza à domicile. Il y avait quatre lettres, d'apparence normale, adressées à Claire Menton, Olivier Cachard, John Stens et Carla Covento. Louise nota tous ces patronymes dans son carnet. L'immeuble voisin disposait d'un concierge et Louise frappa à la loge. Un homme à long nez et paupières lourdes ouvrit et la considéra d'un air contrit. Derrière lui, une télévision graillonnait.

– Je cherche une certaine Ana Chomsky. Une grande blonde très pulpeuse qui vit au 32.

– L'hôtel classé ?

– Oui.

– Jamais vu de grande blonde. Poulpeuse ou pas. Au 32, c'est toujours la même histoire : ou ça circule tout le temps, ou y a personne. Y a pas d'habitant casanier dans cette belle résidence. Voilà !

Voilà ! se dit Louise qui s'éloigna et composa une fois de plus le numéro de la *poulpeuse*. Ça lui va comme un gant, tiens, à cette grosse méduse ! pensait-elle en raccrochant. Elle appela les Renseignements et obtint les numéros de téléphone qui correspondaient aux destinataires des lettres trouvées dans la boîte. Cachard et Covento admirent avoir séjourné rue Pavée, pour de courtes périodes. Stens et Menton envoyèrent Louise promener dès le premier round avec un bel accent de sincérité. Personne ne connaissait Ana Chomsky, pas plus que le fiancé casseur de piano, l'ange Langeais ou le caractériel Josuah. Louise regarda sa montre : 22 h 45. Elle rejoignit la rue de Rivoli et se fit conduire quai de la Gare, en taxi.

La porte de l'atelier était grande ouverte. Louise avait glissé son Ruger dans la poche de sa gabardine et enserrait la crosse. La lumière était allumée et projetait l'ombre du marteau-pilon sur le mur. Un banc de bois renversé tenant compagnie à quelques tôles et à un duo de chambres à air. Ces reliques n'arrivaient pas à combler le vide du vaste atelier où régnait un silence imparfait, coupé en morceaux par la chute régulière, dans un évier en acier inoxydable, de gouttes d'eau identiques les unes aux autres.

Louise s'approcha d'une chambre à air, s'agenouilla et la toucha du plat de la main. Elle se releva et fit le tour de l'atelier. Au mur, une feuille de papier était fixée à l'aide d'une punaise à tête dorée. C'était un descriptif des œuvres, tapé à la machine. Les pièces étaient numérotées de 1 à 15 et les dimensions dûment précisées. On avait coché chaque ligne d'un coup de feutre. Des déménageurs bien organisés, pensa-t-elle.

Des pas se firent entendre, accompagnés d'un frottement qui évoquait des balais sur une cymbale née pour le jazz et Louise vit, au-delà de la porte ouverte de l'atelier, le faisceau lumineux d'une torche danser sur le mur du couloir. Elle se figea.

C'était un vigile à tête de vigile, la main posée sur l'étui de revolver qui ornait son ceinturon. Des yeux durs plantés dans un visage jaune, équipé d'une petite moustache à la Errol Flynn. Son chien, celui qui jouait de la griffe sur le carrelage, avait la même. C'était peut-être le plafonnier de Josuah qui donnait au type une allure d'hépatique chronique et au chien un pelage mordoré. En tout cas, le cador avait bel et bien un physique avantageux de berger allemand. Il tira sur sa laisse dans un grand élan de sympathie et c'est le gars qui aboya.

Beau phénomène de mimétisme, pensa Louise en déclarant, le plus vite possible :

– Je suis détective, je vais vous montrer ma carte.

La discussion avec le vigile avait été difficile mais productive. Les œuvres de Josuah avaient bel et bien mis les voiles vers l'inconnu, une semaine auparavant, grâce aux bons soins de la compagnie habituelle. Habituelle parce que choisie avec une fidélité remarquable par monsieur Manchederelle, un directeur. Un directeur qui dirigeait les opérations.

– Il fait la pluie et le beau temps, ici, avait spécifié le vigile dans un élan de poésie et juste avant de s'assurer que Louise était bien décidée à monter dans un taxi et à prendre le large.

Elle se fit déposer quai de la Gironde. Elle prit un bain très chaud et réfléchit.

Elle sortit de la baignoire de meilleure humeur, se maquilla, se parfuma soigneusement et revêtit un porte-jarretelles, une paire de bas, un chemisier de soie et son meilleur tailleur. Dans l'ordre, et sans rien d'autre, hormis une paire d'escarpins à hauts talons. Elle ouvrit son coffre et prit la cassette sur laquelle était enregistrée la voix de Chomsky. Elle téléphona à une compagnie de taxis et se fit conduire rue de Lancry.

À présent, elle se laissait faire, immobile au milieu d'un salon où flottait une légère odeur de cigare. La bouche s'arrêta au creux du cou.

– Je ne pensais pas te revoir. Je souffrais déjà.

– Si c'est un dialogue de film, je te préviens que je prends la porte.

– Surtout pas. N'emporte pas ma porte. J'y tiens beaucoup.

Elle l'enlaça.

– J'ai perdu ma cliente.

– Comment s'appelle-t-elle déjà ? demanda-t-il en lui mordillant le lobe de l'oreille.

– Je ne te l'ai jamais dit.

– C'est le moment ou jamais.

– Ana Chomsky, répondit-elle en déboutonnant la chemise du commissaire. Un professeur qui a passé la barre de la quarantaine et des soixante-dix kilos. J'ai une bande magnétique sur laquelle on entend sa voix. Vous avez des spécialistes pour ça.

– Des spécialistes pour quoi ? dit-il en faisant glisser le chemisier en soie.

– De la reconstitution d'identité.

– Cela peut s'envisager, dit-il. Où est la bande ?

– Dans mon sac à main.

– Tu es terrible quand tu t'habilles comme ça.

– J'ai fait un effort. J'ai l'intention de passer la nuit avec toi.

– Tout ce que tu voudras.

– Depuis la dernière fois, je pense trop à toi. Je veux que ça s'arrête.

– Et tu crois que c'est la bonne méthode ?

– C'est tout ce que j'ai trouvé.

– Louise ?

– Tais-toi, Serge.

Il dormait et son visage avait une expression d'abandon heureux. Elle le regarda, remonta le drap sur son torse musclé et retourna au salon récupérer ses vêtements.

Au moment où elle enfilait sa veste, elle l'entendit qui bougeait dans la chambre. À pas de loup, elle gagna la porte et la ferma doucement derrière elle.

Clémenti se retrouva nu au milieu du salon, les bras sur les hanches. Il se mordit les lèvres. *J'ai l'intention de passer la nuit avec toi.* Menteuse. Il retourna dans la chambre pour retrouver son parfum. Il s'offrit l'intégrale de *Don Juan*. Deux heures et demie. Quand ce fut terminé, il appela le lieutenant Jérôme Confortant.

– Tu te souviens de l'affaire Julian Eden ?

– Non.

– Un privé abattu dans un parking à Paris dans les années soixante-dix. Tu me cherches le dossier. Je crois même qu'un flic a été muté. Tu farfouilles, tu m'appelles. Jérôme ?

– Patron ?

– C'est personnel.

– Enregistré, patron.

Chapitre XXI

Le *directeur des opérations* avait offert un siège et toute son attention à Louise. Norbert Manchederelle arborait un pantalon à damier et un tee-shirt annonçant « Missionnaire de l'impossible » en grosses lettres rouges. Il était sans doute le plus jeune directeur du monde. À peine une vingtaine de printemps, cinquante kilos tout habillé et une queue-de-cheval drue comme celle d'un canasson, justement, constatait Louise en sirotant un café confectionné dans une cafetière dessinée par un designer italien.

– Josuah était chez nous depuis sept mois. Un gros talent.

– Je m'explique mal qu'il ait utilisé si peu de temps un tel privilège. J'imagine que les artistes doivent se bousculer au portillon pour un atelier dans votre parc de bâtiments en réfection.

– Quarante dossiers par jour ! Au bas mot ! lança Manchederelle en gloussant. Qui plus est, nous faisons dans le mécénat exigeant. N'entrent chez nous que des artistes réellement innovants. Une commission planche et les candidatures sont passées au crible. Quelquefois, les réunions tournent au vinaigre. C'est difficile avec toutes ces sensibilités divergentes.

– Pourquoi avez-vous choisi Josuah ?

Manchederelle eut un petit toussotement gêné. Puis il alluma une cigarette d'un geste vif et souffla la fumée sans l'inhaler au préalable. Ses avant-bras maigres étaient couverts d'une toison brune qu'on pouvait qualifier de luxuriante. Louise les regardait, fascinée, en attendant la suite.

– Le cas Josuah est certes particulier. (Manchederelle tira une nouvelle bouffée inoffensive et, une fois sa contenance totalement recouvrée, expliqua :) Il nous a été recommandé par un gros, gros morceau. Un artiste immense, du moins pour les observateurs initiés.

– Civashiva ?

– Tout juste, dit Norbert Manchederelle étonné.

– Il vous a recommandé Josuah personnellement ?

– Non, bien sûr. Le contact s'est fait à travers une galerie romaine réputée. Il va sans dire que Josuah a obtenu très vite un atelier. Bien nous en a pris. Sa production s'est révélée remarquable.

– Pas de nouvelles de Civashiva, depuis ?

– Non. Malheureusement. C'est frustrant.

– Vous avez sans doute interrogé Josuah ?

– Vous l'avez rencontré ?

– Oui.

– Alors vous savez que Josuah ne se laisse pas manipuler. Il a toujours refusé de parler de son mentor.

– Parlez-moi de l'art de Civashiva.

– Un gros morceau ! Il a présenté, dans des villes phares, d'énormes interventions qui laissaient le public sur le flanc. Certains pensent que ses étapes s'annulent les unes les autres parce qu'elles montent en puissance. Mais, pour moi, Civashiva ne crée pas sur le mode de la révolution permanente. Je vois une ligne directrice. En d'autres termes, l'œuvre bouleversée et bouleversante qui semble, au premier regard, aller dans toutes les directions n'est pas la bonne analyse.

– C'est-à-dire ?

– Je reste persuadé que Civashiva nous parle, de manière récurrente, de la relation très intime que chacun entretient avec son propre corps. Un corps peut se substituer à la toile ou à n'importe quel support classique. À ce titre, l'étape marquante reste Berlin avec la série du torero.

– Parlez-moi de Berlin.

– À partir de Berlin, il est entré dans une phase où il se met en scène. J'irai encore plus loin. Je dirai qu'à Berlin, il a offert son propre corps au public. C'est un peu christique.

– Une idée de sacrifice ?

– Oui. Comme s'il s'agissait du prix à payer pour laisser son empreinte dans le troisième millénaire.

– Si on tire la théorie jusqu'au bout, on peut imaginer que Civashiva va s'intéresser maintenant aux corps des autres.

– Ce serait logique, dit Manchederelle, si intrigué qu'il oubliait sa cigarette au bord d'un cendrier dessiné par un designer allemand.

– Où Josuah se trouve-t-il ?

– Il est probablement déjà à Los Angeles pour préparer son exposition. C'était prévu de longue date. En fait, dès son arrivée chez nous. La compagnie de déménagement internationale est retenue depuis six mois.

– Vous l'avez vu récemment ?

– Pas depuis quinze jours. Je ne suis revenu qu'hier soir de Birmanie où j'ai séjourné dans un ashram, sans téléphone ni électricité.

– Vous connaissez son agent ?

– Josef Wildstein. Un gros morceau.

– Il travaille avec Civashiva ?

– Il travaille avec les plus gros.

– Son adresse ?

– Vous m'avez dit être journaliste chez *Art Panorama* ? Cela pourrait être vrai, finalement.

– C'est faux. Je suis une détective en pétard parce que lâchée par sa cliente.

– Et Josuah, dans tout cela ?

– Votre séjour monastique vous a tenu écarté de l'actualité. Vous allez très certainement recevoir la visite d'un commissaire de la Criminelle. Il va vous expliquer que la chanteuse Victoria Yee, une amie de Josuah, a été tuée d'une manière que l'on peut qualifier d'artistique. La nouvelle étape de Civashiva a déjà commencé.

Norbert Manchederelle considéra cette dernière phrase en fronçant les sourcils. Il reprit ses esprits rapidement et extirpa un agenda de marque, patiné, du tiroir de son bureau flambant neuf, dessiné par un designer français au nom américain.

– 1787 Pico Boulevard. Joseph ne vous dira rien. Il est incorruptible.

– Nous verrons.

– Des informations sur Civashiva valent une fortune. C'est hyper-gros, vous le savez ?

– Gros, énorme ou éléphantesque, peu importe, je suis incorruptible, moi aussi.

– Vous me tiendrez au courant ?

– Oui. Vous méritez bien ça, monsieur Manchederelle.

Le jeune homme maigre avait souri et une nouvelle plongée dans les tiroirs de son bureau mit au jour un catalogue en couleurs, imprimé sur papier recyclable et néanmoins glacé. Sobrement intitulé Civashiva/Rome.

– Celui sur Berlin est en réimpression. Je vous enverrai un exemplaire. Vous verrez, c'est…

– Gros ?
– Exactement.

La voix de Josef Wildstein était lasse mais un fond d'ironie y traînait, suffisant pour deviner que l'homme ne raccrocherait pas avant quelques échanges sommaires.

– Vous organisez une exposition des œuvres de Josuah à Los Angeles. J'ai suivi son travail à Paris. C'est superbe.

– Puis-je vous demander qui vous êtes ?

– Louise Morvan, une amie de Norbert Manchederelle.

– Nous préparons quelque chose, mais il est trop tôt pour en parler.

– Civashiva sera là ?

Le rire avait démarré en douceur pour décoller en flèche et rester suspendu dans l'espace téléphonique chuintant de mille connexions.

– Quel rapport ? avait-il fini par demander, le ton restant détaché mais avec moins de naturel.

– On m'a dit que Josuah était l'un de ses protégés.

– On dit tant de choses. Un journaliste du *New Yorker* le donne même pour mort. J'ose avouer que je ne sais rien.

Sur ce, Wildstein avait demandé ses coordonnées à Louise et formulé une excuse rapide avant de raccrocher.

– *It's gonna be so good.*

– Un film américain. Un procureur tombe amoureux d'une procureuse qui lui procure des sensations sensationnelles.

– Exact. Tu rentres tard, ce soir.

– Qu'est-ce que tu fais là, Serge ?

– Je t'attends sur un banc en regardant le quai de la Gironde. Assied-toi.

Louise s'exécuta. Il lui tendit une flasque en argent.

– Jolie.

– Bois. C'est de la tequila.

– Nous serions aussi bien chez moi. Je vais faire un brin de ménage et tu montes, dans dix minutes.

– Reste tranquille et bois une gorgée.

Amusée, elle but en le regardant. Puis cessa de sourire en notant son air grave.

– Axel Langeais est mort, tué par balle. On a retrouvé son corps, hier matin, dans la banlieue de Francfort.

Elle sentit des aiguilles lui charcuter le cerveau, étouffa un cri. Clémenti posa une main sur son épaule et la regarda pleurer.

Elle était allongée sur son lit, les yeux dans le vague. Il avait pris place dans le fauteuil.

– Notre spécialiste a analysé la voix. Cette femme te téléphone depuis un studio de doublage. En arrière-fond, on entend très clairement des morceaux de dialogues en anglais. Le film est une comédie américaine avec Cameron Diaz. Il a été doublé au studio des Buttes-Chaumont. Ils ont trois cent quatre-vingt-sept comédiennes dans leur fichier. La tienne habite boulevard Saint-Marcel, au numéro 43. Son nom est Nadine Bartoldi.

– Tu es déjà allé chez elle ?

– Non. Nous lui rendons visite demain, à l'aube. Une heure traditionnellement difficile pour une comédienne. Vulnérabilité garantie.

– À Berlin, j'ai récupéré des informations sur Klaus Baumann. Né à Hambourg. Nom de baptême, Mattia Bening. Tiens, j'ai tout noté.

Clémenti prit la feuille qu'elle tendait et lui sourit. Un léger geste de la main et il était parti.

Louise appela la Lutteuse. Elle lui apprit la mort d'Axel et lui donna rendez-vous dans le café le plus proche du 43 boulevard Saint-Marcel après lui avoir expliqué qui habitait là.

Chapitre XXII

Les appartements étaient des rectangles parfaits dans une froide composition géométrique, rythmée par les lignes noires des balcons surplombant des baies à trois panneaux coulissants. Louise et la Lutteuse attendaient depuis une heure devant l'immeuble de Nadine Bartoldi.

Louise écrasa sa dernière cigarette. À 20 h 45, la baie vitrée s'éclaira et une ombre s'encadra dans le rectangle, au milieu du panneau central. Bartoldi leva les bras et posa ses mains, maintenant à hauteur de sa tête, sur la vitre. Elle dut y appuyer son visage. Elle ne bougea plus. Ses mains glissèrent le long de la baie, elle recula lentement et la lumière l'absorba. Dix minutes plus tard, elle sortait de chez elle, montait dans une Renault 5 défraîchie et filait en direction de Montparnasse.

Craquer le mot de passe du PC de Bartoldi ne fut pas une mince affaire. Claude la Lutteuse s'acharna sur une kyrielle d'anagrammes construits à partir de Chomsky, Civashiva, Axel, Langeais, Berlin, Peter Panpan, *Meurtres à Babylone* et une cinquantaine d'autres variantes. Grâce à une soudaine inspiration de Louise, c'est le mot « ouvreur » qui ouvrit les portes de la création de Nadine Bartoldi, sur un roman en gestation avancée, soit neuf chapitres, tapés en corps 12. Le texte fut imprimé avant d'être effacé du disque dur, d'un coup de souris rageur. La Lutteuse fit disparaître toutes les clés USB de Bartoldi dans sa serviette en cuir, se proposant de les consulter à tête reposée afin d'y dénicher un éventuel duplicata de la production romanesque. Dans un excès de sadisme, Louise confisqua la documentation de la romancière qui comportait les rapports de *Morvan Investigations* et les coupures de presse relatives à l'affaire Victoria Yee.

– Elle a peut-être caché des textes quelque part dans ces rayonnages ou au fond d'un placard. Je fouille ?

– Entendu, dit Louise qui sentait la Lutteuse un peu déçue de ne pas pouvoir se calmer les nerfs en mettant à sac l'appartement de Bartoldi.

Une fois les lieux passés au peigne fin, sans succès aucun, la Lutteuse proposa à Louise de lire à haute voix le roman en gestation. Louise se cala dans un fauteuil.

… Alexis traçait des lignes sur le sable blanc.

– On est seuls au monde, mec, lui dit Boniface d'une voix bourrue.

Alexis ne répondait pas, trop occupé qu'il était à regarder la ligne turquoise de la mer.

– Il m'avait demandé de dessouder Marc et de te coller ça sur le dos, poursuivait l'infatigable Boniface.

– Comme ça, il me tenait, dit Alexis.

– J'aurais jamais imaginé que lui et toi…

– Qu'est-ce que tu sais de moi, hein ?

– Tu es comme tu es. Tes histoires de cul, moi, tu sais !

Boniface partit d'un grand rire puis saisit Alexis aux épaules et le renversa. Il s'assit sur son ventre, lui maintenant les bras sur le sable.

– J'ai cru longtemps que c'était ta frangine qui avait fait le coup. Depuis la boucherie du night-club, je sais que c'est toi !

– Lâche-moi !

– Tu ne supportais pas qu'un mec touche ta sœur. Elle devait être là quand ça s'est passé. Endormie ou dans les vapes. Toi, tu tues Marc et tu te barres, laissant Vanda seule avec le macchabée. J'avais suivi Marc. Je savais qu'il était chez toi. J'ai vu son cadavre. Vanda était devant la télé. J'aurais pu la tuer. Je me suis cassé. À cause de toi, mec.

– Vanda a cru que c'était toi. Elle n'aurait rien dit. Elle était au-dessus de tout ça.

– T'as des larmes dans les yeux, mec. C'est bien. Tu reviens à la vie. Chiale, chiale, cria Boniface en giflant Alexis à toute volée.

Sur le cargo Kernovia, *Alexis et Boniface s'installèrent dans la même cabine. La pluie se joignait aux vagues pour brouiller les contours de l'île malaise qui rapetissait à travers le hublot.*

– Dès notre arrivée aux Philippines, on file chez Roberto. Je suis sûr que tu vas lui plaire, ricana Boniface.

Alexis regarda le visage ingrat de son compagnon et pensa à son revolver. Il avait été obligé de s'en séparer à Kuala Lumpur. À Manille, il trouverait autre chose. Il sentit la haine lui réchauffer la poitrine. Boniface avait au moins raison sur un point, Alexis revenait à la vie…

La Lutteuse interrompit sa lecture et posa les feuillets sur ses genoux. Nadine Bartoldi racontait la fuite de deux hommes, un couple antinomique, le bel Alexis, artiste surdoué, la brute Boniface, tueur besogneux. Amis à la vie, à la mort. À la mort, surtout. Le scénario n'était ni meilleur, ni pire que celui d'un SAS. Alexis, fasciné par le problème de la violence, pense que l'ultime expression artistique passe par le happening sanglant, le meurtre comme objet d'art. Et rêve de passer à l'acte. Rallié à la cause d'une bande de terroristes écologiques, il participe au sabotage d'une raffinerie et traverse les passions qu'il suscite avec détachement. Au fil d'une épopée sanglante, il se découvre plus doué pour le meurtre que pour l'art. Il est sauvé par son ami, Boniface, tueur à gages. Ils entament un voyage initiatique qui les emmène vers des rivages de plus en plus glauques.

– Bartoldi alias Chomsky ne s'est pas foulée, dit Louise. Axel et Josuah sont facilement reconnaissables.

Elles entendirent la porte de l'appartement s'ouvrir. La Lutteuse tendit les feuillets dactylographiés à Louise avant de bondir. Il y eut un cri étouffé puis, propulsée par la Lutteuse, Bartoldi fit une remarquable entrée qui renouvelait les lois de l'équilibre.

– Salut l'artiste, dit Louise.

– Bon sang ! jappa Bartoldi.

Elle se précipita vers son bureau, alluma son ordinateur.

– Où est mon roman ? demanda-t-elle, affolée.

– Viens t'asseoir, ordonna Louise.

L'air hébété, Bartoldi hésita puis obéit. La Lutteuse vint se placer, bras croisés, jambes écartées, devant le canapé. D'une détente, la Lutteuse administra un vigoureux aller-retour à l'« écrivaine » qui émit un grognement sourd. Bartoldi resta quelque temps le visage enfoui dans le canapé puis se redressa, cramoisie.

– Vous êtes une belle paire de salopes toutes les deux. Vos informations ont été payées, Louise. Payées !

– Pas besoin de gueuler. Il fallait jouer franc jeu.

– Vous n'auriez pas travaillé aussi bien si je vous avais demandé de creuser le sillon de ma fiction.

– Beau ce que tu viens de dire, ricana la Lutteuse.

– Tu as trouvé le mot juste, dit Louise. Travail. Il ne faut jamais enquiquiner les travailleurs, Chomsky. Tu n'es pas au courant ? Je m'obstine à t'appeler Chomsky. Le patronyme s'est cristallisé dans mon petit musée personnel.

– Bartoldi, c'est mon vrai nom.

– C'est déjà ça. Apparemment tu es aussi une vraie comédienne, bien que de doublage, et un écrivain, bien qu'amateur.

– Où est mon roman ?

– Tu t'offres mes dispendieux services, histoire de t'inspirer, et cependant, tu ne sembles pas te vautrer dans le luxe. Une explication ?

Bartoldi soupira.

– Il y a moyen de négocier ?

– Raconte l'histoire. La vraie. Si elle ne me plaît pas, je dépose ton manuscrit, sous mon nom, à la Société des gens de lettres et tu n'auras plus qu'à trouver un autre scénario.

Louise pouvait entendre le trafic sur le boulevard Saint-Marcel. La Lutteuse alla s'adosser contre la baie. Louise admira son self-control.

Quand la voix de Bartoldi se fit entendre de nouveau, elle était différente. Presque apaisée.

– Je me suis laissé embarquer tout de suite. L'idée était dangereuse et belle. Il m'avait contactée en mars dernier. Je devais attendre l'été suivant pour vous lancer sur la piste d'un homme.

– Tu connaissais Axel Langeais ?

– Non. Il fallait que je joue un personnage en quête d'un rêve. Vous deviez douter de l'existence de cet homme. Moi, je devais jouer à y croire.

– Douter de l'existence ?

– Au départ, l'ouvreur n'était qu'un visage dans un jeu imaginaire. Il a prétendu qu'il l'avait choisi au hasard. Le seul critère était sa beauté ravageuse.

– Le hasard ? Tu y as cru ?

– Au début. Votre enquête devait donner corps à une image. Créer de la réalité, en somme. Cela tenait debout. En fait, j'ai vite compris que mon commanditaire mentait. Axel ne pouvait pas être un bel inconnu pris au hasard. Il était emporté dans une telle spirale.

– Et quand tu as vu que ça virait glauque, tu as continué de marcher dans la combine ! Pour le fric ?

– De toute façon, j'aurais marché pour rien. En fait, il m'a vraiment achetée lorsqu'il m'a signifié que je pourrais utiliser la matière de votre enquête. Sans limite. Pour écrire ce que je voulais. À partir de là, j'étais mordue. L'histoire me tenait en haleine. Le personnage d'Axel me tenait en haleine. Mon histoire de femme amoureuse est presque devenue vraie.

– Qui est-ce ?

– Un manipulateur. Un fou. Un génie. Quelqu'un qui savait que j'allais marcher. Quelqu'un qui savait que vous alliez accepter. C'est presque onirique, vous ne trouvez pas ?

– Le génie a forcément un bulletin de naissance.

– Je ne l'ai jamais vu et je n'ai jamais entendu sa voix. Nous communiquions par médias interposés.

– C'est-à-dire ?

– Dans un premier temps, par fax.

– Tu as ces documents ?

Bartoldi se dirigea vers son bureau, rapporta une dizaine de feuillets qu'elle tendit à Louise.

– Des pages nues ?

– Ne savez-vous pas que les documents faxés sur papier thermique ont une durée de vie limitée ? Les textes s'évanouissent au bout de quelques mois. Je viens seulement de comprendre pourquoi il a souhaité prendre contact avec moi, longtemps avant le démarrage de l'opération. Le temps que les traces meurent. Il a prévu tous nos mouvements, comme un joueur d'échecs.

– D'où provenaient ces fax ?

– D'un bureau de poste parisien différent à chaque fois.

– Dans une zone géographique limitée ?

– Non. Il s'agit d'une harmonieuse répartition qui n'offre aucune possibilité de recoupement.

– Comment a-t-il payé ?

– En dollars américains, via un compte bancaire suisse. Vous pouvez toujours fouiner de ce côté-là, mais je doute que vous obteniez des résultats.

– Combien ?

– Espérez-vous vraiment m'entendre répondre à cette question ?

– Tu devras répondre aux flics et eux ne te retourneront pas les doigts, un à un, comme je compte le faire si tu persistes à faire l'andouille, lâcha la Lutteuse d'un ton calme. J'ai même l'intention de te mettre un coussin sur la tête pour étouffer tes cris.

– Soixante mille euros.

– Et la petite prime que tu t'es octroyée, susurra la Lutteuse.

– Quoi ?

– Tu t'es fait cadeau de cinquante mille euros supplémentaires. J'ai étudié tes comptes sur ton PC. Apparemment, ton commanditaire t'a versé cent mille euros, à titre de rémunération pour les services de *Morvan Investigations*. Frais inclus, certes, mais tout de même. Tu as gardé la moitié pour toi.

Bartoldi avala sa salive et regarda Louise, une excuse en bouche.

– Je m'en fiche, dit Louise. Garde ce fric. Pour ce qui est de ces honoraires, j'ai l'intention de tout claquer, et ce, afin d'éclaircir deux ou trois idées qui me trottent en tête. Le reste de cet argent sale ira à Médecins du Monde. Revenons à ton commanditaire. A-t-il motivé sa demande ?

– Il a précisé mener une étude.

– De quelle nature ?

– Artistique.

– Tu as accepté, sans savoir ?

– Ces textes témoignaient d'un excellent niveau de culture générale. Ils étaient précis, rationnels et bien construits, dépourvus de passion. Aucunement le fait d'un déséquilibré. J'ai senti un esprit créatif exigeant. Un homme en quête. De quelque chose de grand.

– Ce n'est pas un jeu, Bartoldi, dit Louise. Des morts jalonnent le parcours.

– J'ai toujours pensé que l'art échappait au cadre de la morale. J'ai marché vers cet homme parce que je n'ai pas pu résister. Il m'offrait un matériau fascinant et la possibilité de m'y plonger sans limites. Cela ne se refuse pas. Et que vous me croyiez ou pas m'importe peu. Je ne l'ai pas fait pour le fric, finalement.

– Comment lui as-tu fait savoir que tu acceptais ?

– Il m'a demandé de faire opposition à son virement dans le cas où je n'accepterais pas sa proposition. J'ai laissé faire. Il m'a donné une adresse informatique : civa@orange.fr. Nous avons pu enfin entamer un dialogue.

– Que t'a-t-il dit ?

– Qu'il travaillait à un grand projet, une combinaison de tous les arts. Il voit sa vie comme une fulgurance. Dans le temps qui lui reste, il compte produire une grande œuvre. Puis mourir.

– Tu as sauvegardé ses e-mails ?

– Il m'avait demandé de ne pas le faire. J'ai obtempéré. Je commençais à sérieusement apprécier le bonhomme.

– Dans ton roman, tu présentes Axel, alias Alexis, comme un meurtrier. Pourquoi ?

– Parce qu'il a la beauté du diable. Je me suis toujours méfiée des beaux garçons, répondit-elle en regardant la Lutteuse du coin de l'œil. Mais je ne sais rien de lui. Rien, à part ce que votre enquête m'a révélé. J'ai découvert son visage dans *Meurtres à Babylone*. C'est tout. Je vous le jure.

– Et Josuah ? Ta documentation n'était pas suffisante pour que tu puisses le dépeindre d'une manière aussi réaliste.

– Quai de la Gare, j'ai joué à l'amateur d'art en goguette. J'ai fureté dans son atelier. Josuah était occupé à travailler et m'a à peine remarquée.

– J'emporte ton *matériel littéraire*, Bartoldi, dit Louise en se levant. Je te le rendrai peut-être le jour lorsque j'aurai retrouvé ma tranquillité d'esprit. Pour le tien, c'est mal barré. Axel Langeais a été assassiné.

Elle quitta l'appartement sans se retourner, la Lutteuse sur ses talons. Derrière elles, le silence de Bartoldi était dru comme un tampon Jex. Louise doutait que l'écrivaine puisse jamais terminer son roman. Avec un fantôme penché au-dessus de l'épaule, ce serait difficile. Même pour un nouveau Flaubert.

Chapitre XXIII

4 h 45, heure locale. Assise près du hublot, Louise regardait des millions d'étoiles brillantes délimiter une carte au tracé mathématique et aux limites vastes comme le soupçon.

Elle sortait d'un nouveau rêve dont il ne lui restait que des bribes. Un homme au visage dissimulé par de la cendre. On ne lui voit qu'un œil, il palpite comme un cœur dans une opération chirurgicale. L'homme gris a un collier de crânes autour du cou. Ils deviennent des têtes coupées, ricanantes, de femmes brunes presque identiques.

Elle ferma les yeux, espérant que la plaque de cendre allait se briser, révéler une identité mais rien ne vint. À quoi bon croire en ses propres ressources ? se dit-elle. Mes rêves sont des projections. Des données balancées dans mon cerveau machine. C'est comme un scénario de science-fiction. Je suis un ordinateur de chair et Civashiva joue au démiurge. Il m'a greffé un implant et mon corps est entré depuis longtemps dans un processus d'obéissance. Los Angeles. Est-ce la dernière étape ? Je veux savoir. Je crois vouloir. Je suis fatiguée.

Les hôtesses et les stewards souriaient, toutes dents dehors, aux passagers comateux. Une navette amena

Louise du Los Angeles International Airport jusqu'à une compagnie de location Budget et elle choisit une Chrysler avec air conditionné. Elle bloqua les portières puis consulta la carte. Bientôt, la voiture démarra en douceur et fila vers Sepulveda Boulevard avant de rejoindre le San Diego Freeway alors que les premières lueurs de l'aube révélaient la ville.

Elle atteignit très vite Beverly Hills. Au 9500 Wilshire Boulevard, le *Regent* ressemblait à un palais romain revu et corrigé par un producteur qui n'avait jamais mis les pieds en Italie mais qui ne chipotait pas sur le budget. Louise non plus. Elle avait décidé d'utiliser le scandaleux chèque de Bartoldi pour s'offrir l'un des hôtels les plus réputés de la ville.

La chambre, certes chic mais guère spacieuse, donnait sur l'entrée des voitures où une armada de garçons, en uniforme, attendaient de pied ferme les limousines et autres Jaguar qui déchargeaient leur contingent de clients visiblement à l'aise.

Louise apprécia la salle de bains, en marbre noir et blanc, puis enleva ses chaussures et s'assit en tailleur sur son lit. Elle brancha la télévision sur MTV. Un présentateur à cheveux longs, en short et chemise taille mammouth, parlait à toute allure en agitant les mains sur le même rythme. En arrière-plan, ses invitées, des filles superbes, emballées dans des vêtements de déménageurs, riaient en s'envoyant des amuse-gueule dans les cheveux.

Elle regarda un reportage sur les surfers de Zuma Beach. L'un d'eux expliquait qu'en rentrant dans la vague, on rentrait, par la même occasion, dans le corps de l'univers. Ses dents étaient blanches comme neige. Un spot publicitaire coupa le sourire du jeune musclé mystique et d'autres surfers, clones du premier, bondirent sur des vagues vertes et violettes. En voix *off*, les télé-consommateurs apprirent quelques notions fondamentales dont la plus forte était que la vie n'a pas de sens sans soda et sans une bonne planche. Vingt secondes plus tard, le premier sportif réapparaissait, équipé d'une partenaire fessue, à maillot sexy. Pour elle, les surfers étaient les nouveaux nomades qui parcouraient le monde à la recherche de la vague et de la révélation. « *Wave !* » hurla le présentateur qui était de retour. Les cheveux des filles étaient pleins de pop-corn.

– Lala Land, cité des illusions, me voilà, dit Louise à haute voix, en éteignant la télévision.

Elle étala la carte de la ville sur le lit, la consulta attentivement puis entoura d'un coup de feutre rouge un emplacement à Santa Monica.

Elle avait quitté Ocean Avenue et un bord de mer écrasé par un ciel lourd de smog. La voiture s'enfonçait dans un paysage d'entrepôts bardés d'inscriptions commerciales qui forçaient sur le rouge et le néon. Les voitures étaient les unités en mouvement et le piéton, l'entité morte. Hormis de rares êtres échappés d'un film de science-fiction post-atomique qui se déplaçaient au moyen archaïque de leurs membres inférieurs. Des morts-vivants qui hantaient des trottoirs couverts de papiers gras et de toutes sortes de reliefs impensables.

Louise ralentit, cherchant son chemin, et aperçut l'homme qui marchait sur le trottoir de droite, dos courbé, le visage dissimulé sous un sweat-shirt à capuche. Il tourna la tête dans sa direction et elle vit une peau noire devenue grise, une bouche béante presque édentée et un visage féminin ou masculin, jeune ou vieux, définitivement malade. Louise accéléra et tourna dans la deuxième rue sur la droite. Une nouvelle enfilade d'entrepôts hétéroclites puis une bâtisse vert pistache au crépi fatigué.

Chapitre XXIV

Elle se gara devant la maison et alla sonner. Un homme d'une quarantaine d'années, au large front dégarni, vint lui ouvrir. Il portait des lunettes à monture rouge, un costume gris d'une coupe irréprochable, un polo rose pâle et des baskets noires à lacets assortis au polo. Louise, qui avait potassé la collection d'*Art Press* de ces cinq dernières années, reconnut Josef Wildstein au premier coup d'œil.

– En quoi puis-je vous aider, mademoiselle ?

– Je suis Louise Morvan. J'aimerais voir Josuah.

Josef Wildstein eut un léger hochement de tête.

– Vous avez appelé de Paris, c'est cela ?

– Oui.

– Nous sommes dans la dernière ligne droite et il travaille comme un forcené. Laissez-moi votre contact. Il vous appellera.

– Je suis au Regent à Beverly Hills.

– Parfait, parfait, dit Josef Wildstein en souriant.

– Dites-lui que je suis là. Comme il l'avait prévu.

– Mais certainement. À très bientôt, dit-il en refermant prestement la porte sur son propre sourire resplendissant.

– Monsieur Wildstein, dit Louise à la porte. Je connais un mot magique : Civashiva. Quelques coups de fil à toutes les agences de presse et votre blockhaus verdâtre va ressembler à un champ de foire avant que vous ayez eu le temps de plier bagage.

La porte s'ouvrit tout de suite. Le sourire de Wildstein avait fait place à un masque froid de professionnel qui perd un temps évalué à mille dollars de l'heure.

– La personnalité fascinante de Civashiva a toujours suscité toutes sortes de réactions qui n'ont qu'un point commun : le manque de rationalité. Si je puis me permettre un conseil, mademoiselle : restons calmes.

– Salut, dit Louise en fixant un point au-delà de l'épaule de Josef Wildstein.

Le visage et le torse de Josuah venaient de s'encadrer dans l'espace libre. Il avait la tête penchée et un drôle de sourire. Son crâne était rasé, mettant en évidence le grain de beauté qui parait le milieu de son front, dans l'exacte perspective de l'arête nasale.

– Très chouette, dit Louise. On voit encore mieux votre troisième œil.

– Laissez-la entrer, Josef, dit-il d'une voix neutre.

Il portait un bracelet de force à chaque bras, de grosses rangers noires, un bermuda rouge et un débardeur gris qui moulait un torse plus musclé que dans le souvenir de Louise.

Wildstein fit un pas de côté et laissa Louise pénétrer dans un vaste atelier très clair qui avait deux étages de hauteur sous plafond. Une mezzanine en acier courait tout le long d'un grand cube évidé, donnant accès à des pièces fermées par des portes métalliques.

Les sculptures de Josuah trônaient au cœur de cet espace aux allures de salle de contrôle, sur une estrade éclairée par des projecteurs à lumière blanche. Encastré dans le mur, un écran géant, formé de seize téléviseurs à écrans plats, affleurait. Louise vit un ensemble d'ordinateurs, plusieurs appareillages de réalité virtuelle. Un Asiatique la salua et reprit son travail devant un écran sur lequel il travaillait à l'aide d'un crayon tactile.

– Nous utilisons du software californien racheté et développé par les plus gros Japonais du marché, expliqua Josuah. Vous voulez voir ?

– Je suis venue pour ça, répliqua-t-elle.

Josuah se pencha au-dessus d'une console et tapa sur le clavier. Les écrans des téléviseurs lancèrent des jets de lumière bleue puis apparurent seize images. Le tiers reproduisait des photographies en noir et blanc, très contrastées, dans un agencement a priori désordonné où les fragments des corps de Régine et Victoria formaient les pièces d'un puzzle. Sur les autres téléviseurs, des images digitalisées se succédaient à toute allure, épuisant le regard dans un effet de kaléidoscope géant.

Josuah manipula une télécommande et l'éclairage se réduisit graduellement. Louise leva la tête. Le plafond était une verrière qu'obscurcissaient à présent des volets métalliques se refermant dans une simultanéité parfaite. Elle pensa à une cargaison d'obturateurs photographiques.

Une faible lumière subsistait. Elle éclairait la console où se tenait le Japonais, maintenant immobile, et qui regardait Josuah. Ce dernier actionna une commande. Un léger ronronnement se fit entendre. Il tendit un casque à Louise et une paire de gants. Elle hésita quelques secondes puis laissa Josuah l'aider à enfiler l'équipement.

Louise était au centre d'une immense avenue à huit voies, bordée de grands arbres. Elle tourna la tête vers la droite et vit une colonne au sommet de laquelle se trouvait un ange doré dont la silhouette se détachait avec netteté sur un ciel bleu très réussi, pourvu de nuages émouvants comme ceux de Poussin. La robe de l'ange flottait au vent et ses grandes ailes bougeaient. Louise tourna la tête vers la gauche et sut qu'elle était à Berlin. La porte de Brandebourg terminait l'avenue Unter den Linden, bien plantée sur ses solides colonnes. La déesse qui conduisait le char antique fouettait ses chevaux en cadence. Des chevaux de pierre qui vivaient.

Louise la vit qui arrivait par la gauche, silhouette brillante qui semblait flotter à dix centimètres au-dessus du sol. Elle avait une voix d'enfant. Elle murmura « bonjour » puis quelque chose qui ressemblait à une petite hélice tournoya dans l'air et vint se fixer sur son ventre. Une guitare électrique. La chanteuse de Noir Vertige en tira un accord vertigineux à la Jimi Hendrix, s'arrêta net et chanta a capella.

Viens, suis-moi au plus noir
Viens, aide-moi, j'ai trop peur

N'oublie pas
Tout ce que tu me dois
N'oublie pas
C'est entre toi et moi

Puis elle se tut et tendit un bras vers Louise qui osa enfin un geste et avança, à son tour, la main vers Victoria Yee. Une sensation de vertige. Le corps de Louise se mouvait dans un espace de mensonge.

Victoria Yee était toute proche. Louise fit un pas vers elle. Sa main traversa sa joue pâle, et le corps de la chanteuse se désagrégea en une volée de particules qui tournoyèrent et disparurent comme aspirées par le ciel.

Louise repéra un point noir qui grossissait à l'horizon. La voiture roulait à une vitesse vertigineuse. Elle passa sous la porte de Brandebourg et fila droit sur elle. Louise recula et le monde se réajusta. La voiture fit une embardée. La portière arrière s'ouvrit et un corps roula dans l'air puis tomba sur l'asphalte avec un bruit mou. La voiture fila vers la colonne de l'ange et la contourna dans un crissement.

Louise marcha vers le corps. C'était celui d'une jeune fille. Une jeune fille qui avait le visage de Régine Langeais.

Elle sentit qu'on la saisissait à la taille. Elle tourna sur elle-même. À part Régine qui semblait morte, l'ange et la déesse conduisant son attelage, la place était vide. Louise eut la sensation qu'on lui dévissait la tête en douceur et le grand hall-atelier réapparut. Le Japonais posa le casque au-dessus de la console et lui enleva ses gants. Il avait l'air ennuyé.

Il prit une télécommande et l'espace de l'atelier s'éclaira progressivement. Josuah se tenait derrière Josef Wildstein, celui-ci était assis sur une chaise et regardait tour à tour Louise et le Japonais, d'un air incrédule. Le canon du revolver de Josuah était pressé contre sa tempe droite tandis que l'autre main de l'artiste reposait sur l'épaule gauche du marchand d'art. L'air terrorisé à présent, le Japonais reprit sa place derrière sa console.

– Vous parliez d'appeler la presse, c'est le moment, Louise, dit Josuah. Les numéros des trois principales agences sont affichés sur l'écran. Allez-y.

– Vous me donnez le mode d'emploi du jeu avant.

– Pour vous c'est un jeu ? Mais alors vous avez compris, malgré vos airs de poseuse revenue de tout, que l'art est mort et que nous jouons. C'est un grand jeu interactif. Un jeu où l'on tue. On est revenu aux gladiateurs, des millénaires après.

– C'est un fantasme de rouleur de mécaniques.

– Je le revendique. Deux mille ans de civilisation chrétienne n'ont pas eu raison de ce qui nous importe vraiment. Le public veut du sang, du suspense, de la violence. Je vais lui donner tout cela. L'art est mort et celui de Civashiva plus que tout autre. Je suis le dernier artiste. Je suis le premier joueur.

– Vous avez tué Victoria Yee par jeu ?

– C'est avec Axel que j'ai joué. Il n'a pas choisi son pseudonyme par hasard. Peter Panpan. Un être immature et ses femmes-enfants au pays des adultes. Matière brute. Beauté pure.

– Vous vouliez détruire les gens qu'il aimait. Je ne vois aucune trace de beauté là-dedans.

– J'ai nettoyé sa vie. Le brave Axel, malgré un talent réel, menait une vie chiante à pleurer. Sa sœur était autrement plus excitante. Si jeune et ce merveilleux mutisme. Elle a été une muse ultrabandante.

– Et Victoria ?

– Un jour, j'ai vu Noir Vertige à la télévision. Victoria Yee interviewée par un con. Une discussion inepte. Elle était prodigieuse. Le sosie de Régine, revu à la sauce orientale. Victoria, c'était le verbiage à un haut niveau de sophistication, celui du vide. Toute la merde du showbiz, toutes ces valeurs pourries, cette déliquescence. J'ai présenté Victoria à Axel. Je savais qu'elle le trouverait irrésistible. Victoria m'a permis d'exprimer Régine. Ensuite, elles sont devenues aussi importantes l'une que l'autre. En travaillant sur le duo, j'avais la souffrance et la vanité, le silence et le bruit, et la mort qui liait tout ça. Régine la traînait comme une fatalité, le prix à payer pour son innocence inviolée. Victoria la suscitait par son inconscience magnifique. Devinez ce que j'ai créé.

– Je l'ignore.

– Des sœurs de sang. Ni plus, ni moins.

– Pourquoi avoir incité Axel à tuer Schwetters ?

– Pour que sa vie, mon matériau, prenne de la consistance, se nettoie des scories et se fortifie.

– Vous êtes le dieu qui décide du destin des hommes. C'est grandiose. Vous avez demandé à Klaus Baumann de fortifier Axel en tuant Régine ?

– Baumann est entré dans le jeu de sa propre initiative. Il savait qu'il n'avait rien à attendre d'Axel. Il se sentait vieillir. Je crois qu'il a agi sur impulsion. En tuant Régine, il demandait à Axel de l'abattre. Baumann était un poids mort. Mais un type intelligent. Il a eu l'élégance de nous donner son argent.

– Et vous avez fini par tuer Axel.

– Axel m'a déçu. Il n'a pas voulu de cette liberté. Il portait ses morts avec un silence de très mauvais goût. Stern lui a donné le coup de grâce. Il a fait ça proprement. Et ça l'a soulagé. Baumann était son ami après tout.

– Comment avez-vous récupéré le Colt de Stern ? C'est bien celui que vous avez utiltisé pour la photo du torero.

– Vous savez comment sont les artistes. Ils gardent tout un tas de bazar. Au cas où.

Josuah sourit puis caressa la joue de Wildstein. Louise pouvait voir la sueur perler sur son crâne chauve.

– Pourquoi m'avoir choisie ?

– Vous êtes le détective dans mon jeu de rôle. Le pendant de Martial Capriati dans *Meurtres*. Le témoin et l'élément perturbateur qui fait que la dynamique se poursuit. Vous avez fait ça à merveille.

– Pourquoi moi ?

– Vous êtes jeune. Votre plastique est intéressante. Vous avez la faculté de vous étonner et l'orgueil qui fait aller jusqu'au bout. Vous travaillez seule et vous êtes donc moins à même de fragmenter l'enquête. Vous êtes une femme. Et pour Axel, vous êtes prête à continuer le jeu, à n'importe quel prix. Rien que pour lui et sa gueule d'ange blessé.

Josuah caressait toujours Wildstein. Le visage de l'agent avait viré au blanc et Louise crut qu'il allait s'évanouir, mais il se contenta de passer une main tremblante sur sa bouche.

– Ne tirez pas trop de fierté de ce que je viens de dire, continua Josuah. Vous avez fait l'affaire mais mon choix aurait pu se porter sur quelqu'un d'autre.

Il se pencha lentement et embrassa le crâne de l'agent artistique en fixant Louise.

– Personne n'est irremplaçable, reprit-il. Même les producteurs et les agents artistiques. Tous interchangeables. Même toi, Jo Wildstein, même toi, le plus grand des commerçants de l'art.

– Josuah, vas-tu m'expliquer ? gémit Wildstein. Si c'est une performance, c'est franchement limite. Écoute, tu es le plus grand artiste de ce début de siècle. Ne va pas trop loin, ne fous pas en l'air ton incroyable talent…

La main de Josuah se plaqua sur la bouche de Wildstein.

– Te fatigue pas pépère.

Les yeux de l'agent s'agrandirent. Josuah appuya l'arme contre sa tempe.

– Vous venez d'admettre devant trois témoins que vous avez tué Victoria Yee, dit Louise. Wildstein a tort. Votre carrière artistique touche à sa fin. Et cette exposition ne sera jamais rendue publique.

– Erreur. L'exposition aura lieu et atteindra un public immense. Les médias vont décupler son impact. Jo et moi, nous allons occuper la une de l'actualité. Notre ami Watanabe va appeler le *Los Angeles Police Department* et leur dire que Civashiva a pris Wildstein en otage et compte passer la frontière mexicaine à Tijuana. N'est-ce pas Watanabe ?

Le Japonais n'hésita pas une seconde et sortit son téléphone mobile de la poche de sa chemise.

Chapitre XXV

Louise avait eu l'occasion de répéter son histoire. Dans un premier temps, à un tandem de spécialistes qui avait monté un numéro de messieurs Good and Bad. Monsieur Good jouait le père tranquille, pressé de rentrer au bercail retrouver sa petite famille. Sur le ton de la connivence et de la vertu, il pressait Louise de dire la vérité vraie et d'ouvrir son cœur de citoyenne modèle. Monsieur Bad jouait le dur à cuire, à intervalles réguliers, avec de grands coups de gueule où il était question de rétention d'information et de dissimulation de preuves entravant le cours de la justice. Monsieur Good calmait monsieur Bad et ainsi de suite, pendant une éternité.

La relève avait été prise par un grand lieutenant blond, aux yeux durs et à la mâchoire carrée, qui se massait les tempes. Son nom était inscrit sur une plaque en plastique, posée sur son bureau : Thomas G. O'Connors. Le lieutenant blond était comme Good and Bad : il ne comprenait pas ce qu'un détective sans client venait faire dans l'enlèvement de Josef Wildstein.

Derrière Louise, un jeune flic portoricain tapait le compte rendu de l'interrogatoire sur un ordinateur portable. Il semblait à Louise qu'elle entendait ce cliquetis régulier depuis des lustres. Il transformait des milliers de phrases vaines en millions de signes mais ne couvrait pas le ronronnement d'un poste de télévision branché sur CNN.

– Vous logez dans l'hôtel le plus chic de la ville, reprit le lieutenant. Très inhabituel pour un privé.

– Je vous ai déjà dit pourquoi, le chèque remis par mon ex-cliente me brûlait les doigts. Pas question de thésauriser.

– Wildstein vous laisse pénétrer dans son atelier de Pico Boulevard comme une amie de la famille. Étrange pour des gens qui préparent en secret l'événement artistique du siècle.

– Je vous répète que Josuah Dojcweck s'attendait à ma venue. J'avais d'ailleurs téléphoné à Josef Wildstein, depuis Paris.

– Civashiva vous aurait engagée par l'intermédiaire de Mme Nadine Bartoldi, une comédienne française, pour, je vous cite, « être le témoin d'un happening artistique où le meurtre est partie prenante ». Les Français ont la réputation d'être sophistiqués mais là, c'est trop pour un gardien de vaches comme moi. Essayez donc de me convaincre avec des mots simples.

– On a voulu que je participe à une opération de *Victim-Art*. On m'a engagée pour que je suive les pérégrinations d'un jeune homme et de sa sœur. C'étaient eux les victimes et Civashiva l'artiste.

– J'ai du mal à suivre.

– C'est plus compliqué que *Die Hard*, j'en conviens. Et je n'ai pas réussi à leur casser à tous la gueule comme Bruce Willis, désolée.

– Elle a eu lieu cette opération de *Victim-Art* ?

– J'ai expliqué à vos deux collègues que Josuah avait probablement filmé plusieurs meurtres dont il est l'initiateur et, au pire, le coupable. À Pico Boulevard, je n'ai vu qu'un extrait de film de réalité virtuelle mettant en parallèle l'existence de deux femmes, Victoria Yee et Régine Langeais. Pour cette œuvre, Josuah a mélangé des films vidéo et des animations informatisées. Mais, apparemment, l'opération ne se limitait pas à ça puisqu'il a enlevé Wildstein et monté un spectacle de chasse à l'homme dont il est le metteur en scène et l'acteur principal.

– Vous me parlez d'un happening permanent. Le genre de truc que les hippies faisaient dans le temps ?

– Les hippies étaient plus gentils.

– Sans blagues ?

– Vous feriez mieux d'écouter les analyses des spécialistes, elles seront plus pertinentes que les miennes, si vous me permettez une suggestion, dit-elle en pointant le téléviseur du doigt.

Le cameraman de CNN filmait la voiture depuis un hélicoptère. La lumière du couchant créait une ambiance cinématographique, en jouant sur l'asphalte gris et sur la carrosserie vert céladon de la Chrysler de location de Louise qui filait vers le Mexique avec, à son bord, « le plus grand artiste du début du XXIe siècle » et le plus gros marchand d'art de la même époque. Une flopée de véhicules de presse filait la Chrysler, à très courte distance des forces de police de Los Angeles.

Trois autres hélicoptères avaient rejoint le premier. L'homme de CNN cadra le ballet de la concurrence, avant de faire un plan américain de la journaliste blonde. Ébouriffée par le vent, elle commentait la poursuite la plus lente de l'histoire des poursuites qui s'effectuait sur un freeway bourré de travailleurs auxquels les finesses du *Victim-Art* étaient révélées en direct s'ils avaient pris soin de se brancher sur les bonnes fréquences.

« La voiture de Civashiva vient de passer le croisement Alondra Boulevard, Long Beach Freeway. L'artiste a fait des déclarations, il y a une heure, à Akira Watanabe, un informaticien de la firme japonaise Sony avec laquelle il a mis au point une exposition multimédia qui devait être présentée dans la galerie de Josef Wildstein, que Civashiva a pris en otage. Civashiva aurait déclaré vouloir rallier le Mexique via Tijuana. Il a dérobé la voiture d'une touriste pour se lancer dans une équipée qu'il a qualifiée de happening d'un nouveau genre. Selon Akira Watanabe, Civashiva revendique la liberté d'expression dans le cadre du *Victim-Art*. C'est la première fois dans l'histoire de l'art qu'un artiste ose aller aussi loin. À bord de l'hélicoptère de CNN, nous avons Michael Gevarth, professeur d'histoire de l'art contemporain à Berkeley. Professeur Gevarth, pouvez-vous commenter l'événement auquel, je vous le rappelle, nous assistons en direct ? »

Michael sourit, très à l'aise, et prit le temps de réfléchir avant de se lancer :

« Il y a eu des précédents. Le *Victim-Art* prend sa source dans les années soixante-dix et leur turbulence. Déjà, à cette époque, des artistes ont joué avec les limites de la légalité et quelquefois les ont dépassées. Vous vous souvenez peut-être de Chris Burdon, un *performer* de San Francisco ? Il s'est fait crucifier à l'arrière d'une voiture qui le traînait sur une autoroute. Le *Victim-Art* trouve sa légitimité dans un retour au paganisme auquel nous assistons depuis quelque temps déjà. Mais doit-on parler de retour ? Le paganisme a plus de six mille ans. En comparaison, le christianisme paraît bien jeune. Civashiva nous parle d'une notion ancienne, ancrée plus ou moins consciemment dans notre mémoire commune.

Son art nous touche d'autant plus fort qu'il s'exprime en ce début de siècle.

Ce qui est nouveau, en revanche, c'est que Civashiva, qui vivait dans le plus parfait anonymat, révèle enfin son identité, et d'une manière si spectaculaire. Un artiste reconnu dans le monde entier remet sa carrière en jeu au moment où son art semble arrivé à sa pleine maturité. Qu'il ait pris en otage son agent artistique, Josef Wildstein, est un fait primordial dans sa démarche. L'artiste nie désormais les intermédiaires. Il se veut seul face au public auquel il se relie en direct grâce à nos moyens de communication surpuissants. Il brûle tout derrière lui et se laisse observer, se laisse suivre au gré d'une piste qu'il trace avec son propre corps. Une piste qui doit nous mener aux limites de la raison, aux limites de l'art. Je soupçonne Civashiva de ne pas vouloir en rester là. Misera-t-il tout sur la force de la médiatisation ? Vous, les médias, n'allez-vous pas constituer un bouclier pour Civashiva ? En exprimant sa violence à la face du monde, ne va-t-il pas réussir à se mettre "hors" la loi, au sens premier, et à faire reculer la sentence, voire à y échapper ? »

– Pas stupide, lâcha Louise. Je vois d'ici le tableau. Les associations qui vont se mobiliser pour la liberté d'expression. On va hurler au génie qu'on assassine. On va dire que Civashiva a réglé cette farce mégalomaniaque pour tendre à la société un miroir de sa propre difformité. Bien vu. Et Wildstein marche peut-être dans la combine.

– Vous prétendez que Josef Wildstein est consentant ? demanda O'Connors.

– Consentant ou non, il risque de finir crucifié sur le capot d'une Chrysler, dit Louise, en se frottant la nuque. Mais, pour un marchand d'art, passer de l'autre côté du miroir et devenir à son tour une œuvre, c'est peut-être le grand frisson.

– Et pour une détective française, être au cœur d'une affaire comme celle-là, c'est le grand frisson aussi ?

– Je vous ai dit la vérité, répondit-elle en soupirant. Je ne marche pas dans sa combine. Il se sacrifie en direct, sur la télé mondiale, parce que c'est le début d'un siècle très inquiétant et que des milliers de gens sont en manque de rituels. Moi, je n'ai pas besoin de messie. Si vous voulez vérifier mes références, appelez le commissaire Serge Clémenti, de la Brigade criminelle, à Paris.

– Vous me l'avez déjà dit, mais je ne compte pas réveiller un important fonctionnaire de police en pleine nuit. On va attendre gentiment une heure convenable en papotant tous les deux. Finalement, sous la couche de cynisme, vous êtes assez divertissante.

– Soyez sans scrupule. Serge Clémenti est un veinard de la trempe de Napoléon et de Churchill. Il n'a besoin que de très peu de sommeil.

O'Connors et Louise se toisèrent sans mot dire pendant trente secondes. Il finit par se lever et sortit.

Le cliquetis du Portoricain venait de s'arrêter. Louise se tourna pour regarder la télévision. Akira Watanabe ouvrait l'atelier de Pico Boulevard à un bataillon de journalistes, l'air encore plus inquiet que lorsqu'il assistait en direct au numéro de Josuah. La caméra fit un plan général du grand atelier et quelqu'un demanda à Watanabe d'enfiler les gants de réalité virtuelle. Il obtempéra, regardant la caméra avec la figure d'un Nippon qui va devoir avaler un reblochon au lait cru. Puis son visage fit place à celui de la journaliste héliportée de CNN.

Josuah Civashiva, de son vrai nom Josuah Dojcweck, né à Prague en 1964, avait quitté les siens à l'âge de seize ans pour ne plus jamais les revoir. La journaliste évoquait une vie de skipper sur la Méditerranée, avec une année d'ancrage à Istanbul. À vingt ans, le jeune homme débarquait à Barcelone où il s'attelait à la sculpture. Les premières œuvres marquantes, signées Civashiva, se réalisaient à Paris et voyaient la confrontation de plusieurs techniques, mais c'est à Rome puis surtout à Berlin que Civashiva naissait à l'art et radicalisait son expression. Pendant toutes ces années, l'artiste avait changé de peau et d'identité pour préserver son incognito avec un talent remarquable.

Le lieutenant O'Connors revint dans le bureau, flanqué d'un flic, en forme de montagne terminée par une touffe de cheveux blancs, et qui le dépassait d'une bonne vingtaine de kilos.

– Alec Bain, mon patron, dit laconiquement O'Connors. Il aimerait entendre votre témoignage de vive voix.

– Vive voix ? C'est mal parti, dit Louise en soupirant. Je suis lessivée.

Alec Bain s'assit sur le bureau de Thomas G. O'Connors puis regarda Louise avec l'air avenant d'un joueur de football américain à qui l'on vient de piquer le ballon.

– Donnez-moi une Bible si vous voulez. Je suis prête à prêter serment, continua Louise, histoire de rompre le silence.

– Ce ne sera pas nécessaire, mademoiselle Morvan, dit Bain. Mon homologue, le commissaire Serge Clémenti, se porte garant. Vous êtes libre. Néanmoins, nous vous demandons de prolonger votre séjour à Los Angeles de quarante-huit heures.

– Pas de problème, dit-elle en se levant.

– Encore une chose. Nous vous conseillons vivement de limiter vos activités au tourisme.

– Que craignez-vous, monsieur Bain ?

– Que vous mettiez votre nez dans une affaire qui ne concerne plus que la police.

– Je n'irai pas à Tijuana si c'est ça qui vous inquiète.

– Je ne suis pas d'un naturel inquiet.

– J'en suis contente pour vous. Bonsoir, messieurs.

– Bonsoir, mademoiselle.

Louise suivit les instructions des sieurs Bain et O'Connors à la lettre. Elle décida d'aller jouer les touristes modèles à Hollywood. Sur-le-champ. Elle savait qu'elle n'arriverait pas à trouver le sommeil, malgré une fatigue d'ourse en retard d'une douzaine d'hibernations. Elle se fit déposer en taxi sur le Hollywood Boulevard et le remonta deux fois de suite, à pas lents de zombie.

La fameuse artère évoquait Pigalle à la puissance cent cinquante avec, en prime, des fast-foods en rangs serrés et des magasins de souvenirs rutilants. Pour ce qui était du bas, Louise l'observa avec toute l'attention dont elle était encore capable. Les stars étaient au chaud dans leurs villas fortifiées. Ici, les piétons étaient de simples quidams, pas franchement glamour. Telle la passante derrière laquelle marchait Louise, ou devant, au gré d'une déambulation apparemment aussi vide de sens pour l'une que pour l'autre. La fille portait une courte robe à fleurs qui moulait un corps ingrat. Elle avait de longs cheveux bruns, et un anneau dans le nez. L'avant-bras gauche lui manquait et le moignon bougeait en cadence, au rythme d'un pas traînant de mastiqueuse de chewing-gum.

Louise décida qu'elle avait assez erré et consulta son guide, en mal de repères. Elle prit la direction du Mann's Chinese Theater. Elle n'eut pas de difficulté à repérer cette fantaisie de pagodes et de temples asiatiques que seuls les studios hollywoodiens étaient en mesure d'imaginer. L'esthétique du faux que personne ne se souciait de faire ressembler au vrai. À cette époque-là, on n'avait pas encore inventé la réalité virtuelle, se dit Louise, mais le cœur y était.

Elle observa pendant quelques minutes la pagode en toc puis s'assit sur ses marches et réfléchit. De l'autre côté du boulevard, un café aussi chic qu'une cafétéria de supermarché mais équipé de téléviseurs à écrans plats brillait de tous ses néons. Fin de ma soirée culturelle hollywoodienne, se dit Louise, en mettant le cap vers *El Loco*. Elle commanda des tacos et un milk-shake à la banane puis se choisit une table équipée d'un téléviseur qu'elle brancha sur CNN.

Le commentateur donnait les derniers résultats sportifs. Puis, sans transition, apparut Josuah Dojcweck, rayonnant, flanqué de deux policiers mexicains non moins réjouis, à qui il semblait raconter une bonne blague en espagnol. Un journaliste expliquait que l'artiste avait été intercepté à une trentaine de kilomètres de Mexico-City. Il devait être extradé d'une minute à l'autre.

La journaliste blonde avait, quant à elle, laissé son hélicoptère au vestiaire. Elle se tenait debout, yeux cernés et micro en main, devant le Cedar-Sinai Medical Center de Beverly Boulevard. La caméra pénétra dans la chambre de Josef Wildstein qui semblait remis de ses émotions. « Mon admiration pour mon ami Civashiva est sortie indemne de notre épopée commune », déclara-t-il. Avec un sanglot dans la voix, tout de même.

Louise se dit que Wildstein jouait sa partie avec la sincérité d'un vieux chacal du Colorado. Son aventure entrait visiblement dans une stratégie publicitaire. Trente secondes sur CNN ne se refusent jamais.

La chaîne repassa le reportage sur l'atelier de Pico Boulevard, avec une rallonge cependant. La caméra s'attardait sur les sculptures et Watanabe disait deux mots sur l'énergie qu'elles contenaient. Ensuite, on eut droit à un extrait du film virtuel. Victoria Yee et son riff de guitare puis sa petite chansonnette a capella. Un chroniqueur rock précisa que Noir Vertige était un groupe très prometteur en Europe et qu'il aurait séduit le marché américain si la chanteuse avait survécu. Une tranche de Noir Vertige en concert, puis un journaliste français intervint et expliqua les circonstances de la mort de la jeune fille.

La journaliste blonde revint à la charge, montrant les unes de quelques grands quotidiens allemands et français, et révéla que la cote de Civashiva atteignait des sommets. Tous les journaux rivalisaient pour offrir le portrait d'un mystificateur plus troublant qu'Orson Welles, Salvador Dalí et Jeff Koons réunis. La blonde télégénique promit, pour le prochain bulletin de 23 h 00, une interview d'un responsable de la police berlinoise et ce fut au tour d'un monsieur météo d'évoquer le temps du lendemain. Orages et pluie garantis.

Louise sentit la fatigue lui tomber sur les épaules. Elle se détourna de l'écran mais, dans son cerveau, des images continuèrent de danser la sarabande. Elle pensa à Josuah qui avait l'air si heureux de passer sa première nuit en prison, demanda l'addition et rentra au *Regent*. Elle prit un bain, hésita à allumer la télévision, puis s'allongea tout habillée sur son lit. L'image de Josuah folâtrait sous ses paupières. Il répétait inlassablement : « L'art est mort et celui de Civashiva plus que tout autre. Je suis le dernier artiste. Je suis le premier joueur… premier joueur… premier joueur. » Louise se releva, prit un sédatif léger, attendit que le sommeil vienne.

Chapitre XXVI

Louise avait la sensation de s'être fait greffer un cerveau tout neuf. Elle réalisa qu'elle avait dormi dix heures. Dans le plus petit restaurant de l'hôtel, qui donnait sur Wilshire Boulevard balayé par la pluie, elle commanda une sole grillée, une salade et deux cafés. L'idée de descendre à pied les quatre mille numéros qui séparaient l'hôtel *Regent* du Los Angeles County Museum of Art lui avait effleuré l'esprit mais elle prit un taxi, histoire d'aller contempler enfin, et au plus vite, les œuvres originales de Civashiva.

Dans Hancock Park, le musée était un gigantesque complexe composé de cinq bâtiments. Une hôtesse indiqua à Louise le Anderson Building, fief de l'art contemporain, et affirma que les collections permanentes comportaient une dizaine d'œuvres du maître.

Le fax de la Lutteuse n'avait pas pu restituer la force qui se dégageait du portrait au torero. Il trônait en bonne place, dans une salle ronde, éclairée avec une précision scientifique. La lumière artificielle avait pour effet de semer le doute chez les spectateurs. Regardaient-ils une épreuve photographique ? Un tableau ? L'habit ajusté, étincelant semblait ressortir en volume. Louise s'approcha. De près, on ne doutait plus. Des millions de points noirs, blancs, gris argent constituaient une trame photographique indiscutable.

Elle s'assit sur un banc au centre de la salle, et regarda le visage cagoulé, d'un noir d'encre, puis le revolver, d'un acier terne, et la main qui le tenait, fermement serrée. C'était un bras d'homme – l'extrémité de la manche de chemise avait été roulée – avec, au niveau du poignet dévoilé, des veines saillantes qui exprimaient une forte tension. L'index était un ressort de nerfs sur la gâchette. Louise sortit une petite paire de jumelles de théâtre de son sac et observa la tête. Il y avait un trou dans la cagoule, plutôt une déchirure, au niveau de la bouche. Le canon du revolver était enfoncé de plusieurs centimètres. On voyait un fragment de peau, de lèvre sans doute, et deux taches blanches, infimes, comme des traces de salive qui brillaient. Louise revint aux mains. Elles étaient floues. Comme si elles avaient été retouchées au développement, nimbées d'un voile phosphorescent. Des mains non identifiables. Celles d'un homme qui revendique la dissimulation. Celles de Civashiva par exemple. Le corps du torero pouvait être celui de Josuah, les deux silhouettes coïncidaient.

Louise se souvint de son entretien avec Norbert Manchederelle et des bribes lui revinrent en mémoire. Il avait parlé de la « série du torero ». Elle se leva et parcourut les trois salles consacrées à Civashiva mais ne trouva aucune trace d'œuvres similaires. Manchederelle avait précisé que le catalogue Civashiva/Berlin était en réimpression. Louise se rendit à la librairie du musée.

Une grande table de présentation était consacrée à l'artiste. Des exemplaires du catalogue Civashiva/Rome formaient de robustes piles autour desquelles s'activait une foule d'admirateurs. Un gros ouvrage en couleurs offrait une rétrospective de l'œuvre, avec des commentaires des plus grands analystes. Louise le connaissait, elle l'avait compulsé à Beaubourg. Elle ne se souvenait pas d'y avoir vu une autre version que celle du grand portrait de la salle ronde. Une rétrospective est par définition quelque chose d'exhaustif, s'étonnait-elle en essayant de voir au-dessus des épaules des quidams. Elle avisa la libraire, une jeune femme qui aurait pu passer pour un sosie de Grace Kelly si elle n'avait pas eu les cheveux de Veronica Lake. Elle se présenta comme la Française à qui Civashiva avait volé sa voiture et précisa qu'elle ne désespérait pas de consulter Civashiva/Berlin puisque toute bonne librairie de musée se devait de receler un ouvrage de référence. Grace Lake lui offrit un regard bleu intrigué puis un sourire charmant.

– Qu'est-ce que vous cherchez au juste ? demanda-t-elle.

– Une nouvelle version du torero. Différente de celle du portrait exposé.

– Vous parlez du torero au cercle de photos ?

Louise eut un frisson. Elle acquiesça d'un signe de tête. Grace Lake alla fouiner dans un placard et revint avec la brochure.

– On ne le trouve pas dans l'ouvrage rétrospectif parce que c'est une volonté de l'artiste, affirma la jeune femme en regardant Louise feuilleter Civashiva/Berlin.

C'était le même torero. Dans la même position, bras et jambes écartés formant un X impeccable. Le revolver avait disparu mais pas la cagoule. Le visage caché faisait face à l'objectif. Autour du corps, formant un cercle parfait, des carrés gris bordés de blanc semblaient flotter en apesanteur.

Il s'agissait de douze polaroïds. Le torero anonyme s'y montrait de face, de profil, assis, sautant les pieds joints. Deux photos révélaient une tête aux cheveux ras, vue de dos.

– Auriez-vous une loupe, s'il vous plaît ?

Grace Lake fouilla dans son bureau et en extirpa un compte-fils. Louise ausculta les tirages. La tête était plantée sur un cou puissant, les cheveux pouvaient être blonds ou blancs et une cicatrice mourait derrière l'oreille droite. Louise se revit dans l'hôpital désaffecté penchée au-dessus du corps de Klaus Baumann. Elle avait toujours su que Josuah Dojcweck ne pouvait pas être Civashiva. Bien qu'il ait décidé de se raser la tête.

Elle trouva une cabine téléphonique et appela Serge Clémenti à la Brigade criminelle.

– Je suis au Los Angeles County Museum of Art.

– Il paraît qu'ils ont quelques beaux Civashiva là-bas.

– Exact. Mais ce ne sont pas les plus intéressants.

– Ah, oui ?

– J'ai pu consulter la brochure Civashiva/Berlin.

– Veinarde. En ce qui me concerne, j'ai dû me mettre en chasse de l'imprimeur chargé de la publication de la version française. Il habite Épernay. Toutes les épreuves sont dans son coffre, dans une banque régionale. Il a fait venir son avocat. Nous en sommes au stade de la négociation.

– Trop bête. Le catalogue recèle un portrait de torero au visage cagoulé.

– Comme celui du portrait exposé jadis à Berlin dont tu ne m'avais jamais parlé ?

– C'était inutile. Apparemment, tu me suis très bien.

– J'essaie, mais il faut admettre que tu es rapide. C'est une partie de ton charme.

– Le portrait du catalogue est une nouvelle version. Plus riche, en un sens. Des polaroïds encerclent le corps d'un torero. Des détails du grand portrait central, en somme. Sur deux clichés, on voit la tête d'un homme, il est photographié de dos. Il a un cou fort et une cicatrice remonte jusqu'à son oreille droite. J'ai eu le temps d'observer Klaus Baumann lorsqu'il gisait dans l'hôpital.

– Et tu en déduis…

– Que si les deux mises en scène coïncident, l'homme à la cicatrice ne peut être que Civashiva.

– Et tu m'appelles pour savoir si les informations que tu m'as communiquées à son sujet ont donné du grain à moudre.

– Exact.

– Dans les années soixante, un jeune homme nommé Mattia Bening sort diplômé d'une école d'art à Hambourg et fréquente la scène artistique de sa ville. Sa famille l'envoie étudier quelque temps aux États-Unis. Son père meurt d'un arrêt cardiaque et on perd la trace de Mattia.

– Et Baumann ?

– À la même époque, Klaus Baumann est proche de la mouvance gauchiste. Il est riche, comme le rentier Mattia Bening aurait dû l'être, et finance des groupuscules. Il rencontre Erik Gründig. Les deux hommes se séparent lorsque Gründig part en Argentine. Baumann prend ses distances par rapport à l'extrême gauche. Son train de vie est important. On le retrouve de fête en réception, de Paris à New York. Il fait partie de la jet-set internationale. On ne lui connaît aucune activité rémunérée.

– Gründig et Bening ont pu se revoir lors du retour du premier en Allemagne.

– Rien ne prouve le contraire. On peut imaginer qu'a cette occasion, Gründig, devenu Stern, donne à Baumann le Colt 45. Ou que Baumann le lui vole.

– Baumann avait un alibi en ce qui concerne le meurtre de Victoria Yee. Axel m'a affirmé qu'ils avaient passé la nuit ensemble, au domicile de Baumann. En plus, Josuah m'a avoué l'avoir tuée.

– Rien que ça.

– Et ce n'est pas tout. Il a dit que Stern avait tué Axel.

– Pourquoi ?

– Sur son ordre parce qu'il craignait qu'Axel ne révèle sa véritable identité.

– Si l'on suit ton analyse, Josuah n'est pas Civashiva. Et comment en est-il venu à endosser la personnalité de l'artiste ?

– J'ai besoin de réfléchir encore mais une théorie prend forme. Je serais prête à croire que Baumann/Civashiva a souhaité mourir et a demandé à Josuah de lui succéder.

– Tu as de l'intuition, Louise. L'autopsie de Baumann vient de révéler un cancer du pancréas. Il lui restait six mois à vivre, tout au plus. Mais son idée de choisir Josuah n'était pas la bonne. L'héritier est sous les verrous. Et une fois qu'il en aura fini avec la justice américaine, il faudra qu'il se coltine le système français.

– Tu te souviens de l'affaire O.J. Simpson ?

– Bien sûr. L'ancienne star du football américain qui a été acquittée du meurtre de sa femme et de l'amant de celle-ci. Un fameux bazar médiatique.

– Celui que Josuah a déclenché ici est du même tabac. Et Baumann lui a sans doute légué suffisamment de fric pour qu'il se paie les meilleurs avocats du pays.

Sans compter la puissance de l'opinion publique qui est prête à se mobiliser pour qu'on n'assassine pas le génie. Le soutien de millions de téléspectateurs, fascinés par le plus extravagant des live-shows, peut peser très lourd.

– C'est si fascinant que ça, Louise ?

– J'ai vu le film de réalité virtuelle conçu par Josuah. Victoria et Régine y revivent grâce à un mélange de prises de vues réelles et d'images synthétiques.

– Je comprends mieux pourquoi Josuah a vu rouge quand Pascal Aubin a osé filmer Victoria. Aubin avait sauvegardé son film sur un DVD. Josuah l'a balancé à la Seine. Tout ça se tient. Que comptes-tu faire ?

– Je te l'ai dit. Réfléchir.

– Cela m'étonnerait que tu en restes là, chère Louise.

– À bientôt, Serge.

– Je t'attends.

– Ne capitalise pas trop sur moi, tout de même.

Louise raccrocha puis décida de trouver un endroit tranquille. Elle opta pour la cafétéria. Elle avait failli expliquer à Clémenti la sensation ressentie dans ce musée. Puis elle y avait renoncé, comme liée par un pacte étrange. Était-ce à Axel Langeais ou Klaus Baumann ? Le torero à la cicatrice l'avait choisie et la mission qu'il lui avait confiée ne s'arrêtait pas à Berlin. Il l'avait conviée à le rejoindre en esprit, dans la ville de tous les possibles. Il attendait qu'elle aille jusqu'au bout. « L'art est mort et celui de Civashiva plus que tout autre. Je suis le dernier artiste. Je suis le premier joueur. » Josuah se trompait. Il y avait une joueuse en lice et la partie n'était pas gagnée. En faisant tuer Axel, Josuah avait commis une grave erreur. Louise était la bombe à retardement. Et pour une fois, elle allait accepter de se faire manipuler. Il ne faut pas toucher à Axel Langeais, avait dit la Lutteuse.

Un scénario prenait forme comme s'il avait germé lors de la tuerie de l'hôpital berlinois et mûri à Los Angeles. Il remontait à la surface tel un cadavre quittant la boue d'une rivière.

« À partir de Berlin, il est entré dans une phase où il se met en scène. À Berlin, il a offert son propre corps au public. C'est un peu christique. Comme s'il s'agissait du prix à payer pour laisser son empreinte dans le troisième millénaire. » Les paroles de Manchederelle prenaient tout leur sens. Civashiva est passé par des phases, toute sa vie. Des phases cohérentes bien que toutes plus radicales les unes que les autres. Baumann a lâché la lutte armée lorsqu'elle lui est apparue obsolète. Après cela, il est entré dans la clandestinité pour devenir Civashiva et s'est attelé à une autre lutte, plus complexe et insidieuse.

Dans l'hôpital, Guy le barman avait traduit les mots de Baumann. « Le tueur doit être au plus près de l'œil du pouvoir, comme un chasseur de cyclone. Il doit utiliser des armes drôlement plus sophistiquées que des flingues ou des bombes. »

La dernière phase s'arrête alors que commence le siècle. Volontairement. Et Baumann/Civashiva trouve là encore le moyen de dépasser tout le monde.

– Il a choisi sa mort, dit Louise.

Il a choisi son amant pour la lui donner. Il a choisi Josuah pour filmer cette mort et pour lui succéder dans un vertigineux effet de mystification. Il fallait à Baumann quelqu'un de suffisamment fort ou fou pour assumer de passer aux yeux du monde pour l'incarnation de Civashiva. Josuah a vendu son âme pour acquérir la gloire et la richesse. Sans doute s'offre-t-il le luxe de croire qu'il pourra, dans l'avenir, dépasser le maître et voler de ses propres ailes, même sous son prestigieux nom d'emprunt. Tout se tenait, jusqu'à l'attitude de Josef Wildstein. Pour l'agent artistique, c'est le début d'une collaboration excitante, financièrement et sur le plan du défi qu'elle représente.

Louise sortit du musée et remonta Wilshire Boulevard, pour regagner le *Regent*, s'octroyant enfin la marche dont elle savait avoir besoin. Elle avançait d'un pas rapide, laissant son regard glisser sur les quelques passants et les magasins de luxe qui bordaient le boulevard.

Elle revit Josuah, caméra au poing, filmant le désastre de l'hôpital. Serge, tout comme Axel à Berlin, lui avait confirmé que Josuah s'était querellé sur la *Méduse* avec le producteur d'Axel, Pascal Aubin. C'était à propos du film sur Victoria. Josuah avait reproché à Aubin de réaliser un film pirate. Ce n'était sans doute pas la vraie raison. On pouvait imaginer Josuah furieux de voir Aubin tenter de se substituer à lui. Josuah filmait sur commande. Sur commande de Baumann. Il entendait être le seul dépositaire de cette mission et cela expliquait sa colère vis-à-vis de celui qui osait se glisser dans un scénario préparé avec une minutie maniaque. Louise se souvint qu'il l'avait elle aussi filmée, dans son atelier du quai de la Gare. Ce n'était pas par hasard.

Et si Josuah ne s'était pas contenté de filmer les corps sans vie de Régine et Baumann ? S'il avait filmé leurs morts, en direct, dissimulé quelque part dans l'hôpital désaffecté ? Norbert Manchederelle avait dit qu'à Berlin, Civashiva s'était volontairement fait tirer dessus. À cette époque, il n'était pas question de photographier ou de filmer cette scène. Civashiva voulait préserver son anonymat. Mais pour son retour à Berlin, sa ville, celle où il avait décidé de mourir, Civashiva avait choisi de soulever un coin du voile. Ne laissait-il pas des indices dans ses œuvres ? Louise en était sûre, à présent. Le polaroïd à la cicatrice était une signature codée, habilement dissimulée, protégée du regard du grand public, réservée au spectateur averti qui saurait la déchiffrer. Qu'était devenue la vidéo de l'hôpital ? Josuah la gardait-elle au chaud ? Ou bien l'avait-il insérée, en tranches subliminales, dans l'œuvre virtuelle, aux côtés des évocations de Victoria et Régine ?

Louise envisageait déjà la possibilité d'une autre vidéo, testamentaire celle-là, jalousement gardée par Josef Wildstein. On pourrait y voir Baumann révélant son visage au public, de manière posthume, et destituant Josuah, son légataire provisoire. Elle imagina Wildstein se posant tous les jours les mêmes questions. Qu'est-ce qui vaut le plus cher ? Les œuvres de Civashiva mort ? Ou toutes les œuvres à venir de Civashiva vivant ? Pour l'instant Wildstein gardait un œil sur la cote de Civashiva et, la main sur le cœur, « pardonnait à son ami ». Jusqu'à quand ?

Louise ne pardonnait pas, elle. Alors qu'elle voyait se dessiner la façade pompeuse du *Regent*, elle se dit qu'il était temps de passer le dernier arcane.

Chapitre XXVII

– Nos salles de conférence disposent d'un accès Internet mademoiselle, expliqua le concierge, un jeune homme à l'accent britannique irréprochable. Nos ordinateurs sont à votre entière disposition.

Un signe du concierge et un groom conduisait Louise, *room six seven three*.

La pièce aurait pu abriter le meeting planétaire des cadres de Coca-Cola. Louise était admirative : une table de conférence géante, trois téléviseurs, une cargaison de téléphones et, comme promis, les ordinateurs. Elle s'installa devant une console et se connecta. Avant de pénétrer, comme le proposait Civashiva, dans l'œil du cyclone, elle décida de prendre la température de l'opinion.

Le cyberspace avait la bouche pleine des aventures mondiales du superartiste et, comme prévu, le débat faisait rage.

Louise s'attarda. Au bout d'une heure, elle avait une idée plus précise de ce qui se passait et perçut un fléchissement. L'artiste était en passe de canonisation.

L'opinion penchait pour le soutien admiratif et même les ennemis d'un art « qui trouve sa substance dans la violence » ne pouvaient pas cacher leur intérêt. Harry Sayles, un universitaire de Toronto, précisa que le physique étrange et l'âge de Civashiva, qu'il avait jusque-là pris pour un homme d'une cinquantaine d'années, jouaient en sa faveur. « Voilà un mythe qui se dévoile et il en acquiert plus de poids, le phénomène est si rare », affirmait le Canadien après une tirade où il exprimait son admiration pour « la maturité et la puissance de travail chez un artiste qui vient à peine de franchir la trentaine ». Louise suivit la discussion et nota qu'Harry Sayles était un joueur de première classe. Le moment adéquat était arrivé. Si elle gagnait à sa cause le professeur canadien, l'image de Josuah allait en prendre un coup.

Avant de se lancer, elle téléphona à la Lutteuse et lui demanda de mobiliser les responsables des cyberréseaux les plus actifs et de se tenir prête à entrer dans le débat et à témoigner. La voix de la Lutteuse était joyeuse.

– Je vous tire mon chapeau, Louise.

– J'ai eu envie de m'engager, Claude. Ensuite, je retournerai à la majorité silencieuse.

– Ce n'est pas grave. Il suffit d'une fois. Bonne chance.

Louise réfléchit à la manière d'accrocher Sayles avec sa prose, prit une grande inspiration et se lança.

– Monsieur Sayles, votre première intuition était juste. Civashiva n'est pas un jeune homme. Civashiva n'est plus. Il est mort. Abattu d'un coup de revolver, par son jeune amant, à Berlin, il y a cinq jours. Son vrai nom était Mattia Bening. Il se faisait appeler Klaus Baumann, était citoyen allemand, et avait une soixantaine d'années.

Elle patienta une longue minute avant que la réponse de l'universitaire apparaisse enfin sur l'écran.

– Comment savez-vous cela ?

– J'ai été témoin de sa mort.

Cette fois, le temps d'attente fut plus long. Louise se mordit les lèvres craignant avoir perdu la partie. Mais Sayles reprit le dialogue.

– Vous avez des preuves ?

– Je suis une enquêtrice privée. Vérifiez mes dires auprès du commissaire Clémenti de la Brigade criminelle à Paris. J'ai été engagée par Civashiva. Il a souhaité que je suive, en témoin, les étapes de sa dernière opération artistique. En réalité, son meurtre est un suicide. Baumann avait un cancer du pancréas, il ne lui restait que quelques mois à vivre, et il a tout orchestré. Il a décidé de mourir à sa façon, en se mettant en scène, et de passer le relais à un successeur qu'il s'est choisi en lui faisant endosser sa personnalité.

– Prétendez-vous que Josuah Dojcweck n'est pas Civashiva ?

– Je l'affirme. Josuah a conclu un pacte. Il est le nouveau Faust. Et il va chuter comme lui.

– Il est déjà en prison.

– Auréolé de gloire. La célébrité peut être très utile, en plus d'un bon avocat, pour passer entre les mailles de la justice. Mais, si l'opinion publique se retourne contre lui, il a peu de chances de s'en tirer. C'est un meurtrier. Il a tué quelqu'un à Paris, la jeune chanteuse Victoria Yee, du groupe Noir Vertige. Une femme liée à l'amant de Civashiva. Il l'a tuée dans le cadre d'une démarche artistique.

– Quelle démarche ?

– Civashiva avait choisi son amant comme matière de sa dernière œuvre. Il a travaillé sur sa vie et ses proches. Il voulait faire de lui un homme libre, mythique, libéré des passions, nettoyé comme un os de seiche. Il a ordonné le meurtre de ceux qu'il considérait comme des parasites de son matériau humain. Il a ordonné à

Josuah Dojcweck de tuer la maîtresse du jeune homme. Il a incité son amant à abattre l'homme qui avait violé sa sœur, qu'il a lui-même tuée et à laquelle le jeune homme était attaché par un sentiment presque incestueux. Par ce meurtre, il savait qu'il déclenchait sa propre mort. Il a été abattu par son amant qu'il avait modelé. Et il survit à travers Josuah Dojcweck.

– Il ne vous a tout de même pas engagée pour que vous fassiez échouer son projet ! Et c'est bien ce que vous êtes en train de faire. Vous le savez ?

– Bien sûr. Je m'adresse à vous pour que vous mobilisiez l'opinion, pour que vous refusiez la supercherie et exigiez que justice soit faite.

– Expliquez-vous.

– Baumann a souhaité utiliser la vie de son amant mais il n'a jamais souhaité sa mort. Je crois qu'il y avait une forme de sincérité dans sa démarche, même s'il s'agit d'un acte monstrueux. Il a rendu sa liberté à sa création. Josuah Dojcweck a rompu le pacte. Il a fait tuer le jeune homme parce qu'il craignait que celui-ci ne révèle la véritable identité de Civashiva.

– Pourquoi n'intervenez-vous que maintenant ?

– Civashiva était d'une intelligence supérieure. Je viens seulement de comprendre mon rôle. Je suis le détonateur qui fait tout sauter en cas de vice de forme. Je reviens du Los Angeles County Museum of Art où une photographie m'a permis de comprendre qui était Civashiva.

– Vous êtes sûre de votre découverte ? À cent pour cent ?

– Non. Mais il s'agit d'une longue traque. Il m'était impossible de sauter les étapes. Vous connaissez *Meurtres à Babylone* ?

– Oui. C'est un jeu électronique d'une conception très brillante.

– C'est l'œuvre d'Axel Langeais, l'amant de Civashiva. Ce dernier a déclaré qu'il en avait été l'inspirateur. Civashiva m'a fait pénétrer dans un jeu interactif à grande échelle et en communiquant avec vous sur le Net, je franchis la dernière étape.

– Le meurtre n'est pas un jeu.

– Je n'ai jamais demandé à jouer. Je n'ai pas eu le choix. Vous, si, en revanche. C'est à votre tour de décider, monsieur Sayles. Civashiva est un meurtrier. Josuah Dojcweck, un tueur et un usurpateur. Vous avez le pouvoir de faire bouger l'opinion. Et le cours de la justice, vous le savez bien.

Un autre temps d'attente. Louise savait que même si Sayles n'était pas totalement convaincu, elle avait réussi à le faire douter. Peut-être vérifiait-il les informations en passant un coup de fil à Serge, à la Crim'. Elle patienta. La réponse, laconique, lui fit pousser un gros soupir de soulagement.

– Je vais voir ce que je peux faire.

Elle hésita un instant, les doigts au-dessus du clavier. Elle pensait au visage d'Axel, à son sourire dans le café berlinois. Leur brève rencontre. *Vous êtes un être humain normal, n'est-ce pas ?*

Merci pour Axel et Régine Langeais, tapa-t-elle avant de se déconnecter.

Chapitre XXVIII

J'aime les valses viennoises. Elles parlent du bonheur. C'est ce qu'il y a de plus difficile pour un artiste. Parler du bonheur avec force et justesse...

Elle n'oublierait jamais la voix d'Axel dans ce café à Berlin. Son désespoir tranquille.

Matthieu Langeais n'avait aucune idée de qui avait été son fils. La preuve. Il avait choisi le concerto pour violon et orchestre en *la* mineur de Chostakovitch. Louise se demanda si le père d'Axel savait que le compositeur avait gravement déplu à Staline en écrivant cette œuvre d'avant-garde. Le vieux bonhomme se tenait droit comme un piquet, les yeux rouges, et regardait les deux cercueils de chêne clair avancer sur un tapis roulant dans la chambre de crémation. Louise n'avait plus de larmes à sa disposition mais un cri silencieux lui brûlait les tripes. Les flammes léchèrent le bois et grandirent d'un seul coup. La porte se referma sur le brasier. Axel et sa sœur partaient ensemble vers le grand nulle part.

Une cinquantaine de journalistes attendait à la sortie du crématorium. Matthieu Langeais apparut sur le seuil, entouré d'un groupe d'hommes en complets noirs. Une voiture avança, bloquant le passage à la meute des reporters. Une nuée de flashes crépita et deux hommes aidèrent

Langeais à monter dans la voiture qui se fraya un chemin dans la cohue. Marc Sénard, un collègue de Jean-Louis Béranger à *Libération*, reconnut Louise et courut vers elle.

– Louise ! Je ne savais pas que tu étais revenue de Los Angeles.

Il lui empoigna le bras.

– Tu me donnes l'exclu.

– Cela m'étonnerait qu'on y arrive, répondit-elle en voyant un groupe compact charger dans leur direction.

Elle fit face aux photographes.

– C'est qui ? beugla un reporter de *Gala*.

– La nana qui a crucifié Josuah sur le Net, répondit le photographe de l'édition française du *Herald Tribune* en shootant à jet continu.

Louise répondit à toutes leurs questions. Le moment de bravoure fut l'interview menée par Rachid Mani de France 2. Un instant, elle regarda au-delà de l'épaule de tweed du journaliste et vit le visage de Serge Clémenti, à travers le pare-brise de sa voiture de fonction. Elle était pilotée par Argenson et le commissaire se tenait à l'arrière. Il la regarda sans sourire et la voiture démarra. Elle se demanda soudainement si elle le reverrait un jour et se surprit à espérer. Toute haine glissa alors sur elle. La foule des journalistes se raréfia. Elle s'assit sur le capot de la voiture de Sénard, marquée du sigle rouge et noir de *Libération*.

– Vous êtes vachement photogénique, dit le photographe du quotidien en terminant son film.

– Je te dépose quelque part ? demanda Marc Sénard.

Louise regarda droit devant elle et vit Nadine Bartoldi. La blonde se tenait derrière les grilles du portail du crématorium. Son visage pâle n'était pas maquillé.

Sénard et son photographe montèrent dans la voiture et leur chauffeur démarra. Le véhicule passa devant Bartoldi sans ralentir.

– Je suis venue vous dire que j'avais donné l'argent.

– À qui ?

– À la fondation Cousteau. C'est ce que Régine Langeais aurait voulu.

– Sûrement. Tu as l'intention de marcher sur les traces de sainte Thérèse d'Avila ?

– C'est si dur que ça, le pardon, Louise ?

– Non. Je commence à me dégeler. Et si c'est tout ce dont tu as besoin, Nadine, je te le donne mon pardon.

– Viens, je t'offre un verre au bar-tabac d'en face.

– Bartoldi, je me répète. Je n'ai aucune intention de copiner avec toi. Il va falloir te faire une raison. Et si ton intention est de me voler ma peau pour en faire de l'autofiction, gare à toi, je sais mordre.

– Bon, ça va. Laisse tes munitions au vestiaire pour une fois.

– Ne m'en demande pas trop, Nadine. Au fait, ça marche le scribouillage ?

– Pas vraiment.

– Ça reviendra. Crois-moi. On croit que c'est cassé et ça finit toujours par revenir. Salut et bon vent.

Louise Morvan rentra à pied depuis Courbevoie. Quai de la Gironde, les grands arbres prenaient des teintes rousses et les mouettes se raréfiaient. L'air sentait le varech, une impression olfactive qui n'était sans doute qu'une illusion mais avait son charme. Elle fit le tour de son appartement pour reprendre ses marques, se prépara un grog et fouilla sa vidéothèque. Elle eut une irrépressible envie d'entendre Suzy Delair chanter *Avec son tralala* et choisit de regarder *Quai des Orfèvres*. Cent cinq minutes plus tard, la nuit était tombée et la pièce s'était rafraîchie sous l'effet d'une petite brise qui se frayait un chemin par la fenêtre entrouverte sur le paysage du quai.

Louise se pencha pour voir le banc. Un homme y était assis et regardait le canal.

DU MÊME AUTEUR

Baka !
Viviane Hamy, 1995, 2007
et « Points Policier », n° P2158

Travestis
Viviane Hamy, 1998
et « J'ai lu », n° 5692

Techno Bobo
Viviane Hamy, 1999
et « J'ai lu », n° 6114

Vox
prix Sang d'encre 2000
Viviane Hamy, 2000
et « J'ai lu », n° 6755

Strad
prix Michel-Lebrun 2001
Viviane Hamy, 2001

Cobra
Viviane Hamy, 2002

Passage du Désir
Grand Prix des lectrices de « Elle »
Viviane Hamy, 2004
et « Points Policier », n° P2057

Les Passeurs de l'étoile d'or
(photographies de Stéphanie Léonard)
Autrement, 2004

La Fille du samouraï
Viviane Hamy, 2005
et « Points Policier », n° P2292

Mon Brooklyn de quatre sous
Après la Lune, 2006

Manta Corridor
Viviane Hamy, 2006

L'Absence de l'ogre
Viviane Hamy, 2007
et « Points Policier », n° P2058

Régals du Japon et d'ailleurs
Nil, 2008

La Nuit de Géronimo
Viviane Hamy, 2009

Collection Points Policier

P1761. Chroniques du crime, *Michael Connelly*
P1762. Le croque-mort enfonce le clou, *Tim Cockey*
P1782. Le Club des conspirateurs, *Jonathan Kellerman*
P1783. Sanglants Trophées, *C.J. Box*
P1811. - 30°, *Donald Harstad*
P1821. Funny Money, *James Swain*
P1822. J'ai tué Kennedy ou les mémoires d'un garde du corps *Manuel Vázquez Montalbán*
P1823. Assassinat à Prado del Rey et autres histoires sordides *Manuel Vázquez Montalbán*
P1830. La Psy, *Jonathan Kellerman*
P1831. La Voix, *Arnaldur Indridason*
P1832. Les Nouvelles Enquêtes du juge Ti, vol. 4 Petits Meurtres entre moines, *Frédéric Lenormand*
P1833. Les Nouvelles Enquêtes du juge Ti, vol. 5 Madame Ti mène l'enquête, *Frédéric Lenormand*
P1834. La Mémoire courte, *Louis-Ferdinand Despreez*
P1835. Les Morts du Karst, *Veit Heinichen*
P1883. Dissimulation de preuves, *Donna Leon*
P1884. Une erreur judiciaire, *Anne Holt*
P1885. Honteuse, *Karin Alvtegen*
P1886. La Mort du privé, *Michael Koryta*
P1907. Drama City, *George P. Pelecanos*
P1913. Saveurs assassines. Les enquêtes de Miss Lalli *Kalpana Swaminathan*
P1914. La Quatrième Plaie, *Patrick Bard*
P1935. Echo Park, *Michael Connelly*
P1939. De soie et de sang, *Qiu Xiaolong*
P1940. Les Thermes, *Manuel Vázquez Montalbán*
P1941. Femme qui tombe du ciel, *Kirk Mitchell*
P1942. Passé parfait, *Leonardo Padura*
P1963. Jack l'éventreur démasqué, *Sophie Herfort*
P1964. Chicago banlieue sud, *Sara Paretsky*
P1965. L'Illusion du péché, *Alexandra Marinina*
P1988. Double Homicide, *Faye et Jonathan Kellerman*
P1989. La Couleur du deuil, *Ravi Shankar Etteth*
P1990. Le Mur du silence, *Hakan Nesser*
P2042. 5 octobre, 23 h 33, *Donald Harstad*
P2043. La Griffe du chien, *Don Wislow*
P2044. Les Nouvelles Enquêtes du juge Ti, vol. 6 Mort d'un cuisinier chinois, *Frédéric Lenormand*
P2056. De sang et d'ébène, *Donna Leon*
P2057. Passage du Désir, *Dominique Sylvain*

P2058. L'Absence de l'ogre, *Dominique Sylvain*
P2059. Le Labyrinthe grec, *Manuel Vázquez Montalbán*
P2060. Vents de carême, *Leonardo Padura*
P2061. Cela n'arrive jamais, *Anne Holt*
P2139. La Danseuse de Mao, *Qiu Xiaolong*
P2140. L'Homme délaissé, *C.J. Box*
P2141. Les Jardins de la mort, *George P. Pelecanos*
P2142. Avril rouge, *Santiago Roncagliolo*
P2157. À genoux, *Michael Connelly*
P2158. Baka !, *Dominique Sylvain*
P2169. L'Homme du lac, *Arnaldur Indridason*
P2170. Et que justice soit faite, *Michael Koryta*
P2172. Le Noir qui marche à pied, *Louis-Ferdinand Despreez*
P2181. Mort sur liste d'attente, *Veit Heinichen*
P2189. Les Oiseaux de Bangkok, *Manuel Vázquez Montalbán*
P2215. Fureur assassine, *Jonathan Kellerman*
P2216. Misterioso, *Arne Dahl*
P2229. Brandebourg, *Henry Porter*
P2254. Meurtres en bleu marine, *C.J. Box*
P2255. Le Dresseur d'insectes, *Arni Thorarinsson*
P2256. La Saison des massacres, *Giancarlo de Cataldo*
P2271. Quatre Jours avant Noël, *Donald Harstad*
P2272. Petite Bombe noire, *Christopher Brookmyre*
P2276. Homicide special, *Miles Corwin*
P2277. Mort d'un Chinois à La Havane, *Leonardo Padura*
P2288. Les Nouvelles Enquêtes du juge Ti, vol. 7
L'Art délicat du deuil, *Frédéric Lenormand*
P2290. Lemmer, l'invisible, *Deon Meyer*
P2291. Requiem pour une cité de verre, *Donna Leon*
P2292. La Fille du Samouraï, *Dominique Sylvain*
P2296. Le Livre noir des serial killers, *Stéphane Bourgoin*
P2297. Une tombe accueillante, *Michael Koryta*
P2298. Roldán, ni mort ni vif, *Manuel Vásquez Montalbán*
P2299. Le Petit Frère, *Manuel Vásquez Montalbán*
P2321. La Malédiction du lamantin, *Moussa Konaté*
P2333. Le Transfuge, *Robert Littell*
P2354. Comédies en tout genre, *Jonathan Kellerman*
P2355. L'Athlète, *Knut Faldbakken*
P2356. Le Diable de Blind River, *Steve Hamilton*
P2381. Un mort à l'Hôtel Koryo, *James Church*
P2382. Ciels de foudre, *C. J. Box*
P2397. Le Verdict du plomb, *Michael Connelly*
P2398. Heureux au jeu, *Lawrence Block*
P2399. Corbeau à Hollywood, *Joseph Wambaugh*
P2407. Hiver arctique, *Arnaldur Indridason*
P2408. Sœurs de sang, *Dominique Sylvain*

COMPOSITION : NORD COMPO MULTIMÉDIA
7 RUE DE FIVES - 59650 VILLENEUVE-D'ASCQ

CPI BUSSIÈRE

Cet ouvrage a été imprimé en France par
CPI Bussière
à Saint-Amand-Montrond (Cher)
en avril 2010.
N° d'édition : 99002. - N° d'impression : 100516.
Dépôt légal : mai 2010.